诗歌与想象
爱默生诗集

Poetry and Imagination
Collected Poems of
Ralph Waldo Emerson

黄宗英　编译

Edited and Translated by
Huang Zongying

中国社会科学出版社

图书在版编目（CIP）数据

诗歌与想象：爱默生诗集 / 黄宗英编译． — 北京：中国社会科学出版社，2023.5
ISBN 978 – 7 – 5227 – 1955 – 9

Ⅰ.①诗…　Ⅱ.①黄…　Ⅲ.①诗集—美国—近代　Ⅳ.① I712.24

中国国家版本馆 CIP 数据核字（2023）第 097343 号

出 版 人	赵剑英	
责任编辑	郝玉明	
责任校对	谢　静	
责任印制	王　超	

出　　版	中国社会科学出版社	
社　　址	北京鼓楼西大街甲 158 号	
邮　　编	100720	
网　　址	http://www.csspw.cn	
发 行 部	010 – 84083685	
门 市 部	010 – 84029450	
经　　销	新华书店及其他书店	
印刷装订	北京君升印刷有限公司	
版　　次	2023 年 5 月第 1 版	
印　　次	2023 年 5 月第 1 次印刷	
开　　本	710×1000　1/16	
印　　张	33	
字　　数	245 千字	
定　　价	168.00 元	

凡购买中国社会科学出版社图书，如有质量问题请与本社营销中心联系调换
电话：010 – 84083683
版权所有　侵权必究

Ralph Waldo Emerson (May 25,1803—April 27,1882)

纪念爱默生 220 周年华诞

In Commemoration of the 220th Anniversary
of Ralph Waldo Emerson's Birth

诗歌与想象

——爱默生诗集中译本序

拉尔夫·沃尔多·爱默生（Ralph Waldo Emerson，1803—1882）是一位美国思想家、散文作家、诗人。他的超验主义思想引起了十九世纪上半叶美国哲学、神学、文学艺术领域的"一场观念革命"，即"衡量一切的新尺度是个人的活的灵魂"。[①] 爱默生认为："人类文明走对了的步子都是由于倾听了个人内心那永恒的呼唤……相信你的直觉……适合的便是有益，奴役心灵的便是有害。"[②] 十九世纪上半叶，诞生不过半个世纪的年轻的美利坚合众国，在经济上正在从一个农业社会大踏步地向工业化迈进，在领土上正在意气奋发地向西部扩张，在文化上正在寻求民族精神的独立，爱默生代表了这一全新的转折，"从神学走向自立"[③]，即"从原先以上帝为中心过渡到以人为中心，从原来依赖上帝过渡到人的自立"[④]。

与此同时，爱默生认为，人与自然之间的关系远远超出了人们可以没完没了地开发和利用自然的关系。"不同于当时人们对自然实用价值的关

[①] 钱满素：《爱默生和中国——对个人主义的反思》，生活·读书·新知三联书店1996年版，第1页。
[②] ［美］爱默生：《爱默生早期演讲》第2卷，［美］斯蒂芬·E.韦切等编，哈佛大学出版社1959年版，第318页。转引自钱满素《美国文明散论》，东方出版社2010年版，第67—68页。
[③] 钱满素：《美国文明散论》，东方出版社2010年版，第66页。
[④] 钱满素：《爱默生和中国——对个人主义的反思》，生活·读书·新知三联书店1996年版，第3页。

注，爱默生以超前的目光看到了自然的精神价值。在他心目中，自然不仅是精神的象征，同时，也是教导人们高尚品行的良师，美国文化艺术的源泉，人类汲取知识的读本。"① 爱默生说："很少成年人能够看懂自然。大多数人对太阳是视而无睹，充其量是一掠而过，似懂非懂。"② 实际上，在大自然中，"人[是]可以永葆青春的"：

  站在空地上，我的头颅沐浴着清爽的空气，无忧无虑，升向那无垠的天空，心中所有丑陋的狂妄自私均荡然无存。我变成了一只透明的眼球。我化为乌有，却又洞察一切。宇宙生命的洪流在我身边涌动并且穿我而过；我成了上帝的一部分，或者一小部分。③

这段文字是爱默生超验主义自然观的极写。在爱默生看来，只有在这种时候，人与人才是平等的，人与自然才是和谐的；只有在这种时候，人们才能够享受大自然中"那种无法抑制的、永恒不变的美"；只有在这种时候，人们才能够在大自然中发现"某种比在大街上或者乡镇里更加亲昵、更加同源共生的东西"；也只有在这种时候，人们才能够"在一片宁静的景色里，特别是在远方的地平线上，看见某种与他的本性同样美丽的事物"。④ 爱默生坚信世界是象征性的。自然是人类精神的化身，是个象征体系，具有象征意义。人们可以在自然中发现人类理性的光芒。他主张人们抛弃惯例和经验，寻求一种超验的自由心智，通过直观去感受世界，追求真理。由于诗人独具慧眼、至高无上，因此唯有诗人才能刻画自然的表象，唯有诗人才能揭示事物的真理。爱默生的超验主义诗学思想不但在惠特曼、狄金森等十九世纪美国诗人的笔下得以开花结果，而且影响了从罗伯特·弗罗斯

---

① 程虹：《美国自然主义文学二十讲》，外语教学与研究出版社 2013 年版，第 72 页。
② [美]爱默生：《自然》，载《爱默生诗文选》，黄宗英译，高等教育出版社 2018 年版，第 164 页。
③ [美]爱默生：《自然》，载《爱默生诗文选》，黄宗英译，高等教育出版社 2018 年版，第 165 页。
④ [美]爱默生：《自然》，载《爱默生诗文选》，黄宗英译，高等教育出版社 2018 年版，第 165 页。

特（Robert Frost，1874—1963）到华莱士·史蒂文斯（Wallace Stevens，1879—1955）、威廉·卡洛斯·威廉斯（William Carlos Williams，1883—1963）、埃兹拉·庞德（Ezra Pound，1885—1972）、托马斯·斯特恩斯·艾略特（T. S. Eliot，1888—1965）、哈特·克莱恩（Hart Crane，1899—1932）、查尔斯·奥尔森（Charles Olson，1910—1970）、艾伦·金斯堡（Allen Ginsberg，1926—1997）、加里·斯奈德（Gary Snyder，1930— ）、查尔斯·伯恩斯坦（Charles Bernstein，1950— ）等众多二十世纪及其以来的当代重要美国诗人的艺术创作。

作为一位诗人，他不愧为朗费罗所称赞的一位"思想歌手"（singer of ideas）。① 虽然他没有创作出惠特曼《草叶集》（*Leaves of Grass*，1855）、威廉斯的《帕特森》（*Paterson*，1946—1958）、奥尔森的《马克西姆斯诗篇》（*The Maximus Poems*，1960—1975）那样的鸿篇巨制，但也不乏《斯芬克斯》（"The Sphinx"）、《个体与全部》（"Each and All"）、《乌列》（"Uriel"）、《万物之灵》（"The Wolrd-Soul"）、《杜鹃》（"The Rhodora"）、《大黄蜂》（"The Humble-Bee"）、《暴风雪》（"The Snow-Storm"）、《康科德颂歌》（"Concord Hymn"）、《梵天》（"Brahma"）、《日子》（"Days"）等抒情佳作以及《林中曲》（"The Woodnotes I & II"）、《莫纳德诺克山》（"Monadnoc"）等篇幅较长的超验主义诗歌代表之作。

梭罗曾经在日记中写道，爱默生"是一位评论家、诗人和哲学家。他的天资并不聪颖，也不一定能够胜任他的抱负，但是他的领域更加崇高，他的任务更加艰巨。他过着一种异乎寻常的紧张生活，努力成就一种神圣的人生，慈爱与智慧并驾齐驱。他终生求索，永无止境，打开了一个新的世界。爱情、友情、宗教、诗歌、神学，他都融会贯通。他的一生可谓一位艺术家的一生，却更加多采、更加深刻、更加敏锐。虽然身体并不强壮、

---

① 参见张冲《新编美国文学史》（第一卷），上海外语教育出版社2000年版，第288页。

性情也不十分开朗，但是他讲究实效，诚实守信，享受人生。人们从未见过像他这样如此全面地了解世界的人，人们也从未见过像他这样如此可信、如此诚实的人。在他的身上，我们看到了神性的极致，一位富有诗性的批评家，毫不留情地给众神留下了一堆的名词"①。

1870年前后，爱默生曾经答应过一家英国出版社，将自己尚未发表的文稿集结付梓，但因年岁已高，记忆力严重衰退，书稿迟迟未能完成，直到1875年年底和1876年年初在他女儿埃伦·爱默生（Ellen Emerson）和老友詹姆斯·埃略特·卡伯特（James Elliot Cabot）的协助下，才兑现了自己的承诺，分别在美国波士顿和英国伦敦出版了他生前最后一本散文集《文学与社会目标》（*Letters and Social Aims*），其中包括十一篇随笔或者称十一个章节，即《诗歌与想象》《社会目标》《雄辩》《睿智》《滑稽》《引证与原创》《文化进步》《波斯诗歌》《灵感》《伟大》和《不朽》。②《诗歌与想象》是基于爱默生1850年前后一次演讲的一篇重要诗学论作。在这篇文章中，爱默生说："一个好的象征就是一个最佳观点（best argument），而且是一个能够说服成千上万人的使者……的确，大自然本身就是一个巨大的比喻（trope），而且大自然中所有的具体事物都是比喻。"③诗人的作用就在于释读并且通过书写重新呈现这种语言："诗歌，假如完美，就是唯一的真实，是人们依据真实而非表面现象道出的话语。"④"作为一种力量，诗歌是

---

① Thoreau, Henry David, *Thoreau's Journal*, Vol. 1, Princeton: Princeton University Press, 1906, pp. 431-432. 转引自黄宗英《爱默生与美国诗歌传统》，高等教育出版社2018年版，第1页。
② 其中《诗歌与想象》("Poetry and Imagination")、《社会目标》("Social Aims")、《雄辩》("Eloquence")、《睿智》("Resources")、《灵感》("Inspiration")、《伟大》("Greatness")和《不朽》("Immortality") 共七篇是首次发表，而先前发表过的包括《滑稽》("The Comic", *Dial*, IV, October, 1843, 247-256)、《引证与原创》("Quotation and Originality", *The North American Review*, CVI, April 1868, 87-95)、《文化进步》("Progress of Culture," as "Aspects of Culture" in *The Atlantic Monthly Magazine*, XXI, January 1868, 87-95）和《波斯诗歌》("Persian Poetry," in *The Atlantic Monthly Magazine*, I, April 1858, 724-734)。
③ Emerson, Ralph Waldo, "Poetry and Imagination", *The Collected Works of Ralph Waldo Emerson*, Cambridge and London: Harvard University Press, 2010, p.7. 本序言中引自《诗歌与想象》的引文均由笔者自译。
④ Emerson, Ralph Waldo, "Poetry and Imagination", *The Collected Works of Ralph Waldo Emerson*, Cambridge and London: Harvard University Press, 2010, p.10.

对事物象征意义的认识并且将其看作是事物的代表。"① 在《自然》(1836)一文中,爱默生写道:"词语是自然事物的符号。具体的自然事物是具体的精神事物的象征。自然是精神的象征。""每一个用来表达一种道德或者思想事物的词语,只要查找它的词根,就会发现它是从某种事物表象中借用来的……不仅词语是图征性的(emblematic),而且各种自然事物都是图征性的。每一件自然事物都是某种精神事物的象征。自然界的每一种表象都与人的某种心境(state of the mind)相互呼应,而且这种心境只能通过把这种自然表象表现为它的图像(picture)才能加以描述……这个世界是图征性的。人类语言丰富多彩的词语充满着各种隐喻(metaphor),因为整个自然世界就是一个人类灵魂的隐喻。"② 可见,爱默生的《诗歌与想象》这篇文章拓展了爱默生对自己1836年首秀哲学研究力作《自然》中关于自然语言象征意义的理解范畴。为了方便读者了解爱默生诗歌创作的思想和特点,本书编译者对这篇文章的核心观点加以译介,作为爱默生诗集国内第一个中文译本的序言,以飨读者。

爱默生的《诗歌与想象》堪称一篇诗歌与诗学论文,包括一个较长的引言和"诗歌"(Poetry)、"想象"(Imagination)、"真实"(Veracity)、"创作"(Creation)、"乐感、韵、形式"(Melody, Rhyme, Form)、"吟游诗人和行游诗人"(Bards and Trouveurs)、"道德寓意"(Morals)、"超然性"(Transcendency)八个部分。为了与他先前发表的《自然》《诗人》《圆》《自然法则》等论著中关于自然蕴含并体现真理的观点保持一致,爱默生在这篇文章的开篇引言部分重申了物质与精神之间不可分割的联系。在爱默生看来,"宇宙世界……是一个严肃、认真、健康的生命家园……在大自然中,除了死亡,就没有静止不动的东西。创造的车轮不会停止,永远在途

---

① Emerson, Ralph Waldo, "Poetry and Imagination", *The Collected Works of Ralph Waldo Emerson*, Cambridge and London: Harvard University Press, 2010, p.14.
② [美]爱默生:《自然》,载《爱默生诗文选》,黄宗英译,高等教育出版社2018年版,第175、180页。

中,永远是在逐渐地变成另外某种东西,生成某种更高级的东西……每一事物都在不断地挣脱覆盖在自己身上的东西,逐渐地从旧的物质形态发展成新的形态,尽管这种变化的速度十分缓慢,特别是那些我们称之为规律并且能够把一切事物都串在一起的人们肉眼看不见的细绳……这些神秘的细绳或规律通过每一个变体昭示着它们各自为人们所熟悉的崇高品质,不论它是动物或植物或行星"。可见,"同一性规律是存在的,物理学中也存在完美的秩序,自然规律与思想规律之间完美的平衡关系同样是存在的"。宇宙间"只有一种动物、一小块土地、一种物质和一种力量。光和热的规律是相通的;声音和颜色的规律也是如此……当一位学生在思考这种无限的同一性时,他会发现大自然中的所有事物,动物、山脉、河流、四季、树林、木材、石头、蒸汽,都与他的思想和生命有一种神秘的联系;它们的生长、腐朽、质量和用途,不论是部分还是全部,都是如此奇妙地像它们自己,以至于他迫不得已只能通过它们的名字与其交流。他的词汇和思想完全脱胎于它们的作用。每一个名词都是一个意象……整个世界就是人类生命每一个阶段中的一本巨大的画册"。人们尚未发现大自然中存在任何互不相连的事物,一切自然事物"构成了一个完整宇宙各个真实的部分,就像一个句子中的一个个单词一样,而且一旦它们的真实秩序被诗人揭示,那么这位诗人就能像阅读圣经一样准确有序地读出其中所蕴含的神性的伟大意义"。然而,"科学因其假设的目的是解释一种爬行动物或者软体动物,并将其隔离开来,这就好比是在坟墓里寻找生命"。由于科学缺乏大自然中所蕴含的那种曲线的诗性真实,所以爱默生断言,"科学因其缺乏诗性而变得虚假",而且"科学并不知道它亏欠想象"。[1] 不难看出,爱默生是用联系的眼光去看待世界,透过现象看本质,挖掘物质与精神之间的天然关系,去窥见自然事物背后所蕴含的崇高思想和更加深邃的本质意义。

---

[1] Emerson, Ralph Waldo, "Poetry and Imagination", *The Collected Works of Ralph Waldo Emerson*, Cambridge and London: Harvard University Press, 2010, pp.1-5.

这篇论文第 1 节的标题为"诗歌",主要讨论诗歌的意义及其对人的作用。爱默生开诚布公地区别了客观事实两种不同的用途。他说:"一个客观事物的直接用途是微不足道的,但其间接用途,比如作为一个形象或是表达我的思想的一个图示,那才是它真正的价值所在。首先是客观事物,其次是它给人的印象,或者说是我对它的认识。"爱默生认为,大海、森林、金属、钻石、化石等自然事物都能够让人眼花缭乱,但那只是低级的、人们能够预见的迷人之处,而真正能够启发人类智性的是这些自然事物本身所掩盖的精神法则(spiritual truth)。在他看来,"大自然能够娴熟地助力于一个人的思维;河流、花朵、鸟儿、火、日夜能够轻而易举地表达他的运气……我们时刻不停地在使用'像'(like)这个单词,像火一样、像块石头、像闪电、像一只蜜蜂,'像一个没有春天的年份'。不包含各种比喻的对话是不存在的……上帝本身并不讲白话,而是通过各种暗示、预兆、推论以及蕴含在我们身边的各种隐晦的相似物在与我们沟通"。可见,大自然是以其各种象征物体向我们暗示宇宙世界的精神法则。因此,爱默生说:"我宁愿拥有一个能够很好地表达我的思想的象征(symbol)或者比喻(analogy),也不要康德或者柏拉图的赏识。"换言之,当大自然的精神法则以某种象征形式呈现给人们的时候,其客观事物是显而易见的,但每个独立存在的自然事物同时被赋予了具有普遍性的意义和认识。

与此同时,爱默生认为"大自然本身就是一个巨大的比喻,而且大自然中所有的具体事物都是比喻……一切思维都是在做类比的推理,而且生活的作用就是在学习转喻……[因此]每当你阐述一条自然规律的时候,你就会发现你同时阐述了一条思想规律"。那么,"诗歌创作是一种永恒的努力,其目的是表达事物的精神,是要超越没有情感的肉体并寻求使之永恒存在的生命和理性"。比如,当蜜蜂在百花丛中采蜜时,蜜蜂采集的是绿薄荷和黑角兰的花粉,并生成一种新的产品,但这种新的产品不是原来的绿薄荷和黑角兰,而是蜂蜜。再如,化学家把氢和氧混合在一起,生成一种新的物质，而这种新的物质不是原来的氢与氧，而是水。诗人因其独特而又丰富的想象力，能够以独特的耳朵去聆听大自然中的对话，以敏锐的眼光去观察大自然中的所有事物，但他回馈给大自然的不是大自然原本的事物，而是一种崭新的和超验的体验。诗人也因此成为能够读懂自然世界中各种客观事物象征意义的代表。

那么，什么是想象呢？想象力在诗歌创作中有什么重要性呢？在这篇文章第2节"想象"中，爱默生直截了当地阐明了想象的重要性：

> 当人们普遍认为客观事物或者人们肉眼可见的自然事物就是各种真实和终极事实的时候，诗歌或者驾驭诗歌的想象，就成为一种超然的视力，能够洞穿一切客观事物，并将其用作它们所指代的思想类别或者文字……我们曾经给诗歌下过的最佳定义是最古老的句子之一，听说是从迦勒底人琐罗亚斯德[①]传下来的；他这么写道："诗人是站立的搬运工，他的工作包括对圣父和物质说话，用各种明显的模仿来再现不明显的自然事物，并且用世界上明显虚构的东西来铭刻不明显的事物。"换言之，世界因思想而存在，诗要让躲藏的东西显示出来；山脉、水晶、植物、动物是可见的，但是创造这些可见事物的东西又是不可见的；因此，这些可见的事物就是对"不明显的自然事物的明显复制"。培根曾经给诗歌下过同样意思的定义："诗歌让事物的表象与心灵的欲望相互契合"；此外，斯维登堡也说过，"人的思想里是不存在任何东西的，即便与最神秘的信仰信条相关，但是它（思想）已经与一个自然和感性的意象相互捆绑"。他又说，"天上那些人根本就不知道什么姓名、国家、民族之类的东西；他们根本就不认识这些事物，但是他们知道这

---

① 迦勒底（Chaldea，古巴比伦王国南部一地区）；迦勒底王国，古代东方奴隶制国家，即新巴比伦王国。琐罗亚斯德（Zoroaster，628?—551?BC），古代波斯琐罗亚斯德教创始人，据说20岁弃家隐修，后来对波斯的多神教进行改革，创立了琐罗亚斯德教。

些事物所代表的真实事物"。每个象征总是能够刺激人的思维，因此诗歌永远是最好的读物。想象的初心使命就是用另外一种事物，用一种神圣的自然物体来归化我们的思维。①

可见，在爱默生看来，想象是诗人特有的一种超然视力，是诗人洞穿一切自然事物表象，进而窥见客观事物精神本质规律的手段。在《诗人》("The Poet"，1844）一文中，爱默生就说过，想象是"一种十分高明的眼光……一种巨大的和公开的力量。凭借这种力量，诗人可以奋不顾身地敞开人间所有的大门，让天国的潮水涌进他的心田，并在他的周身循环荡漾。这个时候就是他被卷入宇宙生命的时刻，他的语言就是惊雷，他的思想就是法则，他的话语如同动植物一样变得老少可解"②。因此，想象是诗人洞察事物的一种悟性或者一种敏锐的眼光，它让诗人以艺术的形式表现自己对真理的直接感受。诗人正是借助这种想象的力量，让自己的思想超越理性范畴。③

此外，在第2节的结尾，爱默生对想象与幻想（fancy）作了区分，认为幻想是表面的，而想象则是"对一种思想与某种物质事实之间一种真实关系的认识和肯定"。爱默生说："想象是核心，而幻想却是表面的（superficial）。幻想与大部分生活存在的表面现象相联系。人们很自然地会说情人总是会幻想女友的头发、眼睛、肤色等。幻想又是任性的，是一种自发行为，是一种与所谓男人和女人的玩具和木偶一起玩耍的游戏，而想象却是对一种思想与一种事实之间真实关系的一种认识和肯定。幻想为我们提供乐趣，而想象能够拓展和提升我们。想象采用一种有机分类，而幻想通过偶然相似联合，能够让闲散的人感到诧异并且有乐趣，但是在伟大

---

① Emerson, Ralph Waldo, "Poetry and Imagination", *The Collected Works of Ralph Waldo Emerson*, Cambridge and London: Harvard University Press, 2010, pp.9-10.
② ［美］爱默生：《诗人》，载《爱默生诗文选》，黄宗英译，高等教育出版社2018年版，第390页。
③ 参见黄宗英《爱默生与美国诗歌传统》，高等教育出版社2018年版，第8页。

的激情和行动面前只能保持沉默。幻想积聚人员，而想象让人生机勃勃。幻想与颜色相关，而想象却与形式紧密相关。幻想与绘画相关，而想象则与雕塑紧密相关。"①

在谈完"诗歌"与"想象"之后，爱默生接着在第3节讨论"真实"（Veracity）。他说："我不希望看到我的诗人不出席他自己摆设的宴席，或者看到他试图采用无法打动或者逗乐他自己的东西来打动我或者逗我乐。他必须相信他自己的诗歌。荷马、弥尔顿、哈菲兹（Hafiz）②、赫伯特（George Herbert）③、斯维登堡、华兹华斯等诗人都十分迷恋他们自己甜美的思想。不仅如此，他们知道事物与思想之间这种关联性远远超过他们所能透视的深度——精妙的表述除外。这种关联是根本的，或是事物的核心。诚实是我们对诗人的要求——他们应该描写事物过去是如何发生的，而不是描写可能发生的事。然而，我们大众诗歌的缺点就是不够诚实。"④ 在爱默生看来，诗人只能描写诗人自己认为是真实的东西。因为诗人独具慧眼，能够洞穿一切客观事物，善于依靠亲身体验的真实经历，透过表面看本质，因此他具有超然视力（second sight）。不仅如此，他的超然视力似乎还拥有一种宗教维度的支撑："当他（诗人）歌唱的时候，全世界人都在深信不疑地听着，现在要播报的是一个关于上帝的秘密。恰当的诗歌语气就是或者说可以造就一种更加完整的感受力，能够透过事物表象去窥见其中的内涵，能够展示一种更加深刻的洞察力，而且这种感觉能够创造出一种强有力的表达，好

---

① Emerson, Ralph Waldo, "Poetry and Imagination", *The Collected Works of Ralph Waldo Emerson*, Cambridge and London: Harvard University Press, 2010, p.15. 这里我们能够看出，在雕塑与绘画两者之间，爱默生更喜欢雕塑。
② 哈菲兹（Hafiz，1327—1390），波斯诗人，创作了近500首富有哲理并充满浪漫主义精神的诗篇。
③ 赫伯特（George Herbert，1593—1633），英国玄学派宗教诗人，工于格律和韵文技巧，诗作有《圣殿》《圣诗及抒怀》等。
④ Emerson, Ralph Waldo, "Poetry and Imagination", *The Collected Works of Ralph Waldo Emerson*, Cambridge and London: Harvard University Press, 2010, p.15.

比一个人心里明白他自己走路的方式一样。"①因此,"诗歌是信仰。在诗人眼里,诗歌世界是一片处女地,一切都是可行的;人总是崇尚美德,而且总是乐于行善。诗人是一位真正的二次开拓者(recommencer),是亚当在天堂里的转世投胎"②。由于美国摆脱了欧洲文化的束缚,所以这一观点显得尤其重要。爱默生在《自然》一文的开篇就曾大声疾呼:"既然我们生活在一个大自然全盛时期的怀抱之中,大自然生命洪流不仅环绕而且贯穿我们的身躯,并且以其饱满的力量激励我们对大自然采取相应的行动,那么,为什么我们还要在历史的枯骨堆里胡乱摸索?或者偏要把一代活生生的人推进满是褪色长袍的假面舞会呢?今天的太阳同样耀眼。田野里有更多的羊群和亚麻。人们发现了许多新的土地、新的人和新的思想。让我们来呼唤我们自己的著作、法律和宗教。"③19世纪的美国是一块新的土地,有其新的人、新的思想和新的经验,它需要自己的诗人。

《诗歌与想象》一文第4节的主题是"创作"(Creation)。爱默生认为,虽然诗人有能够洞穿客观事物的超然视力,但是他必须将他的想象与他所经历的事实紧密地结合起来。诗人必须完成将自己的亲身经历转变成诗歌语言的"变形过程"(metamorphosis)。在这一节中,爱默生把这个转变过程称为"科学"(science),而"创作"便是诗歌创作过程中的第三个重要步骤——想象、真实、创作,涉及诗人诗歌创作的各个实践方面。爱默生提醒我们,诗歌创作是一种基于"超然视力"的认识活动:"我们的科学(诗歌创作)总是与我们的自我认识齐头并进。当我们从中央向外围看去并且调动一切元素——仿佛心灵创造了这一切的时候,诗歌创作就开始了,或者说所有的一切都变成了诗歌。只有这样,我们才能够看清我们是什么

---

① Emerson, Ralph Waldo, "Poetry and Imagination", *The Collected Works of Ralph Waldo Emerson*, Cambridge and London: Harvard University Press, 2010, p.15.
② Emerson, Ralph Waldo, "Poetry and Imagination", *The Collected Works of Ralph Waldo Emerson*, Cambridge and London: Harvard University Press, 2010, p.16.
③ [美]爱默生:《自然》,载《爱默生诗文选》,黄宗英译,高等教育出版社2018年版,第161页。

以及我们在做什么。"① 诗歌创作是一种诗歌创作行为动作,必须与诗人的亲身经历紧密结合。爱默生曾经把莎士比亚当作诗人的代表就是因为"诗人有一颗与他的时代和国家气脉相应的心。在他的作品中,没有什么想入非非的东西,而只有酸甜苦辣的认真,充满着厚重的信仰,指向最坚定的目标,而这个目标也是他那个时代任何个人和任何阶级都了解的目标"②。

"乐感、韵、形式"(Melody, Rhyme, Form)是《诗歌与想象》一文第5节讨论的题目。诗本身就是歌,诗的韵就是一种音乐,或者说拥有音乐的优点,因此想象丰富和情感饱满的思想每每可以与音乐和韵律相互契合;换言之,最伟大的思想往往能够找到最伟大的文字表达,两者总是不谋而合。首先,爱默生认为,"诗歌必须逐渐化成音乐和韵律",因为诗歌的音乐和韵律最容易给人们带来愉悦,并引起人们内心的共鸣,而且"韵律仿佛是一个透明的框架,让一座纯粹的思想大厦展现在人们心灵的眼睛面前。自然物质是这样,人们的情绪和形式也是如此。诗人好比一个小男孩,能够给人带来一堆堆彩虹般色彩斑斓的气泡,乳白色的、地球般球状的、在空中飞扬的,而不是一滴滴肥皂水。雨果(Victor Hugo)说得好,'沉浸在诗歌里的思想会突然间变得更加敏锐深刻和更加光辉灿烂,可谓生铁炼成钢材'。有人说,培根'最喜欢看到诗歌采用扬抑抑格(dactyl)和扬扬格(spondee)',而约翰逊(Ben Johnson)却说:'邓恩要不是坚持他独特的重音节奏,那么他就只能上吊自杀。'"③

其次,爱默生认为,"诗还必须有自己的目的(an end in itself),也就是说,一首诗歌应该有自己的节奏感,而且必须"向事实要形式"(ask the

---

① Emerson, Ralph Waldo, "Poetry and Imagination", *The Collected Works of Ralph Waldo Emerson*, Cambridge and London: Harvard University Press, 2010, p.22.
② [美]爱默生:《莎士比亚,或者诗人》,载《爱默生诗文选》,黄宗英译,高等教育出版社2018年版,第415页。
③ Emerson, Ralph Waldo, "Poetry and Imagination", *The Collected Works of Ralph Waldo Emerson*, Cambridge and London: Harvard University Press, 2010, pp.28-29.

fact for the form）。这六个字恐怕算得上爱默生最著名的美学论点之一，也是爱默生决定所有纯粹诗歌与诗学原则的本质元素。因此，爱默生说："诗歌绝不是一种简单方法，好比历史或者哲学律动的韵律，或者桂冠诗人应景创作的颂诗。它自己必须有自己的目的，否则就什么也不是，毫无意义。好诗与坏诗的区别就在于后者的节奏是强加给它的，而且诗的意蕴还必须与之相适应，而前者的意蕴支配着节奏。我甚至可以说好诗的韵在诗中是与主题、思想和意象浑然一体的。向事实要形式。因为一首诗不是一个装载着一个句子的载体，好比一个首饰匣子里放着一颗珠宝。一首诗必须是活的，并且不可以与其内容割裂开来，正如一个人的灵魂激励并且指挥着他的肉体，而我们是通过音乐来判断灵魂对肉体的激励程度。在阅读散文时，我的感觉随着句子的长短而伸缩，但阅读诗歌时，我的感觉就得跟着一个个单词走。思想感情的升华带动语言表达的升华。这也是一种循序渐进的积累；每一首诗都是由一行行诗组成的，而每一行诗又反过来充满了诗人的耳朵，如此循环往复，便产生一首首十分神奇的诗歌作品。"①

《诗歌与想象》第 6 节的题目是"吟游诗人和行游诗人"（Bards and Trouveurs）。爱默生说："人类原始词语里所蕴含的那金属般硬邦邦的力量让那些原始野蛮时代遗存的文字变得格外优越（superiority）。早期的吟游诗人（bard）毫不费劲就可以比后来更加高雅的诗人们（poets）吟唱出更加激动人心的诗歌。吟游诗人的优势就在于他的词语就是事物，每个单词本身都是能够刻画事实的幸运之声，而我们聆听他的吟唱就好比是在欣赏一位印第安人，或者一位猎人，或者一位矿工的歌声，他们每个人能够准确地代表他所吟唱的客观事物，宛如一匹狼或者一只天鹰代表着它们所居住的森林或者翱翔的天空一样。那原始的力量、那土地或者大海原始的气味扑面而来，仿佛我们是在阅读北欧萨迦（Sagas of the North）、《尼贝龙根

---

① Emerson, Ralph Waldo, "Poetry and Imagination", *The Collected Works of Ralph Waldo Emerson*, Cambridge and London: Harvard University Press, 2010, p.29.

之歌》(*Nibelungen Lied*)、英格兰和苏格兰的歌和民谣等古代诗歌一样。"①可见，在爱默生的心目中，诗人的语言必须来自生活，诗人所使用的词语必须忠实于常人的生活经历，真可谓"他的词语就是事物"。因此，诗歌有一种受制于其内容和目的的形式，其诚实性存在于诗人所使用的词语之中，而这一点同样是极其神圣并且具有巨大约束力的。在《诗人》一文中，爱默生曾提醒我们，"每一个词都曾经是一首诗歌。每一种新的关联都是一个新的单词……即便是一个早已废弃的词语，它也曾经是一幅灿烂的图画。语言是化石的诗歌"②。

《诗歌与想象》最后两节的题目分别是"道德寓意"(Morals)、"超然性"(Transcendency)，注重讨论诗歌的目的和价值问题，其遣词特点仍然具有强烈的宗教色彩。爱默生认为，"诗歌必须积极乐观，让读者怀有盼望。诗歌是智者的虔诚话语，必须以'于是，神说'开篇，而且把自然作为象形文字的诗人也必须在诗中传达某种恰到好处的启示寓意……诗神缪斯与大自然一样丰富多彩，相辅相成，优势互补。我并非经常在书本中遇见她，但是我们认识自然，刻画自然，她生机勃勃、神态安详、肥沃华贵、协调连贯，以至于每一个创造都预示着另一个创造"③。在爱默生心目中，人们的宗教信仰与对大自然的尊崇同样重要，两者相互融合，互为你我，一起为诗歌创作奠定了道德基础。于是，爱默生得出了一个结论："诗歌的最高价值是要教化人类，让我们超越诗的境界，或者说，假如这一点难以实现，那也应该征服人类，让我们尊重秩序与美德。"④爱默生深信，"如今的

---

① Emerson, Ralph Waldo, "Poetry and Imagination", *The Collected Works of Ralph Waldo Emerson*, Cambridge and London: Harvard University Press, 2010, p.31.
② [美]爱默生：《诗人》，载《爱默生诗文选》，黄宗英译，高等教育出版社2018年版，第386—388页。
③ Emerson, Ralph Waldo, "Poetry and Imagination", *The Collected Works of Ralph Waldo Emerson*, Cambridge and London: Harvard University Press, 2010, p.37.
④ Emerson, Ralph Waldo, "Poetry and Imagination", *The Collected Works of Ralph Waldo Emerson*, Cambridge and London: Harvard University Press, 2010, p.37.

生活迟早将化为诗歌，而且每一种美丽和高尚的品格都将谱写出更加绚丽多彩的诗歌！"①

总之，在这篇文字中，爱默生从界定"诗歌"的主题和定义开始，到讨论诗人创作的基本元素"想象""真实""创作"，再到诗歌美学的基本要素"乐感、韵、形式""吟游诗人和行游诗人"，最后揭示诗歌创作的目的和价值"道德寓意""超然性"，真可谓环环相扣，逻辑清晰，深刻全面地论述了在自然流变视域下诗歌与想象的密切联系以及诗歌创作中形式与内容相互契合的美学原则。

黄宗英

2022 年 8 月 11 日

---

① Emerson, Ralph Waldo, "Poetry and Imagination", *The Collected Works of Ralph Waldo Emerson*, Cambridge and London: Harvard University Press, 2010, p.42.

目录

《诗集》(*Poems*, 1847)

斯芬克斯	3
个别与全体	10
问　题	13
致雷亚	18
来　访	22
乌　列	24
万物之灵	27
卡斯蒂利亚的阿方索	33
米特拉达梯六世	37
致约翰·韦斯	39
命　运	41
盖　伊	44
老　练	46
哈马特里亚	48
再　见	51
杜　鹃	53
大黄蜂	55
采黑莓	58

暴风雪	59
林中曲 I	61
林中曲 II	68
莫纳德诺克山	84
寓　言	102
颂诗，赠 W. H. 钱宁	104
阿斯脱利亚	109
艾蒂安·博埃斯	112
各负其责	114
补　偿	115
克　制	116
公　园	117
先行者	119
鼓起勇气	121
美的颂歌	122
把一切献给爱	127
致埃伦，在南方	130
致伊娃	133
护身符	134
你的眼睛仍在发光	135
厄诺斯	136
赫迈厄妮	137
初恋、魔爱、圣爱	141
道　歉	159
墨林 I	161
墨林 II	165
巴克斯	168

失与得	172
梅罗普斯	174
房　子	175
萨　迪	177
假　日	185
绘画与雕塑	187
来自波斯人哈菲兹	188
加塞勒：来自波斯人哈菲兹	196
色诺芬尼	198
日需的给养	200
破　坏	202
马斯克特奎得	205
挽　歌	209
哀　歌	212
康科德颂歌	224

《五月节与其他诗篇》（*May-Day And Other Pieces*，1867）

五月节	228
阿迪朗达克斯	256
梵　天	272
复仇女神	274
命　运	275
自　由	276
颂歌，吟诵于康科德市政大厅（1857年7月4日）	278
波士顿颂歌	281
自愿者	286
爱和思想	292

情人的祈求	293
巫　娜	295
书　信	297
红宝石	298
默林之歌	299
考　验	300
答　案	302
自然 I	306
自然 II	308
吉普赛姑娘	310
日　子	312
宪章派的抱怨	313
我的乐园	315
山　雀	319
海　岸	324
自然之歌	327
两条河流	332
林中独居	334
终　点	337
过　去	339
纪念爱德华·布利斯·爱默生	341
经　验	347
补　偿	349
政　治	351
英雄主义	353
人　物	354
文　化	355

目 录

友 谊	356
美	358
神 态	360
艺 术	362
精神法则	364
统 一	365
崇 拜	366
塞缪尔·霍尔	368
安娜·斯特吉斯·胡珀	369
各负其责	370
嘘！	371
演说者	372
艺术家	373
诗 人	374
诗 人	375
植物学家	376
园 丁	377
护林员	378
北方人	379
来自阿尔昆	380
更 高	381
借 用	382
自 然	383
命 运	384
星 象	385
力 量	386
转折点	387

昨天、我不知道是谁、今天	388
记　忆	389
爱	390
牺　牲	391
伯里克利	392
卡塞拉	393
莎士比亚	394
哈菲兹	395
小自然	396
天才的秉性都好	397
米歇尔·安杰洛·波纳洛蒂的十四行诗	398
被流放者	399
译自哈菲兹	401
假如我的爱人必须离去	402
墓志铭	403
墓志铭	404
他们说……	405
友　谊	406
亲爱的，你的影子洒在哪里？	407
没有王子或新娘的钻石	408
译自欧玛尔·海亚姆	409
拥有一千个朋友的人	410
两个日子	411
译自伊布恩·杰民	412
长　笛	413
致波斯王（哈菲兹）	414
致波斯王（恩韦里）	415

致波斯王（恩韦里）	416
锡德·尼姆托拉之歌	417

《诗选》(Selected Poems, 1876)

竖　琴	420
四　月	426
财　富	428
风弦琴少女的话	431
丘庇特	433
修女的抱负	434
颂　歌	437
波士顿	439

未收入诗集的诗篇（Uncollected Poems）

威廉·鲁弗斯和那位犹太人	447
名　声	449
无　声	451
没有大小之分	452
我拥有整个天空	453
恩　惠	454
三个维度	455
诗　人	456
礼　物	457
自　然	458
唯名论者和现实主义者	459
新英格兰改革者	460
谨　慎	461

圆	462
大智	463
自然	464
凤凰	465
信仰	467
诗人	468
我没有隐藏宝藏	469
致他自己	470
来自波斯日神的语言和行为	471
命运	473
力量	474
幻觉	475
生命之杯	477
斯克里米尔哪去了？	478
伊朗和阿拉伯半岛有乞丐	479
萨迪说，——当我站在	481
南风	482
施舍	483

中文题目索引　484

英文题目索引　492

后记　500

《诗集》

(Poems, 1847)

斯芬克斯①

斯芬克斯困倦了，
她双翼收紧；
两耳下垂，
俯伏世界。
谁能解我秘？　　　　　　　　　　5
这世代之谜？——
他们呼呼熟睡，
我在等候见者；——

"人子的命运；
人类的意义，　　　　　　　　　　10
未知的智果；

---

① 编译者注：1840 年，爱默生创作了《斯芬克斯》（"The Sphinx"）一诗。1841 年 1 月，这首诗歌发表在《日晷》（*The Dial*）杂志上。它不仅是爱默生本人最喜欢的诗歌之一，而且也是他最享有盛誉的诗歌作品之一。在他 1847 年出版的《诗集》（*Poems*）、1876 年出版的《诗选》（*Selected Poems*）以及 1884 年出版的《诗集》（*Poems*）中，爱默生都选择这首诗歌为诗集的开篇之作。这首诗歌是一段较长的对话，对话双方是斯芬克斯与一位"兴高采烈"地来破解她的隐谜的诗人。评论家桑德拉·莫里斯（Saundra Morris）把爱默生的这首《斯芬克斯》当作一首"门槛诗"（threshold poem），因为它开启了爱默生以及许多诗人诗歌创作的灵感。Sphinx: 斯芬克斯：希腊神话中的带翼的狮身女怪，传说常叫过路行人猜谜，猜不出者即遭杀害。斯芬克斯对十九世纪爱默生及其同时代的作家有着特殊魅力。

代达罗斯计划;①
沉睡的苏醒,
苏醒的沉睡;
生死的替代;   15
深邃的深邃?

"像根光柱挺拔笔直,
像棵棕榈拔地而起;
大象在牧场上吃草,
勇敢无畏而且平静;   20
他的动作优雅动人,
歌鸫鸟舞动着双翅;
他的丛林枝繁叶茂,
他在歌唱您的宁静。

"波浪翻滚,肆无忌惮,   25
甜甜蜜蜜,别具一格,
微风轻拂,兴高采烈,
新朋老友,相聚一堂;
相伴旅行的颗颗原子,
原始存在的个个整体,   30
紧紧地拽,用力地推,
借助他们生命的撑竿。

---

① 代达罗斯(Daedalus),希腊神话中传说的建筑师和雕刻家,其作品不仅丰富多彩、错综复杂,而且灵巧、富有创造性;曾为克里特岛(Crete)的国王弥诺斯(Minos)建造迷宫;后来与儿子伊卡罗斯(Icarus)一起,凭借自己为自己制作的蜡翼,双双飞离克里特岛,逃脱王囚;但因飞得太高,蜡被阳光熔化,坠入爱琴海而死。

斯芬克斯

"大海、大地、空气、声音、宁静,
植物、四足哺乳动物、鸟类
陶醉于同一天籁之音, 35
感动于同一造物始主,——
相互装扮,相互生色,
伴随着大自然的宁静;
夜晚给清晨罩上黑纱,
烟雾给山峦披上灰装。 40

"婴儿躺卧在母亲身边
沐浴在幸福欢乐之中;
时光流逝,不知不觉,——
太阳变成了他的玩具;
闪烁着全人类的和平, 45
不见乌云,双眼明亮;
世界总和,在他看来,
是个松软和煦的缩影。

"人会卑躬屈膝,脸红耳赤,
懂得躲避罪责,隐瞒真相; 50
懂得拍马奉承,偷眼窥视,
懂得敷衍搪塞,偷盗剽窃;
也会意志薄弱,郁郁寡欢,
有时忧心忡忡,妒忌一切,
像一个畸形儿,一个共犯, 55
他毒害了神造的整个大地。

"伟大的母亲眼睁睁地
看着他那满脸的惊恐，
有如寒冷震撼了星球，
以她特殊的语调喊道—— 60
'谁在我儿杯子里下药？
谁拌和了我儿的面包？
谁，带着沮丧和疯狂，
让人子变得神魂颠倒？'"

我突然听见一位诗人回答， 65
他声音洪亮，且兴高采烈，
"斯芬克斯，您继续说吧！
您的挽歌是我悦耳的歌曲。
深切的爱，深深地埋藏在
这一幅幅历史画卷的下面； 70
它们随着时间而逐渐褪色，
连同其所蕴含的崇高意义。

"让人类苦恼的魔鬼
是人对极致的追求；
龙洞豁开个大裂口， 75
为神圣之光所照亮。
自然中的那条忘川①
无法让他再次入迷，

---

① 忘川（Lethe）指希腊神话冥府一条河流的名称，饮其水即忘却过去的一切。

他的眼睛徒然所见，
但其灵魂看见完美。　　　　　　　80

"深邃呀，更加深邃，
人的精神必须投入；
朝着他旋转的轨道，
无法实现任何目标；
此刻上天吸引着他，　　　　　　　85
以其未透露的甜美，
一旦发现新的天地，
他便一脚踢开旧的。

"骄傲毁了许多天使，
羞耻使其灵魂复苏；　　　　　　　90
那最甜最美的喜乐
潜于悔恨灼痛之中。
难道我真的拥有那
位高尚自由的情人？——
我宁愿他更加高尚　　　　　　　　95
而并非仅仅爱着我。

"轮流交替永恒不变，
时而跟随时而飞翔；
痛苦中存在着快乐，——
快乐中存在着痛苦，　　　　　　　100
爱总是在中心做工，

心脏，不停地跳动；
一次次强劲的脉动
猛然冲向日子边界。

"呆钝的斯芬克斯，朱庇特留着你五种智慧！　　105
你的视力正在变得模糊不清；
给斯芬克斯上点芸香、没药和莳萝——
先洗洗她那模糊不清的双眼！"——
老斯芬克斯咬了咬她的嘴唇，——
说："谁叫你来给我起名字呀？　　110
我是你的灵魂，是你的搭档，
我是你眼睛里发出的一束光。

"你就是那未被解答的问题；
你能够看清你美丽的眼睛，
应该不停地问，不停地问；　　115
尽管每一个答语都是谎言。
你必须在自然中寻求答案，
只有通过自然你才能成功；
问吧，披上永恒外衣的你；
时间仅仅是个虚假的回答。"　　120

愉快的斯芬克斯站起身来，
不继续在石头上低头屈膝；
她把自己融入紫色的云朵，
她沐浴着银光四射的月亮；

螺旋上升，化作黄色光火； 125
她开出一朵朵红色的花朵；
汇成一股泡沫涌流的巨浪；
站在莫纳德诺克残丘尽头。

通过千千万万个不同声音，
这位宇宙女士大声地疾呼： 130
"谁能够猜出我的喻义之一，
谁就是主宰我一切的主人。"

个别与全体①

田野上那身披红色外衣的农民，
不知道你在山顶上朝下看什么；
小母牛在农场地里哞哞地叫着，
远处听，不是要陶醉你的耳目；
教堂司事正午鸣钟报时的时候，　　　　　5
认为伟大的拿破仑不可能停下
他的坐骑去倾听那悦耳的钟声，
部队绕过了远处阿尔卑斯高地；
你并不知道你的存在给乡邻们
带来了什么样重大的信念冲击：　　　　　10
宇宙万物相互依存，不离不弃；

---

① 编译者注：《个别与全体》（"Each and All"）这首诗最早于1939年2月发表于超验主义杂志《西部信使》（*Western Messenger*），后来收入爱默生《诗集》（*Poems*, 1847）和《诗选》（*Selected Poems*, 1876）。全诗共51行，不分诗节；表达了爱默生关于宇宙万物内部相连的哲学思想；诗人的灵感直接来自德国理想主义哲学家歌德的一首题为《一个和全部》（"Eins and Alles"）的诗歌。歌德的这首诗歌英文题目为"One and All"，于1839年4月发表于《北美评论》。1830年前后，爱默生写的诗歌数量不多，且绝大多数是一些个人内省的抒情短诗。在《个别与全体》一诗中，爱默生用四音步偶句（four-stress couplet）的诗歌形式，生动地再现了他孩提时在海边游玩的一次经历。在1834年5月16日的日记中，爱默生记录了当时的情境：他当时对沙滩上那奇形怪状、色彩斑斓的贝壳是如此痴迷，以至于拾起了许多贝壳并把它们带回家去，可是一到家，他便发现那些可爱的贝壳变得干瘪瘪的，难看死了。后来，作为一位作家，爱默生把这次经历给他的启示称为"创作"：美不是孤立存在的。

孤立之物不但不美,而且不善。
我想那麻雀之声定是天籁之音,
鸟儿栖息桤树枝头,黎明歌唱;
傍晚,我连鸟带巢,挪回家中,　　　　　15
它唱着同一首歌,可不再悦耳,
因为我没有搬回那溪水与蓝天;
它唱给我听,可它们唱给我看。
沙滩上的精美贝壳,琳琅满目;
海面上的层层浪花,滔滔不绝,　　　　　20
让清香的珍珠发出鲜美的光泽;
那野蛮咆哮的大海,汹涌澎湃,
却把贝壳珍珠安全地交托于我;
我擦去它们身上的杂草和泡沫,
并将这些海生的珍宝带回家去;　　　　　25
但这些可怜难看、恶臭的东西,
已经把它们的美留在了沙滩上,
陪伴太阳、沙滩和野蛮的浪涛。
情郎望着他那婀娜多姿的情人,
仿佛她飘荡在一群群少女之中,　　　　　30
并不知道她身穿美丽的盛装已
平静地融入洁白纯真的唱诗班。
最后,她来到了他的隐居之处,
就像那只小鸟从树林飞进鸟笼;——
它迷人的色彩与生机荡然无存,　　　　　35
一位温顺的妻子,但失去美丽。
然后,我才说出:"我渴望真理;

美不过未成熟儿童的一种欺诈；
我把它留给了青春游戏的记忆。"——
当我振振有词之时，我脚下的　　　　　　　40
一棵石松卷起了它美丽的花冠，
给枝繁叶茂的石松绣上了花边；
我深吸了一口紫罗兰花的芬芳；
身边耸立着一棵棵橡树和黄松；
地上铺满了一片片松球和橡果；　　　　　45
我头顶着直入云霄的永恒苍穹，
不仅充满光明，而且充满神性；
我一次次看见，也一遍遍听见
那流水的澎湃，那鸟儿的晨啼；——
美从我的各种感觉中悄然而来；　　　　　50
我让自己顺从了这完美的全体。

问 题①

我喜欢教堂和修士的大兜帽；
我仰慕能够窥见灵魂的先知；
修院的通道和侧廊纵横交错，
如甜美的乐曲或忧虑的笑脸；
并非人人都能明白他的信仰，   5
假如我是那位戴兜帽的修士。

为何他身上的法衣如此迷人？

---

① 编译者注：爱默生的《问题》（"The Problem"）一诗创作于1839年11月10日，于1840年7月发表在《日晷》上，是爱默生的力作之一，收录于爱默生1847年出版的《诗集》。这首诗歌告诉我们艺术可以服从自然，但不能超越自然，而且拒绝大自然的艺术家实际上是拒绝了艺术家自己的意志，拒绝了艺术家自身的创作欲望，而这种创作欲望则是大千世界自然进化的创造源泉的一种不可或缺的力量。爱默生在哈佛大学神学院的同窗舍友弗雷德里克·亨利·赫奇（Frederic Henry Hedge, 1805—1890）曾经在爱默生晚年时这样赞美过这首诗歌："完全与众不同，而且在高雅风格方面超过同时代所有诗篇的就是冠以《问题》的那首诗歌。四十年前，当它初次在《日晷》杂志上发表的时候，我就说，'自从弥尔顿以来，英文诗（English rhyme）就没有出现过这样的诗篇'。在它与弥尔顿诗歌之间，所有的英语诗歌都平淡无奇，无法与之媲美。"[赫奇是美国马萨诸塞州堪布里奇本地人，父亲是哈佛大学的逻辑学教授，比爱默生小两岁；赫奇13岁就被父亲送往德国学习，终生对德国哲学感兴趣；1822年，赫奇从德国回到堪布里奇，进入哈佛大学学习；1829年，赫奇获哈佛神学院学位，成为西堪布里奇的一名上帝一位论牧师，后来到罗德岛和缅因州供职；赫奇是1836年创办的"超验主义俱乐部"的核心成员之一，积极参与在波士顿和康科德的超验主义活动，但他始终没有放弃基督信仰和他的神职，并且在19世纪60年代初曾经一度担任过"美国上帝一位论协会"（American Unitarian Association）的主席］

为何我就无法忍受穿上祭服?

并非出自徒然或虚无的思想
菲迪亚斯雕出虔敬的朱庇特①;　　　　　　10
那个令人震颤的特尔斐神谕②
也从未来自狡猾诡诈的嘴唇;
圣经旧约所记载的人类枷锁
像一块块巨石滚出自然心脏;
一个个民族连续不断地祈祷,　　　　　　15
像火山迸发出的一阵阵火舌,
从天而降,来自天空的火心,——
一曲曲交织着爱与难的圣歌;
那修圆了彼德的苍穹并盖起
基督教罗马教堂穹棱的臂膀,　　　　　　20
带着那悲伤而又真挚的情感,
离开了自己无法挣脱的上帝;
他宏伟的建造胜过他的知识;——
那带有灵性的石头成长为美。

你知道那林中鸟巢是用树叶　　　　　　25
和鸟儿胸前的羽毛织成的吗?
或者软体动物如何撑出壳体,

---

① 朱庇特(Jove, Jupiter):罗马神话中统治诸神、主宰一切的主神,相当于希腊神话中的宙斯(Zeus);菲迪亚斯(Phidias,活动时期490—430BC,希腊雅典雕塑家,主要作品包括雅典卫城的三座雅典娜纪念像和奥林匹亚宙斯神殿的宙斯坐像,原作均已无存。
② 特尔斐(Delphi),古希腊城市,因有阿波罗神庙而出名;形容词为Delphic,意思是"特尔斐的;特尔斐阿波罗神庙(神谕)的"。

问　题

用拂晓晨光沐浴着年生巢座？
或者神圣的松树如何给千年
的古叶增添枝繁叶茂的新绿？   30
神圣的事物就这样层出不穷，
爱与恐怖给屋顶铺上了瓦片。
大地自豪地盖起帕提农神庙①，
好比她怀中精美绝伦的宝物；
晨曦匆匆张开她蒙眬的睡眼，   35
目不转睛地盯着那些金字塔；
天空俯瞰着英格兰的大寺院，
有如亲友们投来亲人的目光；
所有这些奇观都将直入云霄，
远远地飞离内心思想的范畴；   40
而大自然却欣然地接受它们，
给它们一一安排了安居之地，
并且赋予了它们相同的时期，
不论是安第斯山还是阿勒山。②

这些寺院如同草叶一样生长；   45
艺术同样服从但不超越自然。
顺从的主人把自己的手伸向
全然主宰他命运的无垠灵魂；
那撑起圣坛的无限力量同样

---

① 帕提农神庙（Parthenon），雅典卫城上供奉希腊雅典娜女神住的神庙，建于公元前5世纪，公认为多利斯柱式发展的顶峰。
② 安第斯山（Andes），位于南美洲西部，是科迪勒拉山系的主干；阿勒山（Ararat），位于土耳其东部，根据基督教圣经记载，大洪水后诺亚方舟即停于此。

支配着内心跪拜的芸芸众生。　　　　　　50
充满激情的圣灵降临节不仅①
让万能的圣主戴上一束光芒，
让高坛唱诗穿透人们的心田，
而且让牧师启迪人们的心灵。
先知口中滔滔不绝道出的道　　　　　　55
写成一部部从未断裂的法典；
男女见者或预言家们说的道，
在橡树上或在金色的神殿里，
依然飘逸在晨曦的微风之中，
仍旧对那由衷之心窃窃私语。　　　　　60
这全知圣灵心中的绵绵细语
从未遗忘这任性自由的世界。
我知道智慧天父们在说什么，——
在我眼前就摆放着这本圣书，
圣克里索斯托和圣奥古斯丁②，　　　　65
而且他在其诗行中，融入了
这些年轻的"金口"或我的
话语，圣人泰勒和莎士比亚。③
他的语言就是我耳中的音乐，

---

① 圣灵降临节：五旬节（Pentecost），基督教重大节日之一，每年复活节后的第七个星期日亦即第五十日。
② 圣克里索斯托（Saint John Chrysostom, 347？—407？）：希腊教父、君士坦丁堡牧师（398—404），擅长辞令，有"金口"之誉，因急于改革而触犯豪富权门，被禁闭，死于流放途中。圣奥古斯丁（Saint Augustine of Hippo, 354—430），基督教哲学家，拉丁教父的主要代表，罗马帝国北非领地希波（令阿尔及利亚的安纳巴）教区主教（354—430）。
③ 泰勒（Jeremy Taylor, 1613—1667），英国基督教圣公会教士，以所著《圣洁生活的规则和习尚》《圣洁死亡的规则和习尚》而闻名。爱默生认为泰勒是"一位基督教柏拉图，他的哲学是如此丰富和伟大"。

我见他头戴兜帽的可爱画像； 70
然而由于他所有的信仰所致，
我不愿成为一名很好的主教。

致雷亚①

亲爱的朋友,兄弟安慰你,
不用各种奉承,而是真理,
不会变得暗淡,而是纯洁,
那使得晨曦黯然失色的光。
我从那春天的林子里走来,   5
从那甜美的孤独之中走来;
听呀!那棵杨树和那潺潺
的流水在与我商量着什么?

假如你的心燃起爱的火焰;
假如你的爱尚未得到回应;   10
尽管无法表达内心的裂痛,
你也该把沮丧深藏在心底;
因为只要爱情一旦离开了
那一双双虚情假意的眼睛,

---

① 编译者注:爱默生的《致雷亚》("To Rhea")一诗于1843年7月发表于《日晷》。1843年5月18日,爱默生曾经在日记中写道:"大自然是通过愚弄我们所有的人而存在的,给我们每个人生命的酒杯中滴上一滴甘露"。

致雷亚

并且一条接着一条地扯掉　　　　　　　　15
那沐浴着紫色光环的绷带,
虽然你一直就是上帝能够
装扮的那个最可爱的模样,
在他变异的眼神中,你的
每次答复都貌似一个刁妇;　　　　　　　20
你和蔼的恳求声貌似大胆,
你祈祷的诗琴声好似责备。
尽管您坚持走正直的道路,
可你误入歧途,越走越远。

但是你将像诸神那样行事,　　　　　　　25
当它们的天空晴朗无云时;
因为你当然具备这个知识,
尽管你忘了,但诸神不忘,
他们永远记得他们的命令,
并为这土地立下神圣法则。　　　　　　　30
他们所向之处,众生跟随,
不仅现在这样,如此如此。
对瞎子和耳聋是一个警告,
它被写在那片铁树叶之上,
谁要是喝了丘庇特的甘露　　　　　　　　35
爱将每况愈下,无法翻身;
因此谁热爱诸神或者众生,
将同样为诸神和众生所爱;
他恋人心中所崇拜的偶像

反过来落到一个新的地步。 40
当一个受人尊崇的人一旦
为普通儿童的美貌所欺骗
并为之青春光芒所打动时，
他不是被愚弄，而是深知
他的爱将永远得不到补偿； 45
于是聪明的永恒先生就说——
他的学习精神和愉快心情
不分昼夜地保佑那个生物，
让她免遭任何罪恶的侵害，
将所有的荣耀全都归于她， 50
将世上稀有珍宝彻底搜索，
摘下星星给她的满头金发；
他将音乐融入了她的思想，
并用天国的疑虑让她沮丧；
他的大爱全知恩典和美德， 55
上帝把无限的大爱赐予她，
听呀！地球，大海，空气！
这是我的绝望筑起的丰碑，
纪念普天下所有的善与美。
不是为了任何私下的好处， 60
但我把她装扮得光彩照人，
无与伦比，这是我的祝福，
尽管从未有人被如此嘲弄。
我让这少女成为美的象征
在大自然丰富的王国之中， 65

创造许多更加新颖的种族，
宏伟的形态，美丽的面庞，
将人类推向一个新的起点，
一个力量和美丽的新起点。
这些礼物好比扣押的人质　　　　　　70
是为解救自我而做的担保；
瞧你自己，啊，宇宙大地！
你的情况更好，不是更差。——
上帝已经做了该做的一切
因此从束缚中解脱了出来。　　　　　　75

来 访[1]

请问:"你想要逗留多久?"
日子的踩躏者!
通过自然万物的相互作用,
知道,每一种物质和联系,
均有其单元、界限和尺度;   5
而每一种新生的复合物质
又都是某种产品和复制品,——
是某种先前所发现的产品。
然而,这次长时间的来访,
仿佛让我遇见的达人圣贤,——   10
瞧,这种圣达慧眼的碰撞
难道不正是大自然的尺度?

---

[1] 编译者注:爱默生的《来访》("The Visit")发表于1844年4月的《日晷》。1843年8月28日至9月4日,爱默生的好友卡罗琳·斯特吉斯·塔潘(Caroline Sturgis Tappan)来到了位于美国马萨诸塞州东部的康科德镇拜访爱默生。在卡罗琳·斯特吉斯的这次来访期间,爱默生初创了这首诗歌。1843年8月31日,爱默生在给伊丽莎白·霍尔(Elizabeth Hoar)的信中说:"卡罗琳·斯特吉斯在我这里。她是上周一来的,下周一才离开,她对我的热爱以及对您的崇敬使我感到十分高兴。昨天,我与她进行了长时间交谈,我真希望能有您的参与和讨论。"与此同时,1843年9月3日,在日记中,爱默生写道:"我朋友(卡罗琳·斯特吉斯)来了。在许多方面,她让我感到十分满意……她加深了我对生活的认识,而且她对人以及人们生活方式的描述总是很有价值。她能够清晰并且坚定地看穿生活的各种面纱"。

来　访

大自然的洪流，汹涌澎湃
通过特殊途径，滚滚向前。
沿着目光所及，踏浪前行，　　　　　　15
远比旋风的螺旋更加迅猛，
不论是为了侍奉还是喜乐，
它们心连着心，声明大意，
总结他们漫长的心路历程，
并且带来了大自然的智慧。　　　　　　20
稍稍一瞥便吸干滋润之源；
短短瞬间忏悔千年之恩怨。
每一道闪烁所擦过的瞬间
都是一个符合习俗的条件，
你的传说可谓教堂或国家，　　　　　　25
但仅仅是它那俭朴的多样。
神速的萨杜恩也无法阻挡①；
徘徊，你将懊悔这一错误；
假如爱能够超过他的时刻，
那么，恨将迅速表示厌恶。　　　　　　30

---

① ［罗神］萨杜恩（Saturn）：农神，相当于希腊神话中的Cronus；土星；美国土星运载火箭。

乌 列①

故事发生在远古的时代，
俯伏着的灵魂俯视万方，
否则就是那野蛮的时间
擅自杜撰了其日月历书。

这就是乌列毁灭的故事，　　　　　　　　5
它发生在神圣的天堂里。
曾穿流于昴宿星团之中，
萨迪偶听小天使们议论，
那背信弃义的骂名显然
已经憋在他的心头很久。　　　　　　　　10
年轻的天使们在谈论着
诗的法则和严谨的格律，

---

① 编译者注：爱默生的《乌列》（"Uriel"）一诗可能创作于1839年，但是一直到1847年才收录于爱默生的《诗集》（*Poems*）并正式出版。在西方的神话和文学作品（包括弥尔顿《失乐园》）中，乌列是火神或者太阳神，是一个具有反叛精神和被人误解的天使长。乌列（Uriel，又译"尤烈儿"），基督教圣经和伊斯兰教《古兰经》所载天使之一。乌列是早期基督教类似圣经著作中所记载的一位天使长（archangel）。乌列在弥尔顿《失乐园》第三章第648—694行中也出现过。作为"太阳的管理者，又是/天上目力最灵敏的一位天使"，乌列还是被撒旦"骗了一回"。

乌 列

天体、以太和道道日光，
究竟什么是或不是存在。
一个人低调决定却公然　　　　　　　15
蔑视可敬而疑惑的权威，
他镇定自若，威震八方，
并让牛鬼蛇神无处藏身。
四处传播他神圣的情感
否定人神之间存在界线：　　　　　　20
"在大自然中找不到界线，
单元和宇宙是一片浑圆，
光线射出必将徒然返回，
邪恶祝福，且冰雪燃烧。"
乌列敏锐的眼神在说话，　　　　　　25
宛如一阵颤动回荡星空；
古老不屈的战神摇摇头，
天使在香木床上皱眉头；
从这一神圣的节日看来，
这鲁莽的胡言预示不祥；　　　　　　30
命运的平衡木被迫折弯；
善恶的契约被骤然撕毁；
浩瀚的冥府都自身难保，
世间一切只能陷入混沌。

沮丧且难堪的自我认识　　　　　　　35
降临到美丽的乌列身上。
往日天国上卓越的上帝

将那一时刻收回到雾中，
无论是毁灭于茫茫人海
那无端的历史旋涡之中，　　　　　　40
还是定命于闪光的知识
触动那无知的虚弱神经。
健忘的风，从耳边吹过，
悄悄走过那神圣的天国，
他们保守秘密双唇紧闭，　　　　　　45
仿佛火种在灰烬中熟睡。
然而真实的事物不时地
羞辱那天使翅膀的面纱，
而且躲避着太阳的光线，
或闪开炼丹威力的后果，　　　　　　50
流出了一个实在的灵魂
或者迅速地化成了活水，
或者来自出生邪恶的善，
传来了乌列天使的嘲笑，
一阵阵羞愧映红了天空，　　　　　　55
诸神摇头，且不知所措。

万物之灵①

感谢清晨明媚的阳光，
感谢浪花翻滚的大海，
感谢新罕布什尔山地，
感谢苍翠自由的森林；
感谢每一位英勇之士，   5
感谢那些圣洁的侍女
和那勇往直前的男孩

---

① 编译者注：爱默生的《万物之灵》（"The World-Soul"）一诗大致创作于1843年至1845年。1845年，马格丽特·富勒曾经在《纽约每日论坛报》（*New York Daily Tribune*）上发表过这首诗歌中的几行。1847年，这首诗歌先是在费城一本叫《王冠》（*Diadem*）的杂志上全文发表，然后收录进爱默生的第一部《诗集》（*Poems*，1847），后来又重印在爱默生的《诗选》（*Selected Poems*，1876）中。从题目看，这首诗歌似乎受到了华兹华斯的影响，但实际上它反映了爱默生在其散文和诗歌中经常表达的他对新柏拉图主义的兴趣。诗歌主题涉及四季的更替、青春或者老年、人类不可摧毁的大自然以及人类在万物之灵中精神的同一性特性。但是，这首诗歌蕴含着一种令人感到特别辛酸的感觉，因为这首诗歌是在爱默生的儿子沃尔多1842年去世之后不久创作的。新柏拉图主义哲学家柏罗丁（Plotinus）把万物之灵（world-soul）当作神圣自然的第三种元素，就像从"太一"（the One）或者"善"（Good，即神）"流溢"（emanation）出来的神圣理性（Divine Intellect），然后再从神圣理性流溢出万物之灵和物质世界。这是一种神秘主义学说。实际上，爱默生在此拓展了这种神秘主义理论，用它来解释精神意识层面的理解程度。在这首诗歌中，诗人先是描写了灵魂的堕落，仿佛一头掉进罪恶和愚蠢的深渊，然后是它的各种可能性逐渐升华，直至与万物之灵的相互认同。因此，这里的万物之灵实际上就是爱默生早些时候撰文讨论的《超灵》（"The Over-Soul"，1841），同时也指他《补偿》（"Compensation"，1841）一文中所阐述的对立（polarities）或者平衡（balance）的观点。

和他那些大胆的游戏。

城里豪华的酒店林立,
名门富豪的房屋甚多,   10
在你石板瓦的屋檐下,
邪恶安卧在你的寝室。
它真的无法战胜愚蠢,
是那战胜时空的蒸汽,——
和那赛过光速的电报,
光线上没有留下痕迹。   15

政客们个个卑鄙下贱,
文人们人人闷闷不乐,
仿佛是在远古历史上,
人的声音才清晰可闻。
贸易和大街诱骗我们,   20
让我们身心疲惫不堪,
人们相互欺骗和糟蹋,
并剥夺了后代的未来。

然而就在客厅里坐着
几位相貌端庄的君子,
天使装扮得像陌生人,   25
或像女人恳求的目光;
或像一束闪烁的阳光
穿透了窗户上的玻璃;

或像美丽轻蔑的音乐
洒向终有一死的凡人。　　　　　　　　30

那不可避免的清晨却
发现它们躲在地窖里,
而那无所不爱的自然　　　　　　　　35
必在一个产地上微笑。
万紫千红的道道霞光,
天边砌起一堵堵云墙,
将罕见的人间奇迹都
关进稀疏的瞬间之中。　　　　　　　　40

啊,圣灵缠绕着我们,
诱惑我们鲁莽的欲望,
它低声细说神的荣耀,
并把我们丢在泥潭了。
我们无法知道那书写　　　　　　　　45
在我们坟墓上的密码,
星星神秘地告诉我们,
可我们说不出个究竟。

假如哪位英雄知道它,
世人就将脸红如失火。　　　　　　　　50
直到那圣人猜中秘密,
他将羞愧地垂首而立。
可同胞们不知其秘密,

没有一人能找出答案，
从此我们也感到慰藉，　　　　　　　55
我们仅仅和他们一样。

秘密就这样永远存在，
如乌云翻滚咄咄逼人，
红灿灿的朝霞照亮了
城里放荡滑稽的蠢事。　　　　　　60
在这里外闲暇的世间，
星星织成永恒的光环，
太阳热情洋溢地闪烁，
与世人分享他的乐趣。

贸易让城市星罗棋布，　　　　　　65
像沙滩上的点点贝壳，
乡镇如草原上的茅屋
一条条铁路穿堂而过，——
碎成泡沫的道道海浪
沿着思想挖出的壕沟，　　　　　　70
并从他圆梦的梦幻中
将其融入阳光的色彩。

因为命运之神是不愿
把他的舵柄交给人类，
是通过神经灌输思想　　　　　　　75
穿透整个自然的王国。

然而恶魔耐心地坐着,
手捧玫瑰和一件寿衣,
他自有办法处理礼物
可是我们却不被允许。　　　　　　　　　80

他不是粗人或者下人,
也不是个皇帝的总督,
充满着爱,没有瑕疵,
父亲和儿子的守护神;
他的意志力坚不可摧;　　　　　　　　85
而大地和海洋的种子
是他闪光身体的原子,
且服从他命运的召唤。

他主动侍奉他的仆人,
且酷爱他勇敢的英雄,　　　　　　　　90
他杀死了伤残和病者,
让他们重新站立起来;
因为神喜欢健康之神,
并且把弱者扫到一边;
对于讥笑自己的善举,　　　　　　　　95
他们的臂膀迅速打开。

当旧世界已变得贫瘠
沧桑的岁月没有生气,
他便从残骸和沉渣中

生出一个更美的世界。　　　　　　　　　　100
他不允许无端的沮丧；
他的面颊沐浴着喜悦，
而人类那无法想象的
善良思慕着他的降生。

春天创造心灵的春天，　　　　　　　　　105
当六十年岁月转过时；
爱重新唤醒跳动的心，
而且我们将从未见老。
穿过冬天的冰河时期，
我看到了夏天的阳光，　　　　　　　　　110
而且透过风吹的雪堆，
见了雪中的玫瑰花蕾。

卡斯蒂利亚的阿方索①

我，阿方索，没想到②，
眼睁睁看着自然退化。
世间物种在不断蜕变；
柠檬树剩下树叶树皮；
花果和酸橙索然无味；　　　　　　　　　　5
日子渐短，岁月更难。
百花四月因空间不足，
气候变凉，万花皆死。
仲夏魔鬼让一个斑点
遮蔽太阳的半个日轮；　　　　　　　　　　10
此刻不是晒黑橘黄色
面颊或皮肤的好时刻。
玫瑰褪白，山羊舌燥，
里斯本地震，人哀泣。

---

① 编译者注：爱默生的《卡斯蒂利亚的阿方索》（"Alphonso of Castile"）一诗发表于爱默生1847年的《诗集》中。阿方索十世是卡斯蒂利亚的国王（1221—1284），聪颖智慧，多才多艺，是一位在文学、科学和法律等诸多领域的天才学者。
② 原文为：live and learn，用以对刚知道的事表示惊异，意思是"真是活一天学一天；真是活到老学不完；真想不到"。

一位渔夫,面黄肌瘦,　　　　　　　15
像只饥饿瘦弱的鹭鸟,
他不是我的兄弟姊妹;——
坏了亚当夏娃的名声。
苍天有眼!当你倚靠
城墙时,你就会看清　　　　　　　20
世界显得疲软和虚弱,
天才人物均了无声息。
重大项目被纷纷撤销,
抱负冲天,心灰意冷;
男子体弱,玫瑰无味,　　　　　　　25
潘神①也一样不可终日;
重建或毁灭:让枯干
的小溪重新涓涓流淌,
或者让万物再度坍塌,
杂乱堆积,荒弃万年。　　　　　　　30

瞧,枯老的尼罗支流,
塞尼奥斯曾滋润天地,
让人躲开守时的酷暑,
叫人成就社会的功名;
如今却变得野蛮利己,　　　　　　　35
只想着自然为我所用;
用拙劣科学遮蔽伤痛,

---

① 潘(Pan,希神):人身羊足、头上有角的畜牧神,爱好音乐,创制排箫,亦贪女色。

用骄横问题折磨诸神，
引起极大好奇，究竟
你们仍是神明或梅毒？ 40

主啊，让我深感苦恼；
主啊，我要向您表白；
在我卡斯蒂利亚王国，
我是王，是王中之王。
我的思想如鼓声隆隆， 45
所有矛盾均迎刃而解。
我阿方索的明智风格，
是你寻求良策的源泉。
在祈求一滴雨水之前，
你请听西班牙的深情。 50

你懂饥饿，不想重复；
却供我们充足的粮草；
给子民带来谆谆教导；
太阳让我们拥有许多。
我已经彻底想明白了，—— 55
隐士王国或情人王国；
我们需要自己的社会，
无法省略多元的变化。
你听着，神圣的同胞！
不要一阵阵过分热心； 60
不要突然间操之过急，

美酒智慧均无法永久。
人和神明均数量太多；
能够减少和压缩点吗？
你高贵的物种能降低   65
增长直至它遍地开花？
大地拥挤，城里"人多"！
我的意见："十人杀九"，
并且让剩余的少数人
共同分享所有的财富。   70
让这只猫再多九条命；
让他的智慧再增九倍；
用他敢于挑战的努力
让形体力量更加充沛；
用他立起的大理石碑   75
遮盖他的躯体和岁月。
因此，他与岁月同行
与他种下的树苗共生，
根据自己年龄的许可，
描绘更大视野的蓝图。   80
你将拥有一个星球人，
来讴歌太阳年的荣耀。

米特拉达梯六世①

我不能没有水或者酒,
烟草、鸦片或者玫瑰;
从地球的两极到赤道,
所有能做工或生长的
事物,都是我的亲属。　　　　　　　　　　5

把石子给我作为肉吃;
把斑蝥给我作为粮食;
食物来自天空和海洋。
从所有的地带和高地;——

从陡峭和泥泞的自然,　　　　　　　　　10
盐和石,野蛮和温顺,
树、苔藓、猿、海狮,
鸟和虫都是我的野味。

---

① 编译者注:爱默生的《米特拉达梯六世》("Mithridates")一诗发表于他 1847 年的《诗集》之中。米特拉达梯六世(Mithridates, 132—163 BC)王国国王(120—163 BC)吞并若干临近小邦,在小亚细亚地区与罗马进行三次战争(88—84,83—81,74—64),最终战败,自杀未成,命令一雇佣兵将自己杀死。

诗歌与想象：爱默生诗集

常青藤是我的束发带；
我的山茱萸让人眼花①；   15
铁杉是我最好的果冻，
且氢氰果汁抚我入睡；
当举杯狂饮时，让我
摇曳树梢，迷恋妖妇。

粗茶淡饭，日久天长，   20
饮食清淡如纯净露水，
当你手转樱花的时候，
我要让世人精心筛选，
把它变成幽默的故事。
幽灵悲伤，小妖欢乐！   25
美德、方法、力量、
途径、应用、喜乐、
著名错误、自以为是，
得意老套，应许之事，
数量不多，天下之事！   30
来吧！叫我、用我、充满我，
血管和动脉，虽然你杀死我！

---

① 山茱萸（Dog-wood）：和吴茱萸、食茱萸几种，都是落叶乔木，有浓烈的香气，果实可以做药材。

致约翰·韦斯①

你的脚别踩在坟墓上：
听听酒和玫瑰说什么；
山峦起伏，夏季波浪，
城镇拥挤，流连忘返。

你的脚别踩在坟墓上：　　　　　　　　　　5
也别把裹尸布给解开
因为慈善的时间老人
和大自然已经允许把
高贵圣人之过失隐瞒。

你的脚别踩在坟墓上：　　　　　　　　　　10
注意，千万别把死者
遮掩的凄惨装饰扒下；
他的没药、酒和戒指，

---

① 编译者注：爱默生的《致约翰·韦斯》（"TO J. W."）一诗发表于 1847 年他的《诗集》中。根据爱默生的儿子爱德华（Edward Emerson）的判断，"J. W." 可能指 1843 年毕业于哈佛神学院的 John Weiss，是一位年轻的牧师和作家。

他身披的铅制裹尸布
和所有战利品都埋着。　　　　　　　　　　　15
去，把它们放回原处；
坚定地挖掘或者探察。

生命短暂，不能徒然
于冷嘲或者热讽之中，
或者争吵，或者谴责：　　　　　　　　　　　20
天色很快会黑下来了；
快起床吧！找准目标，
上帝会催你尽快开始！

命 运[1]

一切均是徒然,你的美丽、
智慧、力量、财富、慷慨;
你必须具备这种自然品质,
它能使玫瑰更加绚丽多彩;
它是一种美妙的曲中之曲,   5
它能让整个世界融为大海。
辛勤劳作远不能与之媲美;
艺术也无法企及它的巅峰;
它不来自人类的聪明才智;
却是一种来自音乐的音乐,   10
让朱庇特和朱诺沦为笑料。
假如你的美缺乏一种让我
感到神魂颠倒的甜蜜激情,
那又有何用?除非他征服
且战胜,岂不是徒然无用?   15
假如朝思暮想,另有期盼,

---

[1] 编译者注:爱默生的《命运》("Fate")一诗最初于1841年10月发表于《日晷》,后来收录于1847年出版的《诗集》。

那一切豪情壮志岂不徒然？
哎呀！他生来就倍受折磨，
向来就是个受冷落的弱者：
当你看着他的面庞的时候，   20
心想："兄弟，走你的路吧！
谁也不在乎你干了些什么，
或者关心你正在忙些什么，
或倾听你内心深处的告白，
或记住你造假撒谎的地方，   25
或在意你的晚餐如何煮熟"；
另有一种天生的自然品质，
能够让太阳失去它的记忆。
毫无疑问，在他的舌尖下
藏着某种驱邪护佑的法宝。   30
他那宽阔而又强壮的臂膀；
他那藐视一切的炯炯目光，
充满青春活力，咄咄逼人。
我不以为然，不在乎你的
宝石是来自大自然的纯水，   35
是一枚玫瑰或洁白的钻戒，
无论它是否让我眼花缭乱。
我不在乎你如何装扮自己，
用最难看或最美丽的野草；
不在乎名字是卑劣或英雄，   40
或你的行为是否新潮时尚；
但是我在乎你是否打动我，

命　运

让我胃口大开、心潮澎湃，
用你喜欢的方式装扮自然。
有一件东西永远是好东西；　　　　　　45
不是别的东西，就是成功，——
它对欧墨尼德斯和所有的
天体来说，都是件好东西。
它不出家门，不东张西望，
它引领天鹰，且指挥御剑。　　　　　　50

盖 伊①

凡夫俗子，天分不低，
能够与日夜相互适应，
能够与万物相互交融，
不需要任何护身之符，
盖伊拥有个驱邪之物，　　　　　　　5
他是宇宙万物的起源；
正如老波利克拉兹用
链条拴住阳光和微风，
盖伊同样及时地发现
命运是其警卫和爱人；　　　　　　10
奇妙时刻，感到敬畏，
自己竟然与规律对称；
任何混合均无法承受
他那幸运之手的美德。
他不会丢失金银珠宝，　　　　　　15
也不会得到无上荣光。
在街上，假如他转身，
发现眼睛在四处探寻。

---

① 编译者注：爱默生的《盖伊》（"Guy"）一诗最早正式发表于爱默生1847年出版的《诗集》。

盖 伊

仿佛他谨慎的守护神
为他开具了造主收据, 20
并让潮汐和自然元素
成为薪金租金的管家;
以致普通的溪水宛如
金贵美酒流进他的井。
聪明行事,迅速高效, 25
他每每捕捉自然机遇:
天空降雨,不早不迟,
及时浇灌,滋长稻谷;
河无法如此曲折而行,
但盖伊在那碾磨玉米; 30
西罗克风,吹向远方,
吹起船帆,晒干稻草;
大地太阳在冉冉升起,
聪明的盖伊整日劳作。
富饶大地,适时耕作, 35
让饱满螃蟹血统高贵;
西风乍起,席卷园林,
排排李树,金色作物;
一年四季,时时刻刻
尽显丰收景象的荣耀。 40
没有霜冻,只有欢迎,
没有山洪和仲夏之火。
这辛劳冒险属于风和
世界,这油属于盖伊。

老 练①

你的美德，有什么用？
你的阴部能带来红利？
虽然你只缺一样东西，——
但它却是艺术之艺术。

这些就是唯有的证书，
是通往成功的通行证；
打开城堡和客厅之门，——
地址，亲爱的，住址。

妙龄少女遇到了危险，
为一位乡村少年所救；
他粗壮的臂膀扶着她
回到了百老汇的住处。

少女有意要回报少年，——

---

① 编译者注：爱默生的《老练》（"Tact"）一诗最早于1842年7月发表于《日晷》，后来收录于爱默生1847年出版的《诗集》。

老　练

　　却来了帮欢快的朋友，——
　　他们笑了，她也笑了；
　　他发呆了，茫然无措。

　　这交易终于一锤定音；
　　仿佛航船驶出了港湾；
　　或在参议院票决获胜，
　　不管韦伯斯特和克莱①；

　　对天才而言没有慈悲，
　　对各种言论漠不关心；
　　它潜藏在一瞥一看中，
　　突然间变成杰出成就。

　　教堂、市场和小客栈，
　　管吃管住，摇摆不定。
　　它不指望明天；
　　它终结于今天。

---

① 韦伯斯特（Daniel Webster 1782—1852），美国国务卿（1841—1843、1850—1852）、美国众议员（1813—1817、1823—1827）、美国参议员（1827—1841、1845—1850），支持1828年关税法案，主张保护贸易，和英国签订韦伯斯特—阿什伯顿条约（1842），曾为美国辉格党三名总统候选人之一（1836）。克莱（Henry Clay 1777—1852），美国政治家，辉格党领袖，主张建立"美国制度"，曾任国务卿（1825—1829）、参议员（1831—1842），领导反对派与杰克逊政府进行斗争。

哈马特里亚 ①

巴尔克利、亨特、威拉德、霍斯默、梅里亚姆、弗林特，
拥有了这片土地，而这土地也让他们的辛劳得到回报：
干草、玉米、根苗、大麻、亚麻、苹果、羊毛和树林。
每当这些地主中的任何一位行走在他自己的农场里时，
嘴里总念叨着："这是我的，我的孩子们的，我名下的： 5
当西风吹拂着我自己的树林时，那声音是多么地甜美！
当暮色爬上我的山丘时，那影子又是何等的婀娜多姿！
我便想入非非，心里琢磨着这些山间清泉和菖蒲花朵
一定懂我，就像我的爱犬：我们相互同情、相互体谅；
不仅如此，我敢断言，我的行为举止带有乡土的气息。" 10
这些人在哪呢？原来他们正在自己的田地里呼呼大睡；
陌生人们，与他们一样痴情，在地里犁出了道道犁沟。
大地笑了，开出了花朵，去看看她喜欢自夸的男孩们
如何以大地为荣，如何引以这不属于他们的土地为豪；
这些在地里犁地的人们，他们可以操舵犁刀，但始终 15
无法让自己站稳脚跟，让自己的双脚不沾坟墓的泥土。

---

① 编译者注：爱默生的《哈马特里亚》（"Hamatreya"）一诗最早发表于爱默生1847年出版的《诗集》中。

他们在山谷间筑起条条隆脊，给池塘开出了湾湾小溪，
并怀念所有为锁定他们领土的疆界而献出生命的人们。
"这里是我满意的牧场；这里就是我中意的天堂花园；
我们在这里必须有泥土、石灰、沙砾、花岗岩的岩脊， 20
还有那薄雾笼罩的低地，那里是诗人们向往的好地方。
这是一片肥沃的土地——向南缓缓地敞开，美不胜收。
真的很美！当你渡过大海之后又乘船回到这片土地时，
你会发现那些你离开时留下的一片片依然不动的耕地"。
啊！那位地主兴奋不已，他所看到的并不是"死亡"， 25
他把"他"融入他的土地，又多了一小堆坟场的泥土。
听吧，大地是这样说的：——

大地之歌

"我的和你的；
我的不是你的。 30
大地忍耐；
星星顶住——
普照在古老的海洋上；
古老的是大海的沙滩；
可是古老的人们哪去了？ 35
我虽然见多识广
也没有见过这种情景。
"律师的行为
千真万确，
限嗣继承， 40

立他们及其后嗣为继承人
他们都将继承
从不间断，
世世代代。
"这就是那片土地   45
树林丛生，
山谷古老，
砂石成堆，洪水冲刷。
可是继承人呢？
如洪水碎成的泡沫一般消散，——   50
律师、律法
和王国，
从这里消失得无影无踪。

"他们把我称为他们的，
就这样把我控制了起来；   55
然而，每一个人
都希望生存，又都得死去。
我怎么可能成为他们的后嗣，
假如他们无法满足我的需求，
那么，我必须满足他们吗？   60

当我听到这首大地之歌时，
我的大无畏气概已无踪影；
我的贪得无厌冷却了下来，
就像坟中寒气让贪欲寒心。"

再　见[1]

再见吧，高傲的世界！我回家了：
你不是我的朋友，我也不是你的。
我在你疲惫的人群中游荡了很久；
有如一艘江河方舟在大海里漂荡，
我像一缕吹积的泡沫被抛来抛去；　　　　5
可现在，高傲的世界！我回家了。

再见吧，谄媚求荣者的奉承面孔；
再见吧，伟大高贵者的聪明鬼脸；
再见吧，狂妄自大贵胄们的斜眼；
再见吧，那上下拍马奉承的衙门；　　　　10
再见吧，拥挤的大厅大院和大街；
再见吧，冰冻的心和匆忙的脚步；
再见吧，那些离开和到来的人们；
再见吧，高傲的世界！我回家了。

---

[1] 编译者注：爱默生的《再见》（"Good-Bye"）一诗最早于 1839 年 4 月发表于《西部信使》(*Western Messenger*) 第 6 期，后来收录于爱默生 1847 年出版的《诗集》中。

我要回到我自己家中的壁炉旁边， 15
深藏于远方翠绿山丘的怀抱之中，——
地处那片乐土上一个隐蔽的角落，
欢快的仙人们规划种下了果树林；
头顶上绿色的苍穹、长长的日照，
天空中久久地回荡着黑鸟的鸣啭， 20
而且粗鲁平庸的双脚从未踩到过
孕育着神圣的思想和圣灵的地方。

啊，当我安然地住在林中家里时，
我的双脚却踏着希腊罗马的荣耀；
而当我在松树下伸开双臂的时候， 25
夜空中的星星闪烁着神圣的光芒，
我便开始嘲笑人类的学识和傲慢，
嘲笑那些诡辩派和智者派学者们；
当人们能在灌木丛中见到上帝时，
他们所有高超的奇喻又有何意义？ 30

杜　鹃[①]

当人们问起，这花朵究竟从何处而来？

五月间，阵阵海风吹透了我们的荒地，
我在树林中发现了这朵鲜艳的杜鹃花，
在潮湿的角落里盛开它那落叶的花朵，
让那荒地和水流缓慢的小溪得到安慰。
凋落在池塘里的一片片紫红色的花瓣　　　　　5
让池塘里的黑水洋溢着杜鹃花的美丽；
那只红雀或许是来整理它身上的羽毛，
却向使它的盛装大为逊色的花朵求爱。
杜鹃啊！假如圣贤达人问起你为什么　　　　　10
这般迷人景色竟然浪费在这天地之间？
告诉他们，亲爱的，假如眼睛让人们
能够看见，那么美就有了存在的意义；
啊，玫瑰的对手，你怎么会在那里呢！
我从未想过要问一问；我也从未知道；　　　　15

[①] 编译者注：爱默生的《杜鹃》（"The Rhodora"）一诗最早于1839年7月发表于《西部信使》第7期，后来收录于爱默生1847年出版的《诗集》。

但是在我单纯的无知中，似乎存在着
一种同一的力量，把你和我带到那里。

大黄蜂①

肥壮的大黄蜂,昏昏欲睡,
你的去处就是我的度假村。
让他们航行到里克港去吧,
去寻求那远方海上的酷热;
我将紧跟着你,孤身一人,　　　　　5
你生机勃勃,快活的热土!
弯道的舵手,荒漠的歌者,
让我跟随你波浪形的线条;
把我,你的听众带在身边,
在灌木和藤蔓中放声歌唱。　　　　10

热爱太阳的昆虫,
是你领地的喜悦!
大气中的水手,
气浪里的泳者;
正午的旅行者;　　　　　　　　　　15

---

① 编译者注:爱默生的《大黄蜂》("The Humble-Bee")一诗最早于 1839 年 2 月发表于《西部信使》第 6 期,后来收录于爱默生 1847 年出版的《诗集》。

六月的美食家；
我恳请您等我，
让我听您的嗡嗡声，
除此之外皆是折磨。

每当五月间的南风　　　　　　　　　　20
带来它闪亮的薄雾
让地平线罩上银装；
带着它动人的温柔，
让人们脸上的表情
充满了浪漫的色彩；　　　　　　　　　25
注入它微妙的脉热，
把草皮变成紫罗兰；
你，灌丛中的浪者，
在那明媚的荒凉中，
用轻松柔和的低音　　　　　　　　　　30
取代了绿色的寂寞。

仲夏受宠的干瘪的丑老太婆，
你昏睡的声音有如甜美歌声，
叙说了无数阳光明媚的日子，
夏日长长，鲜花筑堤一道道；　　　　　35
讲述了在印第安人的旷野上
人们发现了无边的甜美海湾，
叙利亚的平静、永恒的悠闲，
坚定的兴奋和那轻松的快乐。

大黄蜂

我的昆虫从不碰那些　　　　　　　　40
难闻且不洁净的东西；
除了紫罗兰和越橘花，
多汁的枫树和黄水仙，
花儿长到头顶的绿草
与天空媲美的野菊苣，　　　　　　　45
蜜蜂触角般的耧斗菜，
芳香的蕨草和仙鹤草，
翘摇、捕蝇草、赤莲
和花丛中的多刺玫瑰；
除此之外，皆为垃圾，　　　　　　　50
过眼画面，无人知晓。

比人更加聪明的见者，
长着黄屁股的哲学家！
你只想看美丽的东西，
你只要吃甜美的食物，　　　　　　　55
可你蔑视命运和烦恼，
丢下糠秕，拿走麦粒，
凛冽的西北风暴迅速
让大海和大地变冷时，
你却早已进入了梦乡；　　　　　　　60
苦难贫困你一睡而过，
但众生难忍贫困苦难，
你的睡让人啼笑皆非。

采黑莓①

"也许我所听到的是真实的,——
大地是一片咆哮的荒野之地,
四处充满野蛮的欺诈和力量",
我一边说着,一边漫步牧场,
并且沿着长长的溪水边漫步。　　　　　5
为黑莓的藤蔓所深深地吸引,
吃着甜蜜的埃塞俄比亚黑莓,
心情愉快,沉浸于想入非非。
我说:"究竟是什么影响了我,
让我选择了如此美妙的梦想?"　　　　10
黑莓的藤蔓回答说:"你认为
我们这些黑莓就没有智慧吗?"

---

① 编译者注:爱默生的《采黑莓》("Berrying")一诗最早发表于爱默生1847年出版的《诗集》。

暴风雪①

忽然间雷霆轰鸣,响彻云霄,
暴风雪席卷大地,来势迅猛,
雪花漫天飘落:漂白的苍穹
掩埋了山丘树林、河流天空,
掩藏着远处天堂的农庄住宅。　　　　　5
骏马和游客停下,信使止步,
朋友被关在门外,住户家人
围坐在火红的壁炉旁,身边
笼罩着那暴风雪肆虐的幽静。

瞧,那北风砌起的砖石建筑。　　　　　10
来自一个堆满瓷砖的采石场,
这位迅猛的泥瓦匠建造出了
一个个白色弯曲的尖顶棱堡,
环绕着迎风的篱桩、树或门。
迅速而多艺,他疯狂的作品　　　　　　15

---

① 编译者注:爱默生的《暴风雪》("The Snow-Storm")一诗最早于1841年1月发表于《日晷》,后来收录于爱默生1847年出版的《诗集》。

如此古怪野蛮，毫不在乎其
尺寸和比例。滑稽的是，他
把伯利安花环挂上禽笼狗窝；
那天鹅般的优雅掩盖着暗刺；
尽管农民叹息，但他仍然使　　　　20
农庄小路四通八达；在大地
的门前耸立着一座锥形角楼。
尽管时间有限，且孤身一人，
但是他似乎并没有离群索居，
当太阳升起的时候，惊人的　　　　25
艺术留下了昨夜狂风的杰作，
那风雪堆成的欢乐建筑讥笑
着那用岁月之石砌成的建构。

林中曲 I①

1
在当下这个时候,
诗人的命运十分艰难,
生不逢时;
他所有的成就,
都是取之于大自然的宝库, 5
然而对他而言,毫无益处。
当松树摇动树梢上的松球
与瀑布声形成谐音的时候,
他便朝着树林快步地走去,
与林中鸟和树木亲密交谈: 10
恺撒罗马大帝,树木茂盛,
诗人在那里可谓无拘无束。
他漫步走到了河岸的旁边,——
既不带鱼钩,也不拿鱼线;
他站在一片宽阔的草地上,—— 15

---

① 编译者注:爱默生的《林中曲 I》("Woodnotes I")一诗最早于 1840 年 10 月发表于《日晷》,后来收录于爱默生 1847 年出版的《诗集》。

既不拿猎枪,也不带镰刀;
他真的是没有什么可做的,
也看不到有什么人去找他,
没有任何别人在他的身边,
也没有看见那隐约的神灵。　　　　　　　20
想必是神明让他眼花缭乱:
没人想要他所知道的东西。
他走在树林中,心满意足,
没有比这更加美好的命运,
也不见那糟糕的忧郁心情。　　　　　　25
他种下了那些神圣的植物,
没人想要他所知道的东西;
他藏起他的知识并不张扬。
这个人最为珍惜的知识在
别人看来简直是天方夜谭:　　　　　　30
沉思的影子、颜色、云朵,
各种青草嫩芽和蝴蝶虫茧,
野生蜜蜂做巢居住的树枝,
点缀紫罗兰花花瓣的色彩,
为什么大自然喜欢数字五?　　　　　　35
为什么他重复星星的形状?
热爱自然世界的一切活物,
无论遇见什么他都感好奇,
首先是对他自己感到好奇,——
有谁能够告诉他他是什么?　　　　　　40
或者是怎样遇见那来往于

永恒山林之中的人形精灵?

2
我认识这一位森林观察员,
一位自然年份的吟游诗人,
一位春天时节的预报先知, 45
一位星球和潮水的通报者,
一位深知并且真正喜欢这
山谷分享给他的每件乐事;
大自然似乎不可能在一个
秘密的地方栽培任何植物, 50
在颤动沼泽,在积雪山峰,
在涓涓小溪旁的高高草丛,
在巨石缝隙间的积雪之下,
在小鸟和狐狸熟悉的湿地,
但是他总是能够准时到来, 55
恰逢处女闺房打开的时候,
仿佛是一束阳光照进那里,
并讲述其世代相传的故事。
仿佛是微风把他吹拂到此;
仿佛是那些麻雀教会了他; 60
仿佛是神秘洞察使他知道
红门兰生长在远方的地里。
许多碰巧发生在地里的事
却很少被渴望的眼睛看见,
但自然展示她所有的魅力, 65

来打动这位聪明的朝圣者。
他看见那只鹌鹑振翅扑扑；
他听见了山鹬夜晚的颂鸣；
发现一窝茶色歌鸫的雏鸟；
看见那只害羞的鹰在等他； 70
远处他人所能听到的一切
和在灌木暗处猜到的一切，
都展现在这位哲学家面前，
且应他之约似乎即将到来。

3

他在未开垦的缅因寻找那帮伐木工， 75
发现上百个湖泊流出了一条条小河；
他大步走在尚未植树造林的土地上，
无处不见的阳光已经很久没有照射；
驼鹿在吃草，暴躁的熊在那里行走；
而啄木鸟在那根高高的树杆上奔跳。 80
他走在林荫道上，在清香的道路上，
看到出名的林耐挂着它双名的标签，
并且祝福这位花卉大师的纪念丰碑，
在北面树荫下散发出他美名的芳香。
在小树林中，他时不时地能够听到 85
年份已久的古松树突然间震天倒塌，——
哗啦啦，一棵完美古树的死亡赞歌，
宣告属于它的那个绿色时代的终结。
古树平平地躺在地上，树上所有的

甜美和芳香都已回归了物种的起源； 90
它屹立苍天的高塔共创华美的时代，
它让人眩晕的树梢装扮着美丽清晨。
穿过绿色的帐篷，身穿自然的古装，
他四处游荡，人兽同一，心满意足。
黄昏降临时，他享受着夜幕的欣慰； 95
黎明来临时，他沐浴着明媚的晨曦。
三个月亮就树立了他当隐士的决心，
只要能在无边的树阴下自由地游荡。
胆怯的小动物在打听着它们的道路，
担心有敌人在洞穴和沼泽地里闲逛， 100
因此不敢前去把来龙去脉搞得清楚，
悲叹把将来的不幸当作过去的罪恶。
聪明人不是这样，他无须胆小守护，
而是前去侦察前进路上存在的危险；
无论走到哪，聪明人总是自由自在， 105
壁炉边就是他的大地，客厅是苍穹；
他清醒灵魂的去处，就是他的道路，
是神用自己的光照亮和指引的道路。

4

那是一个令人陶醉的日子，
当天才的神明从天空飘过， 110
风仿佛可变换二十个风向，
顿时间暴风骤雨无法刮起；
它吹向北方，但依然温暖；

或者南方,天空依然晴朗;
或者向东,吹起红花草香;　　　　　　　　115
或者向西,带走雷声惧怕。
那位谦卑深邃的农民坐在
从树林里流出的溪水旁边;
松树根如麻绳般纵横交错,
捆绑出它错综复杂的宝座;　　　　　　　120
宽阔的湖面,沙草的岸边,
湖水明亮如镜,清澈见底,
映出了湖边翠绿的树木和
在天空中豪迈飞扬的云彩。
他无疑是整个情景的核心;　　　　　　　125
他身上的阳光都更加明亮;
高山和云彩熟悉他的面庞,
就像熟悉它们自己的一样;
山云之间意气相投,所以
了解天地之间共同的孩子。　　　　　　　130
"你问问",他说,"是什么
引导我穿过无路的灌木和
宽阔崎岖阻碍重重的林地?"——
我发现了溪水潺潺的河床。
溪流的水道就是我的向导;　　　　　　　135
我便心怀感激,顺水而行,
或者顺着干枯的河道行走,
它们领我穿过潮湿的沼泽,
穿过灌木、蕨地、山狸窝,

穿过挡住去路的花岗岩带,　　　　　　140
并展示了不可抗拒的友谊。
高山飞泻的瀑布引领着我,
充满食物的溪水滋养着我,
并把我带到了最低的地方,
确信无疑的海洋沙滩之上。　　　　　　145
森林中树皮上长满的苔藓
就是黑夜降临后的北极星;
树林中长满各种紫色浆果
为我提供必要的粮草食物;
因为自然的永恒忠诚永远　　　　　　　150
来自对大自然的忠诚永恒。
当森林企图误导我的时候,
当夜晚和黎明对我撒谎时,
当大海和大地拒绝养我时,
那就是我必将死去的时候;　　　　　　155
然而我的母亲将在她最为
翠绿的地上给我做个靠垫,
即便六月鲜花也无法拒绝
掩埋他们爱人亡友的躯体。

林中曲 II[①]

当一束束阳光划过自由的天空,
并未带来挤插推搡或取代撤换,
因此松树向我的脑袋挥手致意,
并唤起了它从未带给我的幻想。

"哪个更好,礼物还是赠送者?   5
到我这里来吧",
那棵松树说,
"我是荣誉的颁发者。
我的花园是块劈开的磐石,
我的粪便却是皑皑的白雪;   10
在那夏天灼热的阳光之下,
流动的沙堆喂养我的牲畜;
那古老的或者稀奇古怪的,
有谁能了解我们的事情呢?
古老像朱庇特,   15

[①] 编译者注:爱默生的《林中曲 II》("Woodnotes II")一诗最早于1841年10月发表于《日晷》,后来收录于爱默生1847年出版的《诗集》。

林中曲 II

远久如爱神,
谁又能说出
我的家谱呢?
唯有古老的山脉,
唯有冰凉的溪水, 20
唯有月亮和星星
是我同时代的人。
在第一只鸟在我松软
的树枝丛中唱歌之前,
在亚当有了妻子之前, 25
在亚当有了生命之前,
在鸭子学会潜水之前,
在蜜蜂学会筑巢之前,
在狮子学会吼叫之前,
在老鹰学会翱翔之前, 30
光和热、大地和大海
对这棵最古老的树说。
甜蜜和秘密的援助让我欣慰,
因为它出于无可争辩的事实,
流水哗啦啦,微风轻轻地拂, 35
树木挡住了那里流沙的去路,
阳光把我带进了人们的视野,
树木让那无形的光更加生色,
并且又一次
在人们的坟墓上 40
我们将再次交谈

过去古老的岁月，
人们忘却的光阴，
这些将再次到来。"

"哪个更好，礼物还是赠送者？　　　　　　45
到我这里来吧"，
那棵松树说，
"我是荣誉的颁发者。
他真了不起，能因我而活。
那位满脸胡须的林中粗人　　　　　　　　50
真的要比我们的主人更好；
上帝装满朝圣的小袋小包，
罪恶堆满食物丰富的餐桌。
过去的农民现在成了主人，
现在的农民是未来的主人；　　　　　　　55
主人是干草，农民是青草，
一棵是枯树，一棵是活树。
我枝叶上的天才兴旺发达，
并滋润我贫瘠冰冷的根茎，
生活在这蓬乱松树旁的人　　　　　　　　60
将写下一首讴歌英雄的诗；
而生活在华丽宫殿里的人
将迅速衰老并且耗尽生命。
他经常坐着战车带着挂念，
去光顾我那崎岖荒凉之地；　　　　　　　65
他不在着迷我黎明的曙光，

并且把黎明当作他的监狱。

"这城和塔何以值得羡慕呢?
唯有这松树所带来的东西;
就是那征服了田地的力量; 70
两眼圆睁的男孩,在林中
唱着赞美歌赞美山峦河流,
城里充满危害的恶意忧郁
没能使他变得苍白或肥瘦;
大风和大雨使他变得洁净, 75
黎明和太阳催他奋勇向前,
玫瑰花瓣在他的双颊开红,
狮子突然间扑向他的双脚,
铁制的兵器以及铸模似乎
不畏恐惧、疲倦或者寒冷。 80
我给他的小木船提供橡木,
把我的木棒塞进他的锅炉;
我将畅游整个古老的大海,
把我的孩子送到胜利彼岸,
并向住在那里的居民保证 85
这松树将支配棕榈和葡萄。
我向西将打开森林的大门,
列车沿着铁路线徐徐滑行;
如同岁月把大地甩在背后,
向前方飞去如同江河奔腾; 90
我在密苏里做过一笔买卖,

他教衣阿华人英国的艺术。
谁离开松树，就失去朋友，
就失去力量，并招致毁灭。
假如折下母树干上的树枝，　　　　　　95
并将其插在你的瓷花瓶里；
树枝上赤褐色的叶芽很快
就含苞待放，且香气扑鼻；
但是当它寻求更多养分时，
这个森林的孤儿就死去了。　　　　　　100
无论是谁只要他只身一人
行走并且独居在这树林里，
就一定会选择阳光、波浪、
岩石和小鸟作为他的伴侣，　　　　　　105
而不像追梦金钱的护林员
抛弃它们去追求权力美德。
他里里外外都将清清白白，
始终远离那古老难忘的罪。
他不奉承恭维，但是热爱　　　　　　　110
那公正且拥抱一切的命运；
由于他得胜敏锐的洞察力，
所有的罪恶都将烟消云散。
不自负虚荣、烦躁、轻浮；
不神经错乱、渴望、饶舌，　　　　　　115
虽然他离群索居，但严肃、
纯洁、满足，且令人渴望。
星星与月亮必将更加洁白

的光芒洒满他纯洁的身上；
天空中群星荟萃透过他的
眼睛把高尚道德洒向人间。　　　　　　120
为了防御，大自然赋予他
一种令人钦佩的天真无邪；
高山的活力、贝壳、大海，
星球和石头都是他的帮手；
他将永葆青春、永远年轻；　　　　　　125
他的命运同样将无从预言；
他将看到快速行驶的年轮，
不需要等待，也无须恐惧；
他将尽情地享受他的爱情，
他所喜爱的一切皆为高兴；　　　　　　130
当他求婚时他会十分幸福，
一位缪斯生的缪斯的女儿。
但是假如她用金丝带扎头，
并且用钻石装扮她的乳胸，
挪开你的视线，克制激动，　　　　　　135
尽管你独自一人躺在地上。
她身穿丝袍服，光彩照人，
袍服编织着数不清的罪恶；
而那编织袍服的一根根线
都是她一根一根地拉出来，　　　　　　140
在那件相同袍服的丝线里，
将拉出悲痛之悲痛的缘由，
以及那羞愧之羞愧的缘由。"

"注意古老的神谕，
　　　　沉思我的咒语； 145
每当风暴席卷而来的时候，
我的山顶上就回荡着歌声。
那先知先觉的风响彻云霄，
身后石背的松影颤动摇晃，
无数的松叶成了器乐之弦， 150
让山神之歌融入地貌之乐。
听呀！听呀！
如果你想知道那神秘之歌，
那年轻的星球吟咏的赞歌，
回荡天地之间的欢乐之歌； 155
聪明人呀！你只听了一半？
聪明人呀！你只听了一点？
这就是艺术编年史的叙事。
它敞开心扉，且放声歌唱，
它将讴歌宇宙事物的起源， 160
歌唱世世代代事物的发展，
歌唱宇宙星尘和宇宙朝圣，
歌唱圆形的世界及其时空，
歌唱那远古洪水后的矿泥，
歌唱化合物、力量和形式， 165
歌唱湿冷温暖的极地力量：
突然发生彻底变化的形态，
能够解构所有的固定状态，
不仅融化貌似必然的事物，

也把坚实的自然融为美梦。 170
啊,听听古老歌曲的衬腔——
总是那么古老,那么年轻;
带着一种悠远的抑扬顿挫,
齐声合唱出那古老的节奏!
逗乐了那可怕的命运之神 175
让他把声音赋予这棵松树,
并且让你微弱的耳朵听见
一种发自永恒歌喉的曲调。
他用音乐再现了从大自然
突然起飞的一群美丽小鸟。 180
凡人呀!你们耳朵如石头;
这些回声满载丰富的音调,
唯有心灵纯净者才能聆听,
你无法捕捉它们对生命和
意志、缺乏和权力的吟咏, 185
歌唱未来人类,人的生命、
死亡、命运、成长、奋斗。"

接着,这松树又唱起歌来:——
"不要藏在我树叶里说话;
抛开年代,享受微风轻拂; 190
我的钟点就是平静的世纪。
不需要用微弱的嗓子说话,
不需要继续做时空的傻瓜,
我们一起谱写崇高的韵律。

唯有你们美国人才能读懂　　　　　　　　　195
我的诗行并窥见你的闪耀，
但是我试手创作出的诗歌
却能够理解这个大千世界。
吹动我树枝最微弱的呼吸
重新带回了神圣的降灵节；　　　　　　　200
它的声音是那么严肃清晰，
让每一个心灵都听得清楚，——
'我不是你的？这些也不是？'
它们回答说：'永远是我的。'
我的树枝能够说意大利语、　　　　　　　205
英语、德语、巴斯克语、卡斯蒂利亚语，
高山对着山地居民在说话，
大海对着海边渔民在说话，
对芬、拉普和黝黑的梅拉，
对每一位都说出心底秘密。　　　　　　　210

"来吧，跟我学这命运之歌，
它用强劲的音符编织世界，
每位亲知者都在那里起舞，
沉浸在鼓舞人心的幻想中。
抬起头吧，看那崇高韵律，　　　　　　　215
万物同韵，且与时代谐韵，
那是阳光和阴影的主韵调，
原声和回声、主人和仆人，
大地倒影在江河湖海之中，

影子始终紧跟着人的身体。 220
因为自然自有完美的韵律,
而且她的诗每每韵脚完美,
不论她是描写大地或海洋,
或者将其炼丹术深藏地下。
你不会在空中挥舞你的杖, 225
或者把你的船桨轻点湖中,
而是划出一道美丽的弧线,
那波浪韵式船桨望尘莫及。
这树林子要比你更加聪明,
因为林子和波浪相互了解。 230
并非没有关联,没有联系,
而是思想和事物每每相连,
大自然完美的每一个部分
无不植根于这强大的心脏。
可怜的孩子!你无边无韵, 235
是否生不逢时,投生错地?
难道你是个孤儿且被欺骗?
难道你的地被夺,国被劫?
是谁跟你离婚后骗走钱财?
难道是信仰使你失去自己, 240
撕下贴在你脑门上的标志,
并让永恒的眼睛陷入沉沦?
你脸色苍白,且身体瘦弱,
你脚步太慢,且习惯温和;
在贵人眼里,他们也承认 245

你是个来自旷野的流浪者，——
高山丘陵充满健康的健康，
而且聪明的灵魂拒绝疾病。
听呀！我告诉你一个景象
它能让你把伤痕变得神圣。　　　　　　250
当你想爬上山顶的峭壁时，
或者从帆船上眺望海滩时，
辽阔的地平线将对你表白：
你看到的只是空虚的空虚；
而在整个地球的范围之内，　　　　　　255
任何人都无法与自然媲美；
茫茫苍穹坍塌在你的眼前，
不仅悲惨而且充满了讽刺，
坍塌在咯咯叫的母鸡身上，
在那些唠唠叨叨的傻瓜和　　　　　　260
小偷、苦工、甜妹的身上。
而你将对着至高无上者说，
'上帝呀！所有这天文学，
和命运、实践、发明创造、
强烈的艺术和美丽的矫饰，　　　　　　265
太阳和星星这灿烂的景象，
往日的挣扎和今日的世界，
看呀！这都是虚无的虚无；——
不可能，——我将重新审视；
诚然，现在窗帘即将升起，　　　　　　270
地球的健康居民让我惊叹；——

可惜，那窗帘并没有升起，
而且大自然已经完全失败，
把地球带进了衰败和愚昧'。

"唉！你的世界彻底破产，
神圣的自然看到了这一切。　　　　　　275
来，躺在我抚慰的树荫下，
医治罪恶造成心灵的创伤。
我来给你讲个明智的比喻
远比时间更加古老的故事，
也是一些无法宣布的事情，　　　　　　280
或者说是一些崇高的异象。
我看你在人群中孤身一人；
我一定会过来做你的伴侣。
让你的友人接受死亡审判，
并为他们建造终结的坟墓；　　　　　　285
让苍穹中布满星星的阴影
作为它们葬礼的永恒纪念，
而且甲虫和蜜蜂的嗡嗡声
发出它们哀伤悦耳的记忆。
把你的商品货物抛在身后，　　　　　　290
丢掉你的教堂和你的慈善；
连同你那喜欢炫耀的智慧；
奔流的溪水和轻拂的微风
为你提供足够的原始智力。
丢掉全部故弄玄虚的学问，　　　　　　295

神把整个世界藏在你心里。
爱躲避哲人,但加冕孩子,
给予他们拒绝一切的一切。
起风之后,便是大雨来临,
江河知道通往大海的通道,　　　　　　300
没有舵手,但它照样奔流,
给茫茫大地带来神的仁慈;
大海波涛翻滚,汹涌澎湃,
去寻求变成云和风的途径;
影子紧跟飞速前进的月球;　　　　　　305
那高高的棕榈树从不失约;
而你,烧了那些没用的书,
就将超过见者和那些圣人。
你常常穿过树林,并没有
发现是什么鸟唱出了歌曲;——　　　　310
也没找到究竟是哪位隐士
高兴地飞出并在天上唱歌。

"听呀!你来再听一次吧!
我来讲讲世俗平凡的学问。
我的年龄要比你的数字大;　　　　　　315
我发生了变化,但没有死。
迄今所有的事物依然坚持,
并且牢牢地扎在暴风雨中。
高效的时间不停地追赶着
所有的人不停生产和埋葬:　　　　　　320

所有的形式都是形同虚设,
但所有的事物将与世长存。
幅员辽阔的造化永远鲜艳,
这一神圣即兴的造化之作
直接来自上帝内心的恩赐,   325
一人的意志,万人的行动。
宇宙大地曾熟睡像颗石蛋,
没有脉搏,没有声音和光;
神说:'跳!'就有了动作,   330
混沌的渊面变成辽阔海洋。
潮水涌动涌动,不朽的潘,
他为世界制订延续的计划,
从不停止在一种形态之上,
而是永远追求变化,就像   335
波浪或者火焰,变成新的
宝石、空气、植物和蠕虫。
我,今天已经是一棵松树,
可是昨天还是一大堆野草。
他自由自在,且放荡不羁,   340
将他力量的美酒不断倾注
给每一个时代和每个种族;
给每一个种族和每个时代,
他倾注了自己所有的甘露;
给每一个个人和所有的人,   345
包括神圣的和原始的造化。
世界被他的咒语圈在中间,

并且已成为他神迹的游戏。
当他允许所有人开怀畅饮，
他们可以这样或者那样想。
他可以给少或者可以给多， 350
让他们几人一起或者就此。
他用第一滴酒画出了轮廓；
用第二滴酒书写特殊自然；
第三滴给宽容的火花加热；
第四滴发出吞食黑暗的光； 355
在第五滴中他全身心投入，
而自觉的律法是王中之王。
让他高兴吧，永恒的孩子，
实现甜美而又野蛮的意志；
就像蜜蜂飞过花园的花丛， 360
神从一个世界变到另一个；
正如羊群在荒野地上牧草，
他匆匆忙忙地在变换形态；
这个光芒万丈的天穹就是
他夜晚下榻歇息的小客栈。 365
是什么与这位路人有关呢？
如果村舍像夏天花朵一样
开败，像一束芳香的百合，
或者就像满天永恒的星星。
对于他来说，好和坏一样，—— 370
耀眼天使与被弃尸体相同。
你几个世纪才能见他一次，

瞧!他就像微风轻拂而过;
你在地球和星系中寻找他,
他却藏在纯粹的透明之中;   375
你到泉水和火光中打听他,
他是你打听到的最好的人。
他是那颗星星环绕的轴心;
他是那根圆木烧出的火花;
他是每一种活物活的心脏;   380
他是每种特征的特殊意义;
而他的心灵是无垠的苍穹,
比任何事物更加深邃崇高。"

莫纳德诺克山[1]

千万个吟游诗人在我心中苏醒,
"我们的音乐回荡在山谷之间";——
千万张欢乐图像在我眼前浮现,
啊,那条豹斑多彩的涓涓小溪。
"起来吧!假如你知道谁在呼唤   5
那曙光中的松柏林园,
那高山中的弯弯河谷,
农夫犁下的道道犁沟,
主人家那长长的围墙!
起来吧!从那高耸入云的城堡   10

---

[1] 编译者注:爱默生这首题为《莫纳德诺克山》("Monadnoc")的诗歌源出并且取代了早期一首题为《沃楚西特》("Wachusett")的诗歌。《沃楚西特》一诗描写在马萨诸塞州面对着莫纳德诺克山的一座山。爱默生的《莫纳德诺克山》一诗创作于1845年至1846年,首次发表于1847年出版的《诗集》(*Poems*)中,并且收录于他1876年出版的爱默生《诗选》(*Selected Poems*)。1846年6月,爱默生曾经在他的日记中说:这位诗人"在那里看到一种类型(type)并且如实精确地解释了它;啊,山呀!你的高度意味着什么呀?你壮丽庄严地再现了现在和永恒……假如这位诗人真能够忘记他的主题,真的成为这些山的喉舌,那么他就不会如此念念不忘自己,而且他已经写下的那一行坚定的诗行也将像行星发现者们一样名垂青史,或者像写在天上的天书永远不会被抹掉"。在《莫纳德诺克山》一诗中,诗人打破了人们关于人类存在时空限制的种种幻想,刻画了诗人将大自然中超自然的真理传递给人类的思想。这首诗歌回应了在其演讲《自然》《经验》《崇拜》以及重要诗歌《梵天》《哈马特利亚》《斯芬克斯》等作品中反复阐述的对生命与自然的崇敬之情。

俯瞰前方波澜起伏的脉脉山峦！
不让那些日子化作一块块石头
连同百合与玫瑰、大海和大陆。
起来吧！读一读天国的神迹吧！
看呢！它是放之四海而皆准的；　　　　　　15
书虫，改掉你彬彬有礼的懒惰；
一种更伟大的精神在催你奋进，
不会耽误你的一个个黄粱美梦。
看呢！正在上山的山岳女神们
在召唤你前去参观她们的拱廊！　　　　　　20
年轻人呀，像她们一样自由时，
请记住双脚一定不要离开地面，
在寒冷的冬天还没有到来之前，
时间老人仍然捆绑着你的双脚。
收下生命馈赠于你的神圣厚礼，　　　　　　25
品尝神赋予你主宰大地的权力。"

我听见了，而且我听话了，——
我深信不疑，他说了这话，
虽赫赫有名，但不图虚名，
因此，他不至于遭受反对。　　　　　　　　30

然而，在召唤声回落之前，
我转向雄伟的切希尔山峦。
漫天碎飞的云朵飘出云头，
像一面五彩旗帜迎风招展，

邀请东南西北、方圆百里　　　　　　　　　　35
住在这平原上所有的居民
去观赏大海及其周边岛屿。

身着他那宽松朦胧的外套，
满载着他神圣丰厚的奖赏，
迅速接受了这永恒的施者，　　　　　　　　40
浇灌出无数条欢快的河流；
从远处看，有个缥缈小岛
未耕犁过，有更美的灵魂，
清晨朝霞和红色晚霞正在　　　　　　　　　45
为诗人、情人和圣人作画；
人间的骄傲和国家的精髓，
永远的灵魂启示者和先知；
上帝高高树起的精神支柱，
人们世代难忘的神圣应许；
它必将是人们生命的标志，　　　　　　　　50
并且将融入每一事件之中；
测量仪、日历、钟盘表面，
晴雨气压计和化学小药瓶，
各种浆果园和鸟类栖息地，
四处寻找水源的牛羊牧场，　　　　　　　　55
蒙恩于每一次巨大的变化，
暑热烤地，寒冷冻裂石头。

提坦掌管着他的天国之事，

分享丰厚租金和广泛联盟；
每日变幻莫测的神秘色彩， 60
在清晨和夜晚，忽明忽暗，
充满着那甜美的变化机缘
和那四季更替的神秘变化；
贼一般的自由时光悄然地
把漫天积雪化成一片花海。 65
啊，植物石头的奇妙工艺
用最古老的科学制作展示。"

"幸福啊"，我说："谁家呀！
这位山里人是何等荣幸呀！
欢乐自然给他的简陋小屋 70
带来愉快之至的辽阔大地"。
我认真地勘察了周边地方，
在小茅屋里发现我的君王：——
希望的挫败让我深感悲苦！
难道那位身上肮脏的农民 75
就是这自豪之地培育出来
去代替上帝权柄的人选吗？
忘却的时间，矿石的匠铺；
山上藏着资源丰富的晶石；
古老的摇篮、猎场，还有 80
狼、水獭、熊和鹿的坟地；
许多种族建造良好的住地；
高高的瞭望塔俯瞰着大地；

河水和雨水提供工厂水电；
连接着山峰，环抱着大地； 85
变幻莫测，仍娴熟地说出
在自古永恒中长存的事物，
以及温顺的自然何以存在；——
难道这创造奇迹的护身符
能善待植物、动物和人类， 90
而对主人的心灵不言不语？
我想着需要寻找些爱国者
具有根深蒂固的自由思想：
我经常为我自己详细描述
许许多多著名山脉的故事，—— 95
威尔士、苏格兰、乌里和匈牙利的谷地；
并且告诉诗人、时髦人、斯坎德贝格人。
大自然在此凝聚她的力量，
她的音乐以及她的流星体，
并将人类举上深蓝的天空， 100
星星在完美的轨迹上跑着，
像明智的向导用眼神吸引
奏响进军苍穹的科学号角，
让知识既体现前无古人的
力量又能让快乐合情合理； 105
印第安人喝彩，凛冽天空，
培育纯洁头脑和敏锐眼睛，
能构想出虚无城市的眼睛，
能够建造一切的一双双手；

并通过他的德高望重暗示　　　　　　110
神赐予人崇高德行的顶峰；
险崖中的人找到了僻静的
住所以抵挡对心灵的污染；
面对冰雪融化和邪恶流行，
应该像这坚定的山脚一样，　　　　115
采用各种策略，义无反顾，
制止城市肆虐无忌的疯狂。
假如古老英勇气概被打破，
且山里乡亲成为粗暴之人，
天天泡在酒店里寻欢作乐，　　　　120
大山呀，沉没在沼泽里吧！
躲进天空，啊神圣的山坳！
像树叶般腐烂，滋养山地！
无父亲幸免，无儿子继承！

轻声！不要让生气的缪斯　　　　　125
讥笑辛勤劳动的艰难命运。
我接连寻找了许多个村庄，
多个山里农民居住的农场。
重新聚集在教堂尖塔之下，
高原人民在那里安居乐业，　　　　130
粗俗、喧闹，但仍然温和，
巨人般强壮，孩子般缓慢，
在一间脏兮兮的屋里抽烟，
还伴随着那西部吹的微风。

在粗糙的外衣下，隐藏着 135
西方贤达，他们在此做工。
汗水和季节是其艺术创造，
犁和马车是他们的护身符；
最年轻的人都能够自然地
让那冰冻的大地流出蜂蜜； 140
用丁香的花苞来装扮沼泽，
让流沙变成万亩玉米稻田，
为了狼、狐狸和哞哞牛群，
为了冷藓苔、奶油和凝乳；
把树枝编织成小盒和草席， 145
把枫树的甜汁榨在大桶里。
天上的飞鸟难逃他们手上
的步枪和他们布下的罗网；
河里或者湖里游玩的鱼群，
难逃他们长长的捕捉之手； 150
然而这个国家无私的铁面
随意背叛他们时尚的技巧，
为填平洼地，让山峦下沉，
架桥和排水，筑坝和盖厂，
并且把那荒无人烟的荒原 155
改造成了宜人居住的乐园。
圣灵对他的应许心中有数，
向前看吧，当他要为未来
的时代用泥土造人的时候，
人的形体和心灵多么般配， 160

他让眼前的烈焰冷却下来，
让生命的脉搏慢动而强劲：
用凛冽严酷的寒风和禁食，
他在那些被隔离的岩洞里
逐渐医治了他衰朽的肉体　　　　　　165
并使之恢复婴儿期的鲜嫩。
辛勤劳作和暴风骤雨是让
他吹出孩儿的玩具和游戏；
他们等待时机，证明自己，
若需要，是朱庇特的后代；　　　　　170
同出一辙，并且如此平静，
宛如来自太阳升起的地方，
气脉相通，急促并且强烈，
脉动是爱情，心跳是歌声。

他们睡在肮脏的杂草之中，　　　　　175
愚笨地保守着他们的秘密；
但你该学我们古老的话语，
所有这些大师都可以教你。
总共八十或者一百个单词，
个个都表达其有声的沉思；　　　　　180
但是它们转向了其他用法
超过了职员或政客的伎俩。
我可以不在乎大学的钟声，
也可以省略有学问的讲座；
我可以放弃神职和图书馆，　　　　　185

可以放弃教育机构和字典，
因为英语有着坚实的基础，
不受珍视，但是茁壮成长。
那些客栈炉边的拙劣诗人，
在挥霍你未被引用的欢乐，　　　　　　190
不但接地气而且还不张扬，
当杰克反驳和流便咆哮时①；
农民的嘲笑强烈而又苛刻，
就像一颗颗子弹击中靶心；
而连续不断的诅咒和嘲弄　　　　　　195
从来没有塞满等候的耳朵。

当我站在高高的山峰之上，
极目远望平地与河水之间，
仿佛觉得高高耸立的群山
并不是完完全全平平静静，　　　　　　200
而是传达了一种宁静感觉，
假如我没错，是这么说的：

"夏季，我经常徒步远行
寻找远方隐约闪现的山峰；
然而，在可怕的隆冬时节，　　　　　　205
除了阳光斑驳的影子之外，
乌云下，只有我孤独的头，

---

① 流便（Reuben），基督教圣经故事人物，雅各（Jacob）的长子。

古老像太阳，老得像影子。
那么，难道你来了就能够
看见那新奇的树林和大雪　　　　　　　210
并且踏上那上升的山地吗？
难道你离开了低地的行程
就能够站在这云雾之中吗？
难道你必将成为我的伴侣，
在我凝视和永远凝视之地，　　　　　　215
在温和的夜晚和闪亮白天，
当森林倒伏和人类消失时，
一个个部落和一个个时代，
在火焰中的天琴奏响之时，
并且不断地向我靠近之时，　　　　　　220
带着那一颗颗北火的星星，
即便是在成千上万年之后？

"啊！太好了，假如你的
头脑里真的装着我的秘密；
愿缪斯能够获得神的恩准　　　　　　　225
并且展翅飞翔，飞向山顶。
和蔼的朝圣者呀，如果你
知道畜牧神潘统辖的范围，
并且知道这山地如何发源，
发自这座山的真诚祝福就　　　　　　　230
将赐予你，如同自然一样。
这就是灌木和石头的法则，

它们各司其职，各尽其责。

"让他留心谁能够且愿意；
我为妖术所迷，陶醉于此，   235
愿忍受时代的煎熬，直至
我消失于更加迷人的圣歌。

"假如你真的能够理解化学
反应的涡流是如何产生的，
极点到极点及其蕴含意义；   240
而且这些砂质泥灰岩碎片
并非悬挂在悬崖峭壁之上，
而是挂在祈祷者或音乐人
脖子上的一串串玫瑰念珠；
虽貌似轻信，且冷酷无情，   245
但窥见了耀眼的理性微笑。
你那明察秋毫的眼力是否
能够透视造化的内心意图，
他造物，但不留嘈杂碎末，
使用雪花般轻飘飘的锤子；——   250
朝圣者啊，你知道这些吗？
不可迷失方向，四处游荡！
我坚固的磐石都已经照亮，
明亮的路标也将旋转起来。

"因为世界是照着顺序造的，   255

莫纳德诺克山

原子照着旋律协调地发展；
正如管乐押韵和门卫守时，
太阳和月亮全都服从它们。
当听到远方神秘的诗歌时，
星球和原子一起欢欣雀跃；   260
当悦耳的音乐和欢快舞蹈
来到了他的领地和周围时，
没有人愿意落在歌舞之后，
但知道那创造太阳的声音，
虽像金字塔，但向前跳跃。   265

"莫纳德诺克山雄伟壮观，
高高地耸立在群山峻岭中；
但除锡安山和麦鲁山之外，
我知道再无山能与人媲美。
因为它是坐落在黄道带中，   270
所以金刚石同样显得柔软：
当更加聪明的人再次来临，
而且脑子里带着我的音乐，
我每天都该翻过丘陵草地，
就像我的身影悄悄地划过。   275

"在光明与黑暗中穿越时间，
当我听见逐渐逼近的脚步
踏在布满燧石的道路之上，
那是他的脚步，将来一样；

我听说他将轻松地背负着 280
我每天背负的树林和溪流,
像这条穿过圆形天空的船
从未把那一根根石梁拉紧;
它的木料,也静静地漂流,
举起阿尔卑斯、高加索山 285
和这里长长的阿勒格尼山,
以及乡镇周边所有的土地,
满载历史,穿越满天星星。

"每天清晨我举头仰望天空,
眺望尚未展开的新英格兰, 290
从圣劳伦斯向南直到松德,
从卡茨山向东直到大海边。
牢牢地固定着,许多世纪,
我等候诗人和圣贤的到来,
伟大的思想好比珍珠种子, 295
将把莫纳德诺克山串起来。
那位兴高采烈的诗人来了,
这座山仍旧将抽动他的脸,
如内心燃起的火气和痛苦
像个气泡突然间拔地而起。 300
当他到来时,我将从我的
头脑中源源不断地流出那
远比大地酿造的所有美酒
来得更加香甜的泉源佳酿。

莫纳德诺克山

我贫瘠的土地结出的果子 305
远比美酒或香油贵重值钱；
有蓝色草莓和金黄的浆果，
秋天熟透，果汁特色鲜明：
斯巴达的力，伯利恒的心，
亚洲的怨恨，雅典的艺术， 310
不列颠人疑虑重重的习惯
和德国人内在的洞察能力。
我要让我的儿子吃畜牧神
潘蓄养的最好的不朽生肉，
一边吃面包，一边喝果汁； 315
如此铸造而成的他的头脑
不是像星星，而就是星星，
不是空画，而是朱庇特和玛斯。
他来了，但是不像那些人
天天趴在我光秃秃的头上。 320
当清晨花朵点缀我的围巾
黑夜最后的绒烟突然消失，
整洁漂亮的职员从南海湾
气喘吁吁地跑到城市码头。
我把他带上我崎岖的山路， 325
有点后悔，上气不接下气，——
两眼晶亮看见冷酷的混乱，
也看见我山上的仲夏之雪；
也打开了山下吓人的地图，——
所有他的县城和海洋陆地， 330

突然在他手中都成了侏儒；
他的日程好比波浪般漫长，
城市楼顶闪现在烟雾之中。
我让他看烟雾笼罩的天边：
'瞧，那阴森恐怖的雾霾　　　　　　　335
环绕着一个圆点般的地球，
而你却驾雾于茫茫的雾海，
漫天翻滚坍塌的悬崖峭壁
落在断断续续的深海之域。'
他触景生情，且脸色苍白。　　　　　　340
即便如此，这莫测的风筝，
农场城镇成行外包的星球，
完全不顾及其焦虑的居民，
毫无目标地向前横冲直撞，
而他，一条可怜的寄生虫，　　　　　　345
被困在他无法操舵的船上，——
他无从知道谁是这位船长，
港口或者舵手都不敢想象，——
危险或者毁灭他必须分担。
我让乌云对着他皱眉示怒，　　　　　　350
用我的北风吹凉他的血液；
石块哐当滚下，我废了他，
而且他将生活在恐惧之中。
最后，我还是让他再一次
回到他那彬彬有礼的乡镇，　　　　　　355
虽然受惊，去与乡亲聊天，

莫纳德诺克山

并且让他尽快地把我忘记。
就像在古老的诗歌传统中,
诸位诗神往往是又瞎又瘸,
尽管这些假装的瞎子瘸子　　　　　360
背叛了他们更充沛的力量,
所以并没有放弃生长在花
海般地带之上的无花果球,
那里的森林已经枯死灭绝:
但它属于一种纯粹的用法;——　　365
什么稻穗才像我们在这里
拾捆神圣的刻瑞斯与缪斯?

这里的时代就是你的日子,
你就是现在时最好的证人,
并且是永恒形态的见证人!　　　　370
你是命运之神的坚定旗帜,
在这些乐悲参半的懦夫中,
你将无法等到见者的出现!

我们把被虫子咬后的痛苦
带到了这山上的岩石之间;　　　　375
带着收拢的翅膀,虫子的
飞行及其低鸣声突然消失,——
消失在这些大楼大厦旁边,
谁能说出盖楼石匠的名字?
损坏了楼面,也无须修复,　　　　380

替换壁缘饰带和柱顶过梁；——
但用花卉装饰花窗和墙面，
那栋古老的知识大厦永远
桀骜不驯，高高耸立的桩。

这与人类互为补充的配对　　　　　　385
始终让我们处于有利地位，
我们是奢侈华丽的贫穷人，
荒芜的山呀，你资源丰富！
我们狭隘无知，空谈吹嘘；
你却宁静无声，镇定沉着。　　　　　　390
这坚定不移的山给无数的
事物和时代带来一个观念；
所有的积雪和树叶散发出
喜悦的喜悦和悲伤的悲伤。
这位高个的守护人，你看　　　　　　395
城镇的兴衰和居民的生死，
并且想象那平稳美好时光
就是我们人生奋斗的目标，
变换形式中那无形的心灵，
虽然我们想不起那些物质，　　　　　　400
但我们在你身上找到影子。

你，在我们的天文学当中，
像天上一颗不透明的星星，
人们偶然间从远处发现你，

莫纳德诺克山

飘浮在地平线的光环之上， 405
突然间又出现在铁路之上，
仿佛奔驰在更高的高度上，——
通过谨慎小心的强烈欲望，
通过误入歧途的重要收获，
通过设宴招待和轻浮举动，—— 410
这时，你重新想起了我们，
并且使我们变得心智健全。
缄默的演说家，能言善辩，
一语未发就能把信心传遍，
你能帮助我们解除和克服 415
人们受限制的短暂的日子，
并且能以造化的真名承诺
把有限青春赐予无限明天。

寓　言[1]

大山和松鼠
吵了一架；
前者管后者叫作"小人"。
松鼠回答说，
"你的个子无疑是很大；
但是世间万物和气候
必须综合在一起看待，
组成一个年轮
和一个星球。
我认为，你占据我的地盘　　　　　　10
并不算什么不光彩的事情。
如果我个子不像你那么大，
你的个头就不像我这么小，
但是不如我一半那么活跃。
我不会拒绝你让一只小巧　　　　　　15

---

[1] 编译者注：爱默生的《寓言》（"Fable"）一诗最早于1846年被收录于美国费城 Carey & Hart 出版公司出版的一本题为《1846王冠》(*The Diadem for MDCCCXLVI*) 的诗集中，后来又被收录于爱默生1847年出版的《诗集》。

玲珑的松鼠苍茫逃离而去；
天资有别；万物顺畅合理；
假如我不能背起一片森林，
那你也无法砸开一颗干果"。

颂诗，赠 W. H. 钱宁①

虽然不愿为这邪恶年代
唯一的爱国者感到伤心，
我也无法放弃
我像蜂蜜一般甜的思想，
只因牧师们的虚假说教　　　　　　　　　5
或者政客们的夸夸其谈。

如果我拒绝
去研究他们的政治观点，
至多是一些骗人的把戏，
那么，愤怒的诗神缪斯　　　　　　　　10
就会让我变得神志迷乱。

然而，是谁在空谈人类
的文化呢？是谁在瞎扯
更美好的艺术和人生呢？

---

① 编译者注：爱默生的《颂诗，赠 W. H. 钱宁》（"Ode, Inscribed to W. H. Channing"）一诗最早发表于爱默生 1847 年出版的《诗集》。

颂诗，赠 W. H. 钱宁

去吧，慢残蜥蜴，去吧，　　　　　　　　15
去瞧瞧那著名的合众国
居然使用了枪炮和刺刀
对墨西哥所进行的劫掠！

或者谁扯着无畏的嗓子，
赞扬热爱自由的拓荒者？　　　　　　　20
我在你身边发现了奔腾的康图库克河！
山谷里的阿基奥库克山！
那些黑人奴隶主的走狗。

创造新罕布什尔的上帝
在嘲笑这片崇高的土地，　　　　　　　25
它不仅养育了一帮小人；——
哺育了满天的蝙蝠鹡鹩，
而且用橡木盖起了房子；——
假如山火能劈开隆起的
土地，并且将百姓埋葬，　　　　　　　30
南方的鳄鱼会感到悲伤。

美德在敷衍，远离正义；
自由受赞，却深深隐藏；
葬礼上牧师的滔滔不绝
使棺盖发出咯咯的响声。　　　　　　　35

是什么燃起你内心火焰？

啊，激情澎湃的朋友们，
他们愤怒地把北方各州
从南方各州中脱离出来？
为什么？有啥好结果呢？　　　　　　　40
波士顿海湾以及邦克山
将永远滋养着自然万物；——
虽然万物像蛇一般弯曲。

骑马人服务于他的马匹，
牧牛者服务于他的牛犊，　　　　　　　45
商人服务于他的钱袋子，
美食者服务于他的美餐；
这是一个奴隶们的日子，
用蚕丝织布，玉米磨面；
凡自然万物尽运筹帷幄，　　　　　　　50
凡人间万物尽自然发展。

有两种法律，互不关联，
也互不相容，水火不容，——
人的法律，物种的律法；
后一种建造城镇和舰队，　　　　　　　55
但是它已变得放纵失控，
而且让人类失去了君王。

万顷森林将被全部砍伐，
悬崖峭壁将被夷为平地，

颂诗，赠 W. H. 钱宁

群山峻岭将被隧道接通， 60
海滨沙滩将被阴影遮挡，
大地四处将被种上果树，
所有的土地将变成耕地，
大草原被作为财产转让，
蒸汽机轮船也将被造出。 65

让人们服务于人的法律；
为友情生，为爱情而活，
为了真理和和谐的利益；
奥林匹斯山跟随朱庇特，
合众国也可以任其自由。 70

然而，我并非哀求那位
老店主来听树林的回声，
也不逼不情愿的参议员
去寻求荒漠鹆鸟的投票。
人人都注定要做他的事；—— 75
愚笨的人会弄错和犯浑；
聪明和坚定者实施顺利。
绕道而行直至阳光破晓，
相同的性别，甚至不同；——
而宽宏大量的神圣超灵 80
让正义与力量匹配成对，
让人口增加或让其减少；——
他能让更加强壮的种族

来灭绝较为弱小的种族，
用白色人种来灭绝黑人；—— 95
他知道如何从狮子嘴里
掏出那甜甜蜜蜜的蜂蜜；
把最为娇嫩的接穗嫁接
到海盗和土耳其人身上。

哥萨克人已吞并了波兰， 100
就像园子里的鲜果被盗；
她最后的高贵已被糟蹋，
她最后的诗人已经哑巴：
战胜者兵分几路，直接
进入了家族的群居营地； 101
多半因自由罢工和等待；——
吃惊的诗神发现她身旁众生云云。

阿斯脱利亚①

写下你的头衔和扒下你
的外衣的使者是你自己。
没有哪位君王或者元首
能给一位英雄人物定级；
个人到全体都值得敬重，　　　　　5
从头到脚完全无懈可击，
直到他在众目睽睽之下
在胸前写下奴才或主人。

我目睹着人们上下求索，
在城里和乡里四处奔走，　　　　　10
脖子上挂着他们的祷匾，——
"寻找法官，寻求审判"。
他们既不修正君主旨意，
也不要纠正法官的博学，
但速求见到他们的伙伴，　　　　　15

---

① 编译者注：爱默生的《阿斯脱利亚》（"Astræa"）一诗最早发表于爱默生 1847 年出版的《诗集》。阿斯脱利亚（Astræa）：希腊神话中主管正义的女神。

他们的乡亲和亲爱家人；
群情激昂，并大声疾呼，——
"我是啥？说呀，伙计"。
这位伙计便毫不犹豫地
选了个地方，与其交心； 20
答案不用文字或者书信，
但更容易为对方所理解；
彼此之间宛如一面镜子，
照映出相互眼中的影子。
每一位他所遇见的路人， 25
每一次他所重申的断言，
每一次他所记下的忏悔，
都在用文字审判着自己；
形式就是他身体的形式，
思想却是条苛刻的蠕虫。 30

而纯洁的心灵永放光芒，
它是星星和清风的挚爱，
虽然笼罩着沉闷的激情，
但并不危及他们的光景；
让那求疵之徒仓皇失措， 35
让那花岗石的耐久岩脊
展现在好奇之心的眼前。
对那些来自海角的注视，
那里是受益无穷的地方；
是获得净化之光的地方； 40

是涤罪风暴源发的地方；
它的深度反映一切形式；
它无法与卑鄙无耻谈判，——
肮脏之中无法看到纯洁。
因为不存在隐蔽的邂逅、　　　　　45
山中孤湖或遗忘的小岛，
但正义仍在宇宙间奔走，
时时日日，可俯降人间。

艾蒂安·博埃斯①

我不侍奉你,即使跟随你,
幽灵一般,飘忽山谷之间;
让我的想象顺从你的引领,
我踩踏的一切都灵巧聪颖。
每当人们完成朝圣的旅行,　　　　　5
跋山涉水,越过千山万水,
我深感痛苦、空虚、受挫,
你的心里也充满无助之感。
徒然的勇士,你已经错过
应该抗拒你的人生的人生,——　　　10
互为补充;但是如果可以,
我将以严厉或热诚的心情,
引领你进入我正确的圣坛,
最聪明的诗人在那里结巴,
敬拜那温暖全世界的火焰,　　　　　15
它让我从深夜黑暗中惊醒,

---

① 编译者注:爱默生的《艾蒂安·博埃斯》("Étienne de la Boéce")一诗最早发表于爱默生1847年出版的《诗集》。

它让世间的万物大小同一，
而且让世间万物充满灵魂，
贫穷的人将逐渐变得富裕，
独居隐士将不再感到孤独，—— 20
路人和道路似乎合二为一
仿佛目标一致，使命同一，
这是人和恋人的共同目标，
这才是自由最直白的坐标。

各负其责[1]

大雨糟蹋了农民的一天；
遗憾让我把书搁置一边？
于是两个一天都浪费了；
自然应关注自身的事情；
我也该做好自己的事情，
不论雨天、晴天或霜降。

---

[1] 编译者注：爱默生的《各负其责》（"Suum Cuique"）一诗最早于 1841 年 1 月发表于《日晷》，后来收录于爱默生 1847 年出版的《诗集》。

补 偿[1]

我为什么有假期
而别人却没有假日?
为什么当人们兴高采烈时,
只因我独自坐着并感到痛心?

当欢乐打开所有人的喉舌时,
为什么唯独我仍旧沉默无言?
啊! 我没及时对无声的人群说话,
而现在他们说话的时候终于到了。

---

[1] 编译者注：爱默生的《补偿》("Compensation")一诗最早发表于爱默生1847年出版的《诗集》。

克 制[1]

你不开枪就能叫出所有鸟的名字吗?
你能把心爱的玫瑰花留在花梗上吗?
你能在富家餐桌上吃面包和豆子吗?
危难关头时,你能做到临危不惧吗?
在一种高贵行为的面前,不论男女,
你能抑制内心的激动而一声不吭吗?
崇高精神岂不总得以更高的回报吗?
啊!朋友,教我如何分享你的荣耀!

---

[1] 编译者注:爱默生的《克制》("Forbearance")一诗最早于1842年1月发表于《日晷》,后来收录于爱默生1847年出版的《诗集》。

公 园[①]

兴旺发达和富饶美丽
在我看来并非受到了
我喜欢发号施令却又
处处受挫的感觉束缚。

我无法挣脱神的捆绑；   5
他稳坐在我的脖子上；
我望着镜中我的面庞，——
我的眼睛与他的相遇。

可爱迷人的男人女人！
金钱让你们貌似聪明；   10
而你脚下翻滚的晨雾
反倒更加骄傲和温柔。

然而远方紫色大山说，

[①] 编译者注：爱默生的《公园》("The Park")一诗最早于1842年1月发表于《日晷》，后来收录于爱默生1847年出版的《诗集》。

那远方古老的树林说，
黑夜白天，爱情罪恶， 15
都将把灵魂引向上帝。

先行者①

我一直跟随着幸福的向导,
可是从未来到它们的跟前;
它们始终向前走,黎明前,
它们离开行程,扬长而去。
我神志清醒,我心潮澎湃,　　　　　　　5
正派善意是我的力量源泉,
可是我的祝愿并非有助于
它们找到自己闪耀的踪迹。
隐隐约约,它们脚步急促,
这让清晨感到骄傲和甜蜜;　　　　　　10
它们撒播花朵,我闻香味;
那银白色的乐器所传送出
美妙的乐曲在微风中飘荡;
我却始终未见它们的面庞。
我在东山见过它们的烟雾,　　　　　　15

---

① 编译者注:爱默生的《先行者》("Forerunners")一诗最早于1846年被收录于美国费城Carey & Hart出版公司出版的一本题为《1846王冠》(*The Diadem for MDCCCXLVI*)的诗集中,后来又被收录于爱默生1847年出版的《诗集》。

挟带着狭长海湾上的云雾。
我在路上遇见许多旅行者，
他们目标明确，行程坚定；
他们没有遇见我的狂欢者，——
这些人趁他们沉睡时穿过。
有人听过它们好听的报告， 20
在乡村农场或在朝廷法院。
那些活跃的信使一闪而过
可从来就没有能真正到达，
它们来来去去，匆匆忙忙，
它们寄宿在那一幢房子里。 25
有时候，它们放慢了速度，
虽然它们没有被别人反超；
睡梦中，欢乐大军在身边，——
我偶然听到些悦耳的声音；
它可能来自树林或者荒地，—— 30
它来来去去，但出其不意。
我的灵魂知道它们的营地，
如彩虹以优雅的身姿昭示。
从那时起，我开始久久地
倾听它们那竖琴般的笑声， 35
每每数日，在我的心田中，
回荡着那尊崇原始的平静。

鼓起勇气①

别去寻求灵魂,假如它
对于你的热情无动于衷:
颤抖者无须牢骚和责骂:
你不是同样真心实意吗?
不要去寻找糟糕的借口;
转过身来,对职责者说,
"我在这里,我将永远
恪守我自己所说的实话;
神啊,你走开或就待着!"
神已把其命运与你捆绑,
唯有它才能够全权处理。

---

① 编译者注:爱默生的《鼓起勇气》("Sursum Corda")一诗最早发表于爱默生1847年出版的《诗集》。Sursum Corda:拉丁文,鼓励、鼓舞;即"lift up your hearts"。

美的颂歌 ①

啊,美啊,是谁给了你
打开那滋润之泉的钥匙,——
蒙恩的,还有不蒙恩的,
易于受骗的仁慈的朋友?
在这个背信弃义的年代,　　　　　　　5
我是否以前就知道你呢?
或者,知道我为之献身
的侍奉究竟是为了什么?
我第一眼见到你的时候,
我就发现我是你的奴仆,　　　　　　10
仿佛为神秘力量所吸引,
你是人世间的甜蜜暴君!
在你泉源的井口,我喝
上了那解渴的人造之水;
你是一位熟悉的陌生人,　　　　　　15
是最后一位也是第一位!

---

① 编译者注:爱默生的《美的颂歌》("Ode to Beauty")一诗最早于 1843 年 10 月发表于《日晷》,后来收录于爱默生 1847 年出版的《诗集》。

你那一连串不安的眼神
从男人身上造出了女人；
新生的生命，我们一同
像融雪般重新融入自然。　　　　　　　　20

慷慨而又大方的承诺者，
仿佛能让诸神误入歧途！
那千姿百态的贵客造型，
转而温暖你无上的荣耀！
嫩芽新叶、古老的树皮，　　　　　　　　25
橡果的壳、飘忽的雨点，
摇晃的蜘蛛编织的银线，
红宝石上滴下红红的酒，
池塘中闪闪发亮的卵石，
带着你铭刻的承诺誓言，　　　　　　　　30
在你时时刻刻的游戏中，
会补偿已经耗尽的自然。

啊，是什么在帮助他，
把他隐藏起来或故意
让他回避万能的上帝　　　　　　　　　　35
恩准给他登上的宝座？
高高在上的全能上帝
是万丈深渊的亲知者；
太阳和大海，
已被你告知，　　　　　　　　　　　　　40

跑在我前头
并拽着我走,
但总躲着我,
如命运拒绝
我拥有它为我选择的心灵。　　　　　　45
我这博大的心灵难道不是
来自那个慷慨大方的整体?
难道不是大洋山谷和深远
的天空提供了所需的物资?
难道不是造我的粒粒沙子　　　　　　50
把我这自欺欺人者给拽回?
我推开了那高傲的公事包
里边装着各种伟大的设计
出自萨尔瓦托、盖尔奇诺
以及皮拉内西的版画线条。①　　　　　55

我听见一曲曲崇高的赞歌,
在歌颂一个个贝壳的大师;
他们听过天上星星的音乐
并且反复计算星星的数目;
那些在奥林匹亚山上讴歌
人世间神圣思想的诗神们,　　　　　60
不仅发现我们的青春常在
而且永远让我们青春常驻。

---

① 皮拉内西(Piranesi,1720—1778),意大利铜版画家、建筑师,以其关于罗马建筑的版画闻名,主要作品有《监狱》《罗马景色》等。

我常在大街上或在不起眼
的地方觉察到莫名的恩赐,					65
那恩赐早已偏离伊甸之路,
早在平庸的家中迷失方向。

你如海上的泡沫悄然离去,
像暴风骤雨中划过的闪电,
是一种无法被拥有的东西,					70
是一种无法被抚摸的东西,
从未有过如此迅速的脚步,
从未有过如此结实的捆绑。

你是一位永远被流放的人,
俯伏着宇宙大地间的活物,					75
能够迅速并且老练地激起
人们心中甜蜜奢侈的期盼,
让布满星星的天空和无暇
的钟声发出玫瑰般的香味,
却又不让人们的舌尖舔到					80
你拥有的众神享用的甘露。

一切善意和伟大都愿意与
你密切合作并且成就伟业;
你用贿赂买通黑暗和孤独
来报告你独一无二的特色,					85
而那寒冷紫色的隆冬清晨

在用你的思想来装扮自己；
叶茂的谷地和城里的市场
同样都是你胜利的纪念品；
即便我陷入绝望，你也能　　　　　　　90
触摸到那蓝云飘忽的苍穹；
而且，每当我消沉入梦时，
我便重新见到炽热的光柱。
万物女王啊！我岂敢长眠
于大地而无视眼睛和耳朵；　　　　　　95
除非我发现了同一个骗子
否则会成命运的永久笑话。
可怕的力量之神，亲爱的！假如你是上帝，
请彻底地改变我，否则就把你自己献给我！

把一切献给爱[①]

把一切献给爱；
尊崇你的情感；
朋友、亲友、日子、
庄园、声誉、
计划、信誉和缪斯，——　　　　　　5
无所拒绝。

一位勇敢的主人；
让它拥有其见识：
完完全全跟它走，
希望重叠着希望：　　　　　　　　10
崇高重叠着更高
直至它直入月球，
翅膀都未曾打开，
意图也未曾告知；
然而，它是神明，　　　　　　　　15

[①] 编译者注：爱默生的《把一切献给爱》("Give All to Love")一诗最早发表于爱默生于1847年出版的《诗集》。

知道自己的道路
和天空中的出口。

它从未呵护平庸；
它要顽强的勇气。
坚信不疑的灵魂，   20
不屈不挠的勇气，
它必将给予奖赏，——
他们也必将带来
更加丰厚的回报，
而且在不断攀升。   25

把一切都留给爱：
然而，听我的话，
有句话更加适合你的情感，
有种激情是更坚定的行为，——
你今天要坚持住，   30
明天，还有永远，
自由像阿拉伯人，
像你心爱的爱人。

用生命拥抱少女；
可是当惊诧突降，   35
猜疑的初影掠过
她那青春的胸怀，
让你感到了不快，

给她想象的自由；
别留下她的衣褶，   40
或让她从夏冠上
摘下苍白的玫瑰。

你虽然爱她如命，
像纯土捏成自我，
她的离去使日子   45
和生命黯淡无光；
诚挚亲切地知道，
半神的人离开时，
真神才可能出现。①

---

① 第48—49行的原文为："When half-gods go. The gods arrive." 弗罗斯特认为爱默生实际上是在强调"把一切献给意义"，而并非"把一切献给爱"，因为"所有自由形式的自由就是我们必须坚持意义的自由。……人唯一不可被剥夺的权利就是按照你自己的方式去毁灭。值得为之而生的也值得为之去死，值得为之成功的也值得为之失败"。

致埃伦，在南方[①]

绿草在点头鞠躬，
清风吹拂着绿草，
这旋律值得知晓，
虽然它瞬息万变。

这是春天的旋律；　　　　　　　　　　5
年复一年地吹向
展翅飞翔的知更
和那踌躇的情人。

轻快迅速的西风，
吹过土地千万亩；　　　　　　　　　　10
花朵，震颤的教徒，
都将永远崇拜他。

听吧，胜利之声！

[①] 编译者注：爱默生的《致埃伦，在南方》（"To Ellen, At the South"）一诗最早于 1843 年 1 月发表于《日晷》，后来收录于爱默生 1847 年出版的《诗集》。

致埃伦，在南方

亲爱的，呼唤你，——
"为你装扮大地，　　　　　　　　15
可你却迟迟不来。

"快，抓紧时间，
在炎夏来临之前
烤烤脆弱的青春，
蜜蜂，黄色小喻。　　　　　　　　20

"你是族群之骄傲！
其实，却令人沮丧，
假如新英格兰花朵
没有见到你的容颜。

美总是选择人世间　　　　　　　　25
最温文尔雅的美人；
六月和九月的荣耀
是人们的爱和虔诚。

"你主宰大地万物，——
四月樱草，夏季的　　　　　　　　30
红花，秋天的龙胆
和蓝眼情人的宠物。

"来吧！你快来吧！
我们发芽并且绽放；

充满香气的风吹出 35
那值得知晓的曲调"。

致伊娃①

啊，美丽庄重的少女，你双
眼的火花在天空大气中点燃，
火炬同时燃起我心中的火花；
因此，我必须解释清楚你甜
蜜的掌控何以驾驭我的意志，　　　　5
才能给出个合情合理的解释。

啊，让我无瑕的眼光凝视着
那些看似我自己目中的特点；
不至于惧怕那些警惕的哨兵，
他们眼神中的陶醉多于禁止，　　　　10
眼皮底下蕴含着贞洁的绽放，
带着相互融合和排斥的火花。

---

① 编译者注：爱默生的《致伊娃》（"To Eva"）一诗最早于1840年7月发表于《日晷》，后来收录于爱默生1847年出版的《诗集》。《伊娃》是爱默生写给埃伦的另外一首诗歌，大致写于1829年。这首诗歌采用西班牙六行诗节（Spanish sestet, or sextilla）的形式，其韵脚格式为：*aabccb/ddeffe*。这种格律形式在十九世纪的诗歌中是比较罕见的。

护身符①

你肖像中的笑脸依旧甜美；
你给的那枚戒指依旧如故；
你信中说，啊，孩子变了！
自从它来之后，再无音讯。

请把始终保佑你聪颖智慧　　　　　5
的那一枚护身符献给我吧，——
你爱时，它像一朵红玫瑰，
你不爱时，它便黯然失色。

啊！不论契合还是誓言均
无法证明我拥有这朵玫瑰；　　　　10
我的心始终受恐惧的折磨，
生怕爱情死于最终的表述。

---

① 编者译注：爱默生的《护身符》（"The Amulet"）一诗最早于1842年7月发表于《日晷》，后来收录于爱默生1847年出版的《诗集》。

你的眼睛仍在发光 ①

你的眼睛仍在为我发光，
我虽孤身浪迹天涯海角：
我远望着那颗夜晚星星，
而它并不在乎我的凝视。

清晨，我爬上薄雾群山， 5
漫步走过那一片片牧场；
你的形体沐浴着清晨的
露珠在我眼前翩翩起舞！

当红雀张开黑色的翅膀，
露出它闪亮发光的腹部； 10
当玫瑰花蕾绽放出玫瑰，
我在丛中读到你的芳名。

---

① 编译者注：爱默生的《你的眼睛仍在发光》（"Thine Eyes Still Shined"）一诗最早发表于爱默生1847年出版的《诗集》。

厄诺斯①

世间的感觉是短暂的，——
传说可以源远流长，且多种多样，——
爱与被爱；
人和神都没有学得不快；
而且，不论他们多么经常换位，　　　　　5
都无法改进。

---

① 编译者注：爱默生的《厄诺斯》("Eros")一诗最早于 1844 年 1 月发表于《日晷》，后来收录于爱默生 1847 年出版的《诗集》。厄诺斯（Eros）：爱神。

赫迈厄妮①

一位阿拉伯人躺在山岗上，
嘴里唱着他那甜蜜的遗憾
并对着他的几个护身符说：
夏天的鸟儿
听见他的遗憾，   5
而当他深深地吸了口气时，
那同情的燕子在头上盘旋。

"如果真是，她并不漂亮，
在我看来，美并不算美丽，
可王权的天才，常被包围，   10
在她的世界，已登峰造极。
这位赫迈厄妮已经吸收了
大地和海洋那灿烂的光辉，
群山和海岛、云朵和树木，

---

① 编译者注：爱默生的《赫迈厄妮》（"Hermione"）一诗最早发表于爱默生1847年出版的《诗集》。赫迈厄妮（Hermione）：希腊罗马神话中的赫尔弥俄涅，是斯巴达国王梅内莱厄斯（Menelaus）和海伦（Helen）的女儿，是俄瑞斯忒斯（Orestes）的妻子。

尽在她的形态和动作之中。　　　　　　　　　15

"我要的不是毫无价值的小玩意儿,
也不是从她那秀丽的头发上
剪下来的一卷卷死了的卷发,
既然清晨从不小瞧
崇山峻岭和那迷雾蒙蒙的平原,　　　　　　20
她那奇大无比的肖像;
它们都是她的先兆,
沉浸在她的品质之中,
并且都在讴歌她的芳名
她是它们的诗神和夫人。　　　　　　　　　25

"亲爱的燕子,飞得再高点,别在乎我说的。
啊!一不小心,弱者居然变成了强者,
你说,这公平吗?
你的构想,我的信任,
难道你能够属于叙利亚人吗?　　　　　　　30

"我是一个直系亲属,而且还与
每一位亲戚都保持着亲密的关系;
在巴索拉的学校就读时,我仿佛
立誓做一名情绪悲观的隐士书虫,——
压根儿不像一位将要结婚的新郎。　　　　　35
我为你那充满救赎的话语所打动;
当我看到你令人神魂颠倒的眼神,

赫迈厄妮

我们便海阔天空，谈论人间命运，
仿佛处处志趣相投，且情真意切。

"我曾经与家人分离，住在别处， 40
如今我已经与所有家人住在一起；
远处山腰上牧者手里的一盏灯笼，
从路人模糊眼里看去，仿佛就是
直接通往一座大山心窝的一扇门，
你就是这样开辟采石，并且为我 45
打开一条条穿过悬崖石壁的通道。

"如今，你上当受骗，流落天涯，
在异国他乡，且得不到神的护佑；
而我的亲戚朋友纷纷跑来安慰我。
从南方吹来的风属于我的近亲属； 50
他是顺着树林里芬芳的香味而来，
夹带着气候温暖地区特有的香气，
不仅在每一块闪光的林中空地上，
而且在每一个黄昏时的角角落落，
缓缓地揭开了你整个形体的面纱。 55
走出森林的道路，
它昨天继续前进；
当我在河边坐下，
眺望远方的日落，
突然从河里蹦起。 60

"河水、玫瑰、螃蟹和小鸟,
霜冻和太阳以及古老的夜晚,
在我看来,我喜欢它们加盟,
在我看来,他们能确保快乐;——
'鼓起勇气!我们是同盟军, 65
有这种暗示,你们一定聪明;——
种类的链条
远处的捆绑;
她必须照着你的行为行事,
超越她的意志,必须真实; 70
而且,她不折不扣地求助
风和瀑布
以及秋天阳光明媚的节日,
求助音乐及其蕴含的思想,
那是一种无法逃离的捆绑, 75
她将找到你,也将被发现。
不要跟随她那飞翔的脚步;
请跟随着我们去见她本人'"。

初恋、魔爱、圣爱

I. 初恋①

维纳斯②,当她失去儿子时,
她沿着海岸边,呼唤着他,
在村庄,在宫殿,在公园,
并告诉众人他身上的特征,——
金发卷曲,并且嗓颤背驼。　　　　5
这是多久前发生的故事呀!
潮起潮落,岁月变得陌生,
人情世故已变得混乱不堪:
青春期的丘庇特因这古老
愚昧的特许状而不复存在。　　　　10
他来晚了,带着凄凉景色,
像一位拖着鞋的匆忙路人;
满脸恶意让我不敢称赞他,
说男孩女孩们会给他起名。

---

① 编译者注:爱默生的《初恋》("The Initial Love")一诗最早发表于爱默生1847年出版的《诗集》。
② 维纳斯(Venus):在罗马神话中,是爱与美的女神,相当于希腊神话中的阿佛洛蒂特(Aphrodite)。

他身穿外套，不再是男孩， 15
长衣、披风、斗篷、披肩；
不驼背，不颤抖，不拄拐，
脖子和手上不见珠串项圈，
脱下他的衣服，跟随眼睛，——
他能乔装打扮成各种角色。 20
在他的眼窝里，有一束光
能使原本的黑暗变成白天；
假如我告诉你所有的想法，
尽管我自己未必完全理解，
在那双深不可测的眼睛里， 25
他对每种功能已融会贯通；
吃吃、喝喝、钓鱼、打猎，
写作、推理、计算、推断，
骑马、跑步、拥有、控制，
哭诉、献媚、奉承、遗憾， 30
亲吻、恋爱、结婚、生子，
尽在那活灵活现的大眼里。

它们的勇气可谓百折不挠，
像哥萨克骑兵在搜寻粮秣；
它们比任何生物跑得都快，—— 35
它们是他的战马而非相貌；
好奇、凶猛、残酷、禁食、
焦躁、急速，且掠夺成性；
它们会突然间向别人猛扑，

就像狮群猛然间扑向猎物； 40
而且绕着它们的圈子写着，
写得要比大白天更加清晰，
在下方，在中间，在上方，——
都写着：爱—爱—爱—爱。
他活在一个看得见的世界； 45
在那里吃饭、工作、编造，
买卖东西、失败以及胜利；
他经营着这些，驾轻就熟，
欢乐时光充满模仿的海洋。
然而他绷紧绳套保护它们， 50
以便它们能够抓紧绳套并
尽情享受敌视它们的闪烁，
宛如玫瑰中所汲取的红蜜。

他能够理解和解读手相术，
通过亲身经历来吸收美德 55
仿佛是一根活生生的树根，
双手脉动会让他缄默不语；
他竭尽全力采集各种香膏，
膏在聪明震撼的棕榈叶上。

爱神丘庇特是一位诡辩家， 60
一位犹太教的神秘哲学家，——
能让你隐藏着的思想吃惊，
并且能解读你的精巧策略。

他能精通难以解释的科学，
还能解读巫术并具备神视，　　　　　　65
他让精确的耳朵保持警惕，
并使紧张的理智小心翼翼，
以接受天空中的灵性智慧，
并且应对各种莫名的巧合。
但是当命运征兆起作用时，　　　　　　70
它触及他心中的敏感部位，
而偶然间来自自然的暗示
深深地安慰他急切的耳朵。

先驱们远远地跑在他前面；
他有许多许多的陪同人员；　　　　　　75
他所到之处每每表示欢迎，
用玫瑰般话语打动所有人。
一切都在等待着神圣的他，——
而我又岂敢诽谤诬蔑他呢？
或指责这位重情义的神呢？　　　　　　80
我必须停止我真实的报道，
把他从头到脚都装扮起来，
只要注意到，我竭尽所能，
相信这位年轻有为的皇帝
具有无与伦比的力量才能　　　　　　　85
就能用诗人和众人的话语
为他扫清他名分上的乌云。

他生性固执，且反复无常，
害羞、野性，又不可思议，
比精灵更迅速地成为时尚。　　　　　　90
本质与纯粹矛盾混为一谈；
他混淆邪恶与古老的美德，
而他的善举却被加以毁谤。
他有时没有实现他的诺言，
他桀骜不驯，又孤独无助，　　　　　　95
他热爱这片树林及其荒野，
就像一个正在采花的孩子；
把自己埋在夏日的热浪中，
在书中，野兽中，洞穴里，
他爱自然像头有角的母牛，　　　　　　100
小鸟、小鹿，或北美驯鹿。

仙女们，骑着快马躲开他！
他聪明智慧，胜过全世界；
啊，他的话语是何等聪明！
然而他是个十足的伪君子，　　　　　　105
他通过所有的科学和艺术，
独自一人在寻找他的对手。
他是一位东方学权威专家，
他是一位辩手和一位牧师，
而且他的灵魂融化于祷词，　　　　　　110
但是文字和智慧是个陷阱；
为当下的玩物所腐蚀糟蹋，

而他跟随喜悦,唯独喜悦。

他不戴面具,不乔装打扮;
他创造誓言,并发誓恪守;　　　　　　　115
他绘画雕刻、聊天、祈祷,
用双手去拥抱所有的星星。
他能享受至高无上的特权,
不允许承担任何臣服义务;
丘庇特必须遵循所有律法,　　　　　　　120
必须身先士卒,恪尽职守;
因为他与君权结成了联盟,——
身上流淌着最古老的血脉,——
而且在任何时候都可以与
任何一位君主互换其王位,　　　　　　　125
因此没有神明敢对他说不,
或吹毛求疵,或背信弃义;
他内心深处拥有多位缪斯,
包括那苛刻的命运三女神①。

他有许多迹象仍无法说清;　　　　　　　130
他不是一种模态,是多种,
他的谈吐举止是变化莫测,
激怒、责备、挖苦、宠爱。
他能像一位修士一样布道,

---

① Parcae:罗马神话中的命运三女神。

也能像滑稽丑角一样暴跳； 135
他能像小贩叫卖那样朗读，
也能像武士一样英勇善战。
他的记忆力可谓无边无际；
无限计划延长了他的年轮；
他不属于哪个特定的时代， 140
生命的意义总是显得幼稚；
他的愿望也总是显得亲密，
它不仅是一种怡人的亲密，
而且还是一种严肃的私密；
一切不可能也能化为可能， 145
即便是两人也可合二为一。
像岩石上的海浪碎成泡沫，
然后又汇入大海里的浪花，
情侣的碎裂自我融为一体，
这种合二为一将举世无双。 150

II. 魔爱①

人就是社会土壤的产物，
孩子和兄弟从出生时起，
就被一条液带拴在一起，
血液通过静脉涌向全身。

---

① 编译者注：爱默生的《魔爱》（"The Dæmonic Love"）一诗最早发表于爱默生1847年出版的《诗集》。

在他心脏旁的全家老小，　　　　　　　　　　　5
父亲、母亲和兄弟姐妹：
很小的时候听说的名字
激起了野蛮宗教的脉动；——
美德热爱，而邪恶恨之；
直到危险的美最终出现，　　　　　　　　　　10
突然中断了所有的联系；
少女，彻底废弃了过去，
借莲花酒的酒劲忘却了
带有石刻般特点的记忆，
并依靠自己独自替代了　　　　　　　　　　　15
内心更加了解的老朋友。
当她睁开平静的双眼时，
目中的一切是那么陌生。
这完全是个相同的故事，
最早的经历也没有变化；　　　　　　　　　　20
天堂里只有两人在行走，
以及蛇和撒拉弗①在聊天。

可是上帝说："我将得到
一份更加纯洁的小礼物；
燃烧的火焰里冒着青烟；　　　　　　　　　　25
催生新花，举起新祷者，
而且带来难以名状的爱。

---

① 撒拉弗（seraph）：基督教《圣经》中守卫上帝宝座的六翼天使；炽天使（基督教九级天使中最高位天使，其本性为"爱"，象征"光明""热情"和"纯洁"）。

可爱的孩子们呀，你们
希望能很好地相互照顾；
又一轮，在更高处，你　　　　　　　　　30
将爬上通往天堂的梯子，
并且克制住自私的偏爱；
而且在你应得的奖赏中，
不偏不倚、不折不扣地
在你最为合适的情境中，　　　　　　　35
为你的配偶编织玫瑰花。

"那一双深情厚谊的眼睛，
随红润甜蜜的石油流淌；
而它们眼神的交汇之处
恰好是天堂坐落的地方：　　　　　　　40
它们能到达更远的地方，
并看见一个无边的景象：
阳光中那双眼睛的轴线
仿佛是星球大地的轴线：
因此你将全速放出光芒，　　　　　　　45
顺乎自然，且毫不耽误，
跨越宇宙大地的最高墙，
回归到一个相同的高度。"

近一点，离人们更近点，
宛如那波浪起伏的云层，　　　　　　　50
就在他们的头上翻滚着，

魔鬼的邪恶在眼前展开。
它亲自面对人类的灵魂,
守卫,监护,并且推进,
在大自然诱人的陷阱中;　　　　　　　　55
那光辉灿烂和婀娜多姿
能让青春的心神魂颠倒,
那魔鬼的形态及其面容
能从它的对应物中射出,
或从凡人的掩盖中透出。　　　　　　　　60
天才不厌其烦地来回跑,——
像直射少女头顶的光线
或像母鸡在俯孵着小鸡,
或让身子贴紧她的眼睛。
尽管通往魔鬼世界的路　　　　　　　　　65
就在附近,但无人知晓;
他们急匆匆地来回行走,
在天国雪路上未留痕迹。
有时天国议会附身顺从,
教堂里神奇的高坛下倾,　　　　　　　　70
而且人们的智慧也随之
在拥挤的和安静的胜地,
与非同寻常的思想汇聚:
宛如当一连串流星陨石
穿越整个地球天空轨道,　　　　　　　　75
并且被边缘的空气衬亮,
忽近忽远,灿烂地闪耀,

凡人深信那灿烂的行星
已错过它们神圣的围栏，
而那位孤独的海员彻夜　　　　　　　80
惊讶地，在星海中航行。

这些月球人献给地球人，
一条更丰富的静脉之美，
一支更含蓄优雅的乐曲，
让萎缩的天空重新打开。　　　　　　85
于是人行走的窄小道路
就被力量和恐惧所围绕；
而且，（从那支能够转移
天才魔神愤怒的歌曲中，
缪斯道出了本色的真理），　　　　　　90
这些魔神们在自我寻找：
它们残酷和好战的意志
总把人拽向它们的模样。

犯错的画家使爱神犯傻，——
至高爱神普照人间大地；　　　　　　95
他是最敏锐的灿烂之神，
不会让任何人迷失方向；
他敏锐的眼睛能够穿透
整个宇宙，
他探寻路径，建造道路，　　　　　　100
联系神与人，高贵施与，

精准观察,精准被观察,
一种快乐和坦诚的风度。
那是昙花一现式的闪耀
从你到我,从一到另一,　　　　　　　　　105
来来回回,且循环往复;
与万众分享,面对众人,
消除,排除
每一个障碍,它还统一
远古同等以及貌似对立。　　　　　　　　110
而且永远和永远,爱神
总喜欢去建造一条道路:
被忽视的危险围绕着他,
爱笑了,骑着一头狮子。
但朱庇特有另一张脸面,　　　　　　　　115
生于不圣洁的魔鬼之家:
他的玫瑰之花迅速退白,
他甜美的甘露带有酒味。
魔神不断地建筑一堵墙,
把自己紧紧地围在其中,　　　　　　　　120
离群索居,荒凉之荒凉:
他的爱之火也同样变弱。
他又是一位寡头政治家;
珍视奇迹、名分和标签;
他喜爱各种荣誉和称号;　　　　　　　　125
他鄙视一事无成的懒汉;
他主张不遗余力地保举

那些美丽而又幸运的人,
那才华出众的天之骄子,
命运之道丰富多彩的人,   130
未来之门向其敞开的人,——
那些《晨星报》的宠儿。
他英勇善战,欣喜若狂,
却无情地辱骂众生将士。
他的焦躁不安常让卑贱   135
和贫穷的人们无地自容;
当他们见到他怒目而视,
便立刻丢弃手中的白花,
满怀信心地聚集在一起,
沿着山上的一座座塔楼,   140
鼓起丧失的勇气和信心。
他将永远不会受到反驳,——
不被制止,无同情之心;
他满脸残暴专横的火气
把所有的关系烧个精光。   145
于是朱庇特的时候到了,
不仅蔑视他的鲁莽无理,
也松开命运之犬的绳套。
闪闪发光的宫殿在颤动;
彩虹色的城墙变得萎缩,   150
神和女巫同住艺术之中
仿佛安全驻扎于黄道带;
而且住在长廊和展厅里,

那里每个汽笛响彻云霄，
像一颗流星从天空划过。 155
因为这财富在上帝智慧
深渊的核心中缺乏根基，——
只长出自我宗派的杂草；
而且那魔鬼的爱神永远
只能是人类战争的祖先， 160
以及自责和悔恨的父母。

III. 圣爱①

飞得更高，也飞得更远，
直入云霄，纯净的世界，
跨过太阳，并跨过星星，
跨过那闪烁的神秘薄雾， 165
你必须为爱而腾云驾雾；
进入一个异象，在其中，
所有形式化为一种唯一；
在一个区域中，那承载
着所有活物的命运年轮 170
在不断旋转，引人注目；
那条星星般永恒闪亮的
蚯蚓赋予这世界以界限；

---

① 编译者注：爱默生的《圣爱》（"The Celetial Love"）一诗最早发表于爱默生1847年出版的《诗集》。

一切相异之物变成相同；
在那里，所有的善与恶，　　　　　　　175
一切令人高兴或者沮丧
的东西全部融化为唯一。
在那里，过去现在将来，
三位一体，但花出同根；
或者根基部分相互分离，　　　　　　　180
但长出的顶部相互捆绑；
那里翻滚着属灵的元素，
灵魂穿透那隔离的心灵；
晴朗和煦的永世睡着了
用厚厚的褶皱拥抱自然，　　　　　　　185
而每件美丽善良的东西，
不论在地上生活的人们
是部分知晓，还是全部，
都赋予它们原型的特征。
天空中各种各样的神明　　　　　　　　190
和我们误入歧途的那些，
都是在宁静的居所之处
上下不停地飞动的影子。
海面上的浪圈就是律法
公布和隐藏其中的原因。　　　　　　　195

让我们为一束光而祈祷
一束来自那个星球的光，
让它指引并且救赎你们。

啊，多么沉重的负担呀！
不仅操心，而且还劳心，　　　　　　　　200
将用途效益全都压在了
从他肩上落下的担子上，
他看见了真正的天文学，
一个充满了和平的时期。
一些长时期坚持的意见　　　　　　　　205
能接受出生高贵的心灵。
仿佛那悬垂峭壁的树木
在湖中形成了倒影意象，——
像外衣拖着外衣的边皱，
人总是把财产带在身边。　　　　　　　210
不论是正确，还是错误，
土地和事物会越变越好。
财产却总是残酷无情地
把各种各样、不论值钱
或者不值钱的金银财宝　　　　　　　　215
全部归于财产的所有者。

象征着永恒趋势的旗杆
把灵魂分成了各种类别。
那里无须立誓捆绑分离
的探索者，而只要寻找。　　　　　　　220
他们既不发誓也不承诺，——
自然限制了誓言和承诺：
祈祷无力，且奉承苍白，——

崇高意义是他们的兵卒。
他们的话语朴素、冰冷, 225
温柔是他们力量的源泉;
而且,彼此间相互了解,
对方的计划也心知肚明,
不用相聚便可海阔天空;
不需要任何形式的寒暄, 230
他们直接可以无话不谈,
而且全是掏心窝的话语;
当人人都想避开别人时,
他才真正是最受人欣赏。

这些人不是用香水手套 235
或围巾来赞美他们的爱;
不用珠宝、筵席和美味,
不用绸缎或者善意恩惠,
而是洒在沙滩上的阳光,
那飘在草原上空的云朵, 240
那令人心旷神怡的早晚,
那兴高采烈的日常劳作。
他们爱的纽带如此透明,
能紧密缠结最远的星星:
翻涌的海洋震颤的地球 245
发出赞颂和欢乐的信号;
没见过这般高贵的简陋,
但能感觉并确定其统一;

复仇三女神也得以息怒，
喝彩善事，并缓解损失。　　　　　　　250

爱心诚实，但不是幼稚，
注定精准，而不会走远；
不像低级趣味的人那样，
陶醉于来自他人的赞美，
而是全心全意地去设计　　　　　　　255
全人类最为广泛的福祉。
他们朴素地服务于人们，
显然用尽了他们的才智，
且毫无虚假的谦恭行为；
因为这才是真爱的崇高，——　　　　260
不是去分发面包和黄金，
各种货物服装均有买卖；
但要紧紧把握他的本意，
并说出天真无邪的话语，
用他的手、身体和鲜血，　　　　　　265
圆满地去完成他的心愿。
养育众生的他侍奉少数；
追求真理的他侍奉众人。

道　歉[①]

别认为我不仁不义
独自走在林谷之中；
我去拜见树林之神
为人类去向他取经。

别给我的懒惰上税，　　　　　　　5
我双手交叉站河边；
空中飘忽的每朵云
在我书中写下日记。

别嘲笑我不够勤奋，
因为我带来了闲花；　　　　　　　10
我手里的每朵翠菊
回家时都带着思想。

[①] 编译者注：爱默生的《道歉》（"The Apology"）一诗最早于1845年发表于美国费城 Carey & Hart 公司出版的诗集《礼物：一件圣诞、新年和生日礼物》（*The Gift: A Christmas, New Year, and Birthday Present*），后来被收录于爱默生1847年出版的《诗集》。

没有不可思议的事
但都写在花朵之中；
历史也未有过神秘 15
但鸟在树荫中述说。

你地里的一次丰收
让水牛吃饱后回家；
你田地打下二季稻，
我便唱起丰收之歌。 20

墨林 I[①]

你单调的竖琴从未打动
或者充满我渴望的耳朵;
当和弦之音像微风吹拂,
自由、急切、清脆悦耳。
情人小夜曲的笨拙曲调, 5
或钢琴弹奏的叮当声音,
均无法激发血性的野蛮,
让鲜血开始神秘地脉动。
像君王一样的诗人必须
像用铁锤或狼牙棒那样, 10
野蛮、粗暴地猛击琴弦;
让琴声能够像雷霆般的
机巧回声那样,蕴含着
那太阳运行的秘密轨迹
和那超阳光的熊熊火焰。 15
墨林的弹击是生命锤击,

---

① 编译者注:爱默生的《墨林 I》("Merlin I", 1847)一诗最早发表于爱默生1847年出版的《诗集》。

当树枝敲打树枝的时候,
它与林中雷鸣融为和声;
与那被冰雪囚禁的洪水
一同喘息并且一同悲叹;   20
与生命的脉搏一起跳动;
与演说家嗓子一起发声;
与城市的艺术一起喧嚣;
与战争的炮火一起轰鸣;
与战士的行军一起前进;   25
与英魂的祷辞一样悲愤。

诗歌这种艺术是伟大的,
诗人的气质也一样伟大。
他不会用节奏和节数来
阻碍他自己头脑的想象;   30
若离开规则而徒然思考,
他必将永远在用力攀爬,
去寻求他心目中的韵脚。
天使说,"进入,进入,
进入到更高一级门槛里,   35
不是去计算楼层的分隔,
而是通过那意外的楼梯
登上那惊奇的世外桃源"。

那无懈可击的游戏主人,
那不知羞耻的游戏王者,   40

他实时分享每日的喜悦
和藏在甜蜜歌中的影响。
各种形式更加兴高采烈,
那深不可测的思想何时
才能大声唱出它的旋律, 45
伴随着它们跳动的脉搏,
伴随着它们前进的步伐,
并且与其成员团结起来。
因受锡巴里斯人的蒙骗,
他将不会拒绝任何任务; 50
墨林标配的全能型链条
与极端的自然达成默契,——
能让暴君失去他的意志,
并且能让狮子变得温顺。
歌声能够平息暴风骤雨, 55
洒在狂风暴雨的空气中,
铸成这一年丰收的景象,
并收获一种诗性的平和。

在他心力交瘁和不幸时,
他不会绞尽脑汁去编织 60
那貌似韵脚灵动的诗篇,
而是等待他回天的力量。
从天底深渊飞出的鸟儿
同样可以直入天顶云霄,——
诗之轨迹超出诗人行程。 65

凡人也常想通过自身的
努力去获取诗歌的力量,
但仅限于少数幸运的人,
在有意之时才得以成功。
当神的意志自由涌出时,　　　　　　　　70
才会有意志的自由开放,
而愚钝的傻瓜也能看见
千年长河中流淌的财富;——
忽然之间,不知不觉地,
自我感动,并飞向大门。　　　　　　　　75
天使们的刀剑无法再现
他们究竟隐藏了些什么。

墨林 II[①]

这诗歌韵律的无穷韵味
调节了君王国事的忙碌;
热爱万物平衡的大自然
让所有事物都成双成对。
与每一个音步恰恰相反,   5
每一种颜色却鲜艳夺目;
每一种声调有多种回声,
声调更高或者更加深沉;
风格中飘溢着特色风韵;
树叶在枝头呼应着树叶;   10
与成双的子叶交相辉映。
手拉着手,且脚连着脚,
对对新郎新娘合二为一;
最老的礼节,夫妻双方
相依相随,但终有一死。   15
光在遥远的熔炉里闪耀,

[①] 编译者注:爱默生的《墨林 II》("Merlin II",1847)一诗最早发表于爱默生 1847 年出版的《诗集》。

将一个个大小球块熔化,
铸成天空中的两颗星星,
三三两两,闪烁在星空。
地上动物爱得死去活来, 20
一种伴随着韵律的相思;
那吉祥如意的时间老人
编写了一首首合唱歌曲。

像节奏感极强的舞蹈队,
思想也同样是手拉着手; 25
且男女搭配,成双成对,
或换种方式,女男配对;
加上他们相互间的规格,
一个又一个,健康长寿。
独自一人,其想入非非, 30
徘徊不定,且好景不长,
最像一个个单身的男子,
或一位天真无瑕的少女,
不像先辈们,没有留下
后代让那谎言感到羞愧, 35
或者能让真理永葆青春。

宛如鹰之双翅对称配对,
正义乃世间万物之谐韵;
商业贸易和货物结算均
有各自优美悦耳的韵律; 40

而且复仇女神尼米西斯，
不仅让零散的成双成对，
而且横跨时空，矫正了
先前存在的一部分偏差，
精准地填补了缺失音节，　　　　　　45
并最终完成了这首诗歌。

微妙的韵律，充满毁灭，
是生命之家的微风细雨，
是姐妹们纺织时的歌声；
带着完美的节奏和韵味，　　　　　　50
创造和毁灭共鸣的肉体。
像一天中的黄昏和黎明
让人陶醉于音乐的共鸣。

巴克斯①

给我斟点酒,可这酒不是
从葡萄的肚子里流出来的,
或直接长在直根的藤蔓上,
从安第斯山脉直到好望角,
别让大地香醇从嘴边流走。　　　　　5

让大地的葡萄将夜间吐出
的根芽映入那清晨的眼帘,
根芽仍散发着冥河与阳世
间那黑暗地带的刺鼻滋味;
并且大显身手,将夜间的　　　　　　10
痛苦化成一种更大的喜乐。

我们用钱买的面包如灰烬;
我们花钱买的酒是稀释的;
请给我真的面包和葡萄酒,——

---

① 编译者注:爱默生的《巴克斯》("Bacchus")一诗最早发表于爱默生1847年出版的《诗集》。Bacchus:希腊神话中的酒神巴克斯。

巴克斯

茂密的树叶和藤蔓的卷须　　　　　　　　15
缠绕在天空中银色的山脉，
源源不断地从永恒露珠里
汲取出酒中之酒，
汲取出人间之血，
形中之形以及结构之模型，　　　　　　　20
这些都每每让我心旷神怡，
并且饮用相同饮量的美酒，
兴高采烈地遨游神州大地；
鸟语报喜，可谓准确无误，
朵朵玫瑰也同样喜笑颜开。　　　　　　　25

那神州大地上流淌的美酒，
就像太阳射出的道道阳光
爬上了地平线的道道墙壁，
或像大西洋上的道道阳光
随着南海呼唤而光芒四射。　　　　　　　30

水和面包，
无须发生变形变质的食物，
彩虹像花朵，智慧结果子，
那酒早就已经是人的样子，
食物能够教诲并且能推理。　　　　　　　35

那种已经变成音乐的美酒，——
音乐和美酒已经合二为一，——

而且我，已经喝了这种酒，
能听见我交谈的远方嘈杂；
未来的国王们将与我交谈；　　　　　　　40
可怜的杂草将精心地计划
当它变成人时该做些什么。
长得如此迅速，我把每个
教堂地窖的每块石板打开。

我感谢这充满喜乐的滋味　　　　　　　45
因我深知其中所有的奥秘；——
一阵阵满载着记忆的微风
四处散发着古人类的气息，
一道道貌似坚固的酒器之
门打开了，酒不断地流出。　　　　　　　50

巴克斯！斟上记忆美酒吧；
追忆往事且挽回我的记忆！
层层藤蔓总能够相互松绑，
葡萄回报野生的落拓枣树！
急着要医治那古老的欲望，——　　　　　55
自然的落拓枣浸透了理智，
世代的岁月记忆已经枯竭；
让它们再度闪耀岁月辉煌；
让酒恢复岁月磨灭的一切；
用酒挽回悄悄消逝的侵染，　　　　　　　60
并恢复那历历在目的记忆；

巴克斯

恢复已经消退的鲜艳色泽,
重新雕刻岁月留下的印记,
并用笔写下我古老的历险,
它从第一天开始就吸引着 　　　　65
普勒阿得斯和永生的人们
在蓝色的简札上翩翩起舞。

失与得①

美德跑在缪斯的前面，
而且藐视诗神的技能；
她遭责骂，但仍拒绝
听候一位画家的意愿。

崇拜星星，全神贯注， 5
美德也无法使她顺从，
仅是满足诗人的虚荣，
并炫耀她灿烂的光辉。

诗人必须是心怀善意，
不是他的，而是她的； 10
必须丢弃他的笔和画，
并与敬神者一同跪拜。

---

① 编译者注：爱默生的《失与得》（"Loss and Gain"）一诗最早于1846年被收录于美国费城 Carey & Hart 出版公司出版的一本题为《1846王冠》（*The Diadem for MDCCCXLVI*）的诗集中，后来又被收录于爱默生1847年出版的《诗集》。

然后，或许一轮红日
从那烈火燃烧的天空
能弥补他丢失的工具   15
并恢复他内心的渴望。

梅罗普斯①

我真在乎他们依旧如故，——
那神圣灵魂的世间万物，——
给它们命名的力量需要
等候多久才能迎头赶上？

你的恩惠今日终将来临，　　　　　5
啊，美丽，抚慰的再现！
你教会了我讲一种语言，
并且学会尽量保持沉默。

空间承认他命定的道路
之外再无见到日神之时；　　　　　10
滔滔不绝的语言仍旧赠
他一个词语，不多不少。

---

① 编译者注：爱默生的《梅罗普斯》（"Merops"）一诗最早发表于爱默生 1847 年出版的《诗集》。

房　子①

从来没有一个建筑师
能像缪斯一样建房子；
根据计划，从心所欲，
她挑选各种合适建材；

小心翼翼地精心拣选　　　　　　　　　　5
不朽松上的条条橡木，
或是不受腐蚀的雪松，
以满足她杰出的设计。

在她找到一棵树之前，
她穿过阿尔卑斯森林，　　　　　　　　　10
或者海边的山谷流域，
拖着她那沉痛的脚步。

她仔细搜查矿山岩脊

---

① 编译者注：爱默生的《房子》（"The House"）一诗最早发表于爱默生 1847 年出版的《诗集》。

并且与每块岩石较劲，
采凿著名的坚硬顽石　　　　　　　　　　15
建筑每个永恒的街区。

她把横梁摆在音乐中，
让每根横梁浸透音乐，
呼应绕着太阳运行的
旋转世界的抑扬顿挫；　　　　　　　　　20

因此它们不会因时间
流逝或战争而被取代，
但因幸福的灵魂之爱，
而比最新的星星活得更长。

萨 迪[①]

树丛密集,
牛羊成群,
多鳞兽群在海里嬉戏,
楔形鸟群把天空劈开,
借风鸭群向北湖飞去,   5
成群绵羊在山上吃草,
人们在村里城里嫁娶,
但这位诗人独自居住。

上帝,赐予了他竖琴,
那是天下凡人之夙愿,   10
为了所有活人的利益,
责备他:"老实坐着";
带着鉴戒,诗人们说,
面对着那可观的奖赏,——

[①] 编译者注:爱默生的《萨迪》("Saadi")一诗最早于1842年10月发表于《日晷》,后来收录于爱默生1847年出版的《诗集》。萨迪(Saadi,1213—1291):波斯诗人,著名作品有哲理叙事诗《果园》和用韵文写成的《蔷薇园》,文中夹有许多短诗、民间格言、警句。

当两个人一起弹奏时，　　　　　　　　　　15
这竖琴永远不会哑巴。

可能有许多人都会来，
但是只有一人会歌唱；
只要是两人拨动琴弦，
这竖琴就将沉默寡言。　　　　　　　　　　20
虽有成千上万的来者，
聪明的萨迪一人独居。

然而，萨迪热爱人类，——
不关地窖洞穴的粗人，
他喜欢所有那些待在　　　　　　　　　　　25
闺房或者大厅里的人，
也不把波斯排除在外
连同波斯的读者听众；
他们都必须竖起耳朵，
分享其中的喜怒哀乐；　　　　　　　　　　30
但是他却没有人陪伴；
来者十人或多达千万，
善良的萨迪独居一人。

注意萨迪居住的地方；
他是诸神智慧的结晶，——　　　　　　　　35
应该虔诚地去接受它。
森林诸神兴高采烈地

萨　迪

围着那金色的灯安营。
纯朴善良的少男少女
欢迎这追求真理的人。　　　　　　　40
最需要的也最欢迎他,
耗尽同时滋养着源泉;
因为更大的需求往往
来自更加伟大的行为:
批评家们却无视虚荣,　　　　　　　45
也不会炫耀你的自负,
却用厌恶之深奥去烦
恼安慰人类心灵的人。

悲哀的苦行者快快地
唱着苦海无边的挽歌,　　　　　　　50
午夜的颤动从未消失
在灯火通明的强光中。
满满月光下苍白暗淡,
听见狼群在对月嚎叫;
伴着树荫下甜蜜嬉戏,　　　　　　　55
听见远方复仇的脚步:
在可怕的神灵前颤抖,
其傲慢不会宽恕我们。
于是苦行者开始讲道:
"诗人,当安拉教你,　　　　　　　60
引领你来到他的圣山,
他是从苦恼的深渊中

救你，说'走你的路；
不喝马拉加的赞美酒，
要行伙伴之不愿之事， 65
互让以保持平和之心；
猛击喂你的雪白乳房。
在你安慰过你的脑袋
下方，你塞满了尖刺；
你的心从痛苦罪恶中 70
获得一个崇高的教诲'"。
然而，我并没有认为
高贵的诸神喜欢悲剧；
因为萨迪坐在阳光下，
感恩是他的完美痛悔； 75
马尾衣衬和血染皮鞭，
忙碌双手和微笑嘴唇，
他仍然读准他的诗句，
把信息传给他的乡亲。
普照在他心中的阳光 80
照亮每个透明的文字，
荣耀的波斯完全理解
萨迪心中想说的一切；
因为萨迪的满天星星
比杰米的白天更明亮。 85

缪斯在萨迪屋里私语：
"啊，温和的萨迪呀，

萨　迪

为智慧的赞美所吸引，
或者为追求他人才能
的干渴和欲望所困扰，　　　　　　　　　90
而听不进反面的意见。
东方的清晨之子，从
未跟随谎言或者嘲笑。
有谴责，就会有拒绝，
翻越群山可到达天顶；　　　　　　　　95
让有神无神泛神论者
继续争辩他们的信仰，
残酷的保守者毁灭者，——
而你，施与者分享者，
不懂战争，不懂犯罪，　　　　　　　　100
和蔼萨迪，只懂韵律；
不在乎争吵者的争吵
你只在乎萨迪的诗歌。

"让这世界继续奔忙，
带着战争贸易和村镇；　　　　　　　　105
千万人依靠种地吃饭；
千万人在铁炉前流汗；
千万人在大海上航行，
发动或饱尝战争痛苦，
或在市场超市上拥挤；　　　　　　　　110
战争与和平相互轮回，
在押得上我金色韵律

的人爬上我的山丘前，
城市已经毁灭后重建。
让他们设法找到办法， 115
你只在乎萨迪的诗歌。
在死人堆里寻找活人，——
人与人经常相互囚禁；
光脚的苦僧并不贫穷，
假如命运打开其心扉， 120
他的眼之明亮就能与
他的舌之明快相媲美；
而他柔软的心肠能与
融化你内心的火媲美。
诗人缪斯的温柔劝说 125
带着笑脸感动了他们，
他的语言如暴风雨给
他们带来恐惧和美丽；
在他的每一个音节里
律动着大自然的真实； 130
虽然他常在子夜啼鸣，——
天上无星，地上无光，——
但在听者的眼前映入
一个无限狂欢的世界，
森林起伏，黎明破晓， 135
牧场熟睡，湖波荡漾，
树叶闪烁，花美如人，
生命搏动于岩石树中。

萨 迪

萨迪，你的话语所及：
太阳就在其中起和落！　　　　　　　140
于是，缪斯对萨迪说：
'吃人们不吃的面包；
远离不属于你的东西；
与世无争，运随你来。
不登不潜，好事不断　　　　　　　　145
来自永恒深渊的山腰。
不要让群岛眨满眼睛
为你引来天堂的鸟儿：
在你的果园边停歇着
所有借来的荣耀颂歌；　　　　　　　150
阿里聪明的阳光话语
可充当市场上的箴言：
穿过为艺术烦恼的山，
他吹着哨，赶着大车。
不跨大洋，不挑人类，　　　　　　　155
一位诗人或朋友发现：
瞧，他在门口守望着！
看着地上自己的身影！
无数扇门在天上打开
现身显灵的安拉道出　　　　　　　　160
洪水般的真理和善意，
撒拉弗和天使的食粮。
那些门是人：乡巴佬
允许你拥有完美心灵。

不找农庄墙外的东西, 165
救赎者将满足你一切:
当你坐在你门前那片
荒芜的黄土高坡上时,
倾听那些白发老太婆、
愚蠢伙伴、年老懒汉, 170
萨迪,瞧他们的形象
升至万能的自然之高,
而且其秘密全然暴露
骗人的时间徒然掩盖,——
蒙恩诸神戴着奴性的 175
面具在为你料理家务。'"

假　日[①]

秋去春来，橡果色赤褐，
男孩女孩所钟爱的果实，
林荫下悄然地增色添彩，
成为孩子们心爱的玩具。

折断它！徒然，你无法；　　　　　　　　　5
它的根穿入那树荫山丘；
不再是玩具，它有责任；
它被牢牢地固定在地上。

年复一年，朱唇的姑娘，
是老老少少的游戏伙伴，　　　　　　　　10
欢乐的阳光，人人说好，
远比金山银山更加亲切。

可爱的顽皮姑娘哪去了？

[①] 编译者注：爱默生的《假日》（"Holidays"）一诗最早于 1842 年 7 月发表于《日晷》，后来收录于爱默生 1847 年出版的《诗集》。

幸福地成婚后全然消失；
成了那木头摇篮的仆人，　　　　　　15
生活在新生儿的世界中。

绘画与雕塑[1]

罪恶的画家给女神披上了暖衣,
虽然穿着衣服,但总显得赤裸:
上帝般的雕塑家不愿如此糟蹋
那遮掩过多的臂腿皮肤的美丽。

---

[1] 编译者注:爱默生的《绘画与雕塑》("Painting and Sculpture")一诗最早于1841年10月发表于《日晷》,后来收录于爱默生1847年出版的《诗集》。

来自波斯人哈菲兹①

巴特勒,拿红葡萄酒来,
它能让我们顷刻间倾倒;
给我斟上,当我的精神
缺乏勇气并丧失行动时。
给我搬来这块哲学巨石,   5
古兰珍宝、诺亚的时代;
快,用你的办法,我打
开所有幸运和生命之门。
给我拿来那液体的火苗,

---

① 编译者注:哈菲兹(Hafiz,1327—1390):波斯诗人,创作了近570余首富有哲理并充满浪漫主义精神的诗篇。1841年,爱默生初次读到波斯诗人的诗歌;1842年,爱默生为超验主义文学刊物《日晷》(*The Dial*)创作了诗篇《萨迪》("Saadi")。这首《来自波斯人哈菲兹》及其姐妹篇《加塞勒》("Ghaselle")被收录在爱默生1847出版的第一部诗歌选集《诗集》(*Poems*)之中。爱默生当时阅读的所有波斯诗歌是德语版的选集,而且他一直读到晚年。爱默生有两首比较重要的诗歌《巴克斯》("Bacchus",1847)和《日子》("Days",1857)多多少少是受波斯诗歌的启发。在《波斯诗歌》("Persian Poetry")中,爱默生把哈菲兹和萨迪当作自己心目中的理想诗人,赞扬他们灿烂的表述、他们超越宗教宿命论的思想自由和愉快断言、他们的诚实和自助以及他们在自然与人类生命中的美的观念。他还要拥抱他们诗歌中关于女性富有启示性质的主题、他们赋予爱情和友情以至高特权以及他们表达补偿法则的主题。《来自波斯人哈菲兹》全诗聚焦于酒的比喻,讲述诗人自我转变为超验直觉范畴的过程。

来自波斯人哈菲兹

琐罗亚斯德在寻找的火①：   10
就哈菲兹而言，允许他
痛饮以便祈祷万物和火。
用詹姆希德酒杯来一杯②，
史前它在尼安特山发光；③
给我拿来，像詹姆希德，   15
我借它的力量透视世界。
凯泽·詹姆希德聪明道：
"这世界不值一粒大麦！"
让笛子和竖琴大声吹奏；
酒之渣滓都比皇冠值钱。   20
孩子，给我那隐藏之美，
她坐在臭名昭著的屋里：
带她出来，我自愿地用
我诚实的美名换取美酒。
孩子，给我火一般的水；——   25
狮子狂饮，树林在燃烧；
把它给我，我大闹天宫，
并且将魔狼的狼皮剥下。
天国使女借助酒的力量
为灵魂指明天堂的道路！   30
我把它倒向燃烧的煤块，

---

① 琐罗亚斯德（Zoroaster，628？—551？ BC）：古代波斯琐罗亚斯德教创始人，据说20岁弃家隐修，后对波斯的多神教进行改革，创立了琐罗亚斯德教。
② 詹姆希德（Jamschid），波斯神话中的仙王，因自夸永生，被贬人世。据说詹姆希德因拥有一个能透视整个世界的酒杯而闻名。
③ 尼安特山（Néant）：法语单词意思是"空无"（nothingness），指产生世间万物的原始混沌景象。

我的脑筋随即充满香气。
给我酒，借助酒的灿烂
詹姆和肖斯罗斯在发光①；
美酒啊，我用长笛高歌， 35
詹姆在哪里？考斯在哪？②
把远古的赐福给我带来，——
为古代离去的沙王祈福！③
把那无视王权的酒拿来，
把那纯洁扎心的酒拿来； 40
把它给我，那心灵的沙！
给我酒，以洗净我心中
那风雨着色的忧虑烦恼，
看见那充满幸运的面容。
当我住在精神家园里时， 45
我为何戴上镣铐站在这？
瞧，这镜子告诉我一切！"
酒醉时，我在谈论纯洁，
乞讨时，我在谈论贵族；
哈菲兹痛饮时常常唱歌， 50
索拉在她的半球中叫喊。④

---

① 詹姆（Jam）：詹姆希德。肖斯罗斯（Chosroes）：古代波斯琐罗亚斯德教的一位领袖，统治六世纪的"黄金时代"。
② 考斯（Kauss），古代波斯传说中的另一位国王。
③ 沙（Shah）：旧时印度等亚洲国家的地方统治者的称号（Pers: king）。
④ 索拉（Sohra），古代波斯神话中的一位象征贞洁的形象，相当于希腊神话中的阿耳特斯（Artemis, 月神和狩猎女神）和罗马神话中的戴安娜（Diana）。

来自波斯人哈菲兹

畏惧那风云突变的日子:
斟上那增强生命的美酒。
因为世界充满虚情假意,
让号角声不断地提醒你　　　　　　　55
科巴德王冠是如何消失。①
不要对这世界抱有希望,——
它不会吝惜你们的流血。
对世间的烦恼感到绝望
我急匆匆来到这家酒馆。　　　　　　60
拿点能让人兴奋的酒来,
让我能够跨上我的骏马,
与拉斯特姆一同向未来,②——
驰骋疆场,我心旷神怡
心满意足直至神志恍惚,　　　　　　65
把一面面旗帜插向大地。
让我们的酒杯相亲相爱;
让我们熄灭闷燃的心酸。
今日,让我们举杯痛饮;
现在和过去将永不一致。　　　　　　70
无论谁摆上了一桌筵席
都将心满意足,高兴地
逃脱露珠般清酒的诱惑。
青年的苦恼!随风飘去:

---

① 科巴德(Kobad):早期波斯神话中的波斯王,考斯(Kauss)的父亲。
② 拉斯特姆(Kustem):古代波斯神话中的一位大英雄,相当于希腊罗马神话中的大力神赫拉克勒斯(Hercules)。

苦心经营定是幸福满满！ 75
给我斟上酒，我一个跳
能逃过眼前的两个世界。
黎明时从光明的天空让
霍里斯悄然地呼唤我心：① ——
"可爱的鸟，美丽心灵， 80
你张开翅膀，冲出牢笼；
高坐在那七个穹顶之巅，
那芸芸灵魂的歇息之地。"

在比苏尔德希米尔时代，
闪耀着马努切赫尔美丽。 85
在努席尔旺的大酒杯上
他们曾经在古时候写道：
"听从劝告；学习我们
如何判断万物发展方向：
地球，是个遗憾的地方， 90
这里只有很稀罕的快乐；
一无所有的人才没遗憾。"
詹姆在哪儿？他的杯呢？
所罗门和他的镜子在哪？
这些聪明人中有谁知道 95
考斯和詹姆何时存在的？
当那些英雄离开世界时，

---

① 霍里斯（Houris）：指伊斯兰教义中天堂的仙女。

只留下名姓而没有别的。
别把你的心与大地捆绑；
当你离开，再不回来时； 100
傻瓜才把心事花在世上，——
与它联盟就与上天结仇：
永远不要向它吐露真情。

一杯美酒能够催生一个
五穹顶下九层梯的意象： 105
究竟是谁能毫无根据地
抛弃自己并行走在上面；——
言行谨慎者并非聪明者。

把恺撒的杯给我，孩子，
它能够让人的心灵兴奋。 110
不仅在酒中而且在杯里，
我们把最纯洁的爱深藏。
青春像闪电般稍纵即逝；
生命像风般从身边掠过。
离开那六面通风的住所， 115
和那条长着九头的毒蛇；
假如你真诚地敬重灵魂，
就自由消费生命和钱财。
假如你急着要投胎转世；
除了孤独上帝别无他物。 120
把这个魔鬼玩具拿给我：

当詹姆的酒杯完全丢失,
这世界便不再有助于他。
去拿冰水制成的太阳镜;
用酒唤醒麻木不仁的心。 125
我们脚下的每一块土地
都是一个亚历山大颅骨;
王子们的鲜血流成汪洋;
美丽的尘土堆成了沙漠。
不止一个达赖厄斯在那, 130
他完全征服了整个世界;
但因他们放弃了这亡灵,
你就认为他们从未到过?

孩子啊,离开我去找沙;
对他说:"沙,你应该学 135
詹姆王,先得穷人之心,
然后是这杯,人人皆知。
你能借酒消愁,将人间
无端的烦恼驱除出世界。
如今在你美丽的宝座上, 140
在你蒸蒸日上的权力中,
幸运的月亮,至上王者,
他的王冠头巾光彩夺目,
给鱼儿和鸟儿带来平静,
让心和眼闪耀圣人之光;—— 145
大海般的赞美无边无际;

来自波斯人哈菲兹

我诚心祈祷,心满意足:——
从尼散弥的抒情诗歌中,①
那最美丽的修饰语言里,
我在这里背诵一首诗歌, 150
那比珍珠更加美丽的诗。
'许多王国在等你的王冠,
比你知道的名要多得多;
至高无上的命运会带领
你一天天地从走向胜利!'" 155

---

① 尼散弥(Nisami):一位十二世纪波斯诗人。

加塞勒：来自波斯人哈菲兹[①]

啊，聪明的与世隔绝者，
让我们放弃天堂的思想；
真主安拉在那里并没有
记录下我们古老的罪名。

尊崇上帝的人在草地上   5
并没有种下大米和大麦，
但是有生命就会有欣慰，
虽然他想要种的是玉米。

正直的苦僧啊，虽然你
皱眉头，但没让我禁酒；   10
可怜哈菲兹的泥第一天
就和酒一起被揉捏起来。

你的心如清真寺和凉亭，

[①] 编译者注：爱默生的《加塞勒：来自波斯人哈菲兹》（"Ghaselle: From the Persian of Hafiz"）一诗最早发表于爱默生 1847 年出版的《诗集》。

能快速宽恕并免于祈祷；
我的心却让我走进酒馆，　　　　　　15
并且甜蜜地跟随着修女。

他不是个苦修士，上帝
小看了他的侍奉，他将
在筵席上拒绝典当他的
披毯去换取希拉兹果汁。　　　　　　20

有谁为了起誓能够扯下
朋友的衣裙或衬衣褶边，
天堂上极乐天使的亲吻
在他眼里都将没有边际。

起来吧，哈菲兹，上帝　　　　　　25
的恩典将照亮你的纯洁；
你不必害羞，相信自己，
上帝的天堂将平安无事。

色诺芬尼 ①

是命运而非选择让朴实的自然
赋予熙春茶和桂竹香一种气味,
赋予了松树林和瀑布一种声音,
赋予了这沙漠和湖水一种面貌。
这是她不屈的必然:世界万物　　　　　　5
出于一种模式;鸟、兽和花草,
歌、画、形、空、思想和性格
欺骗了我们,虽貌似多种事物,
但实质为一。远看,它们分开,
就像上帝与魔鬼,可认真一想,　　　　　10
他们的棱角似乎变得模糊单一。
为了解一种元素而研究另一种,
可是前者往往重现在后者之中。
一幅包罗一年四季的全景图画
只是其中一天意象的多重翻版,——　　　15

---

① 编译者注:爱默生的《色诺芬尼》("Xenophanes")一诗最早发表于1847年爱默生出版的《诗集》。Xenophanes:色诺芬尼(565?—473? BC),古希腊诗人和哲学家,埃利亚学派的先驱,写过哀歌和讽刺诗,提出"神是一"的理论,对后来的哲学和宗教神学有很大影响。

色诺芬尼

绕着一束细烛之光的一圈镜子；
宇宙自然，穿过她那包罗万象
而又拥挤不堪的整体，如一只
无限的鹦鹉，重复着一种调子。

日需的给养 ①

当我出生的时候，
命运用所有海洋的力量斟满了一杯酒，
并说，"孩子啊，这杯酒就是你的份额，
比一朵百合花少些，你将每天从我的
大动脉里抽取，一点不多，一点不少"。　　　　5
狡猾的时间是位化学家，把一切物质
全部熔化，并且融进了我生命的血脉，——
朋友、仇敌、欢乐、财富以及美与丑；
而且不论我是生气愤怒或者心满意足，
不论蒙恩受惠或遭受凌辱，被人疼爱　　　　10
或遭受伤害，他将一切净化为恒星酒，
并且斟满我的小杯；毫不在意，哎呀！
他倒出的酒中，我的杯只能盛得少许，
许多酒满过酒杯，洒在沙漠的沙地里。
假如有位缪斯能借灿烂之光把我拖住，　　　　15
而我定会把自己举起并走进它的天堂，

---

① 编译者注：爱默生的《日需的给养》（"The Day's Ration"）一诗最早发表于1847年爱默生出版的《诗集》。

日需的给养

第一眼所见到的贫困将吸收我的血液，
而且那一天接下来所度过的所有时光
沉重缓慢地拖出了个啼笑皆非的时代。
如今，当朋友自远方来时，而且时刻   20
带着书卷，或星星般明亮的天才画卷，
这小杯既不能多盛下哪怕是一滴的酒，
而让那价值连城的酒流进无烟的沙漠；
也无法给那嫉妒的主人带来一颗钻石
以便妥善而又节约地经营贫穷的日子。   25
假如一个字能行，我为何要书写万卷？
当一个小学生照老师指导画出的草图
不仅能满足而且能够超出我的理解时，
我要画廊有何用处？为何求助意大利？
当它根本就无法绕过那思想的海洋和   30
家国的事务的时候，而总是因为小事
而磨磨蹭蹭时，为何非要求它不可呢？

破　坏①

给我真理；
因为我对表面现象已感到厌倦，
且差点死于空虚。假如我过去
仅仅知道这树林的芳草和草药，
芸香、委陵、欧亚、马鞭龙芽，　　　　　5
蓝巢、延龄草、山柳菊、黄樟，
马利筋、黑蕨、插枝、芽膏菜，
那些罕见的良性树根，在林中
汲取着大地上无法形容的汁液，
保密和未知，而我却能够分辨　　　　　10
它们的芬芳，并借助其与人类
肉体的亲密而利用它们的特质，
驱赶天地并且结盟好友的关系，
啊，那该多好呀，而我就变成
完美一天的一部分，联系太阳　　　　　15
播种大地，并且成为一位改进

---

① 编译者注：爱默生的《破坏》（"Blight"）一诗最早于1844年1月发表于《日晷》，后来收录于爱默生1847年出版的《诗集》。

破 坏

太阳和大地之作用的全权代表。
这些年轻的学者，侵犯了群山，
像工程师一样大胆，砍倒树林，
并且常常在砍倒的树林里行走， 20
不珍惜和热爱他们采摘的花果，
他们的植物学全部采用拉丁语。
老人们研究花草中的神秘奥妙，
研究天文学所赋予人类的命运，
化学现象中无所不在的普遍性， 25
喜欢事物胜过名称，因为他们
是真人，是这一元世界的信徒，
他们明亮的眼睛所见之处都能
捕捉相同的足迹。我们的眼睛
虽然全副武装，但对星星陌生， 30
而且对神秘的鸟兽就更加陌生，
同样对植物和地矿也是陌生者。
受伤元素说，"不在我们中间"；
夜晚、白天、海洋大陆、植物、
矿物和火说，"不在我们中间"； 35
而且桀骜不驯地还我们以凝视。
因不恭的获取我们侵犯了它们；
我们蹂躏它们，毫无宗教道义，
我们无情地向它们要粥而非爱。
因此它们猛然把我们推开，给 40
我们的仅仅是辛勤的劳动所获；
然而甜蜜而又丰富的爱和赞美，

人类与地球、被爱和施爱之间,
那种神圣的默契所产生的亲密,
以及甘露和仙果,都被扣留了; 45
在糟蹋和奴役中,我们窃取和
掠夺整个宇宙,因此每天都被
关在日益缩小的地球外层空间,
苍白和饥饿。我们病态的眼睛
看见树木生长不良,夏季变短, 50
太阳被乌云遮盖而晒不干青草,
没有事物企图穷尽其自然恩典;
而生命,被剥夺了珍贵的寿命,
即便穷其最大空间也不过失败,
而且死于易受欺骗的危险之中; 55
并且,在其正午和最无节制时,
是其早期俭朴,像个乞丐之子;
甚至在其狂热地追求最佳目标
和最远大的理想和抱负的时候,
像阿尔卑斯瀑布在奔流中结冰,
像购买玩具与生命的寿长之间
那微不足道的比较而感到寒战。

马斯克特奎得①

因为我对这些贫瘠的田野感到心满意足,
那低平、开阔的草地,蜿蜒流淌的小溪,
并在他人鄙视而我常去的地方找到了家,
这里的树林之神赋予我的爱过多的报酬,
并且答应我与他们一起享受同样的自由,　　　　5
而且早已在他们秘密的议会中占了上风,
与主宰生命的亲切而又险恶的君主一道,
把月亮和行星都变成他们契约的一部分,
并且通过我坚如磐石、独一无二的习惯
放射出千万道闪烁着思想和柔情的光芒。　　　　10
我看到,阵雨,在迅猛的阵雨中,春天
来到了这山谷;——驱散了天空的乌云;
我沐浴着清晨天空中松软、银灰的空气,
我慢悠悠地闲逛伴随着悠悠远去的小溪。
成群的麻雀,忽远忽近,四月天的小鸟,　　　　15
穿着蓝色羽毛,从一棵树飞向另一棵树,

---

① 编译者注:爱默生的《马斯克特奎得》("Musketaquid")一诗最早发表于1847年爱默生出版的《诗集》。

高唱着那英勇无畏而又甜美悦耳的歌曲,
缓缓地奏起一年四季慢悠悠的华彩乐章。
五月天灿烂的太阳冉冉升起,缓缓逼近;
在辽阔博大的大地上,千万种植物汇聚　　　　　　20
成一种甜蜜庄严。接着,迅速地飘逸出
夏日美丽的波浪;林中谷地和陡峭险崖,
溪谷和湖水、山坡以及松林成行的拱廊,
无不吐露着天资。远方嶙峋的悬崖峭壁
在无数个时辰中能够变换出无数个面庞。　　　　　25

在低矮的群山中,在山间宽敞的空地上,
我们的印第安小溪自由自在地穿流而过,
流淌着印第安男男女女那种睿智的平静,
在耕犁时,他们常常发掘出烟斗和弓箭,
在这些用刚倒下的松树建造的松木屋里,　　　　　30
住着这个部落的替代者,他们也是农民。
在你旅行者的眼里,这是一条冗长的路,
或者就是一幅画,然而,在这些人眼里,
这里风景如画的景色确是一个力量宝藏,
他们心知肚明,并逐一地加以充分利用。　　　　　35
他们在生产中随心所欲地利用鸟兽昆虫;
他们证明每一块石板都有它独特的品质,
像一位药剂师,身边是装满药材的坛子,
可以从任何一个坛子里取出适合的剂量
去给庄稼杀毒或者为计划提供灵丹妙药。　　　　　40
他们让化合堆的表面呈现出无光的霜冻,

他们知道如何才能够顺着风向簸豆扬谷，
他们感激春天的洪水所带来的肥沃黏泥，
并在那貌似简单的冰雪封冻的顶峰之上，
乘坐着雪橇在那深不可测的草地上滑行， 45
滑向那不易进入的树林。因此年复一年，
他们用各种自然元素与自然环境作斗争，
（人们可以说，这草地和森林并肩同行，
融入这些人以致他们统治这草地和森林，）
而且按照大自然更替的田野规律揭示了 50
农民们头脑里一种强大的自然规律意识。

这些强大的主人在辽阔大地上所书写的
正是我在我的地产上用小楷字所复写的；
因为所有的十字架上方都立着一颗星星；
梨子或者李子所蕴含的令人兴奋的元素 55
在每棵单独的树上兴高采烈地逐渐增加，
与在那些云集着蜜蜂的宽阔果园里一样；
而且每一个原子都在为它自己做好准备，
同时也在为整体准备。和蔼可亲的诸神
向我述说了关于各种颜色和声音的传说， 60
这些传说都是数不胜数的美的栖息之地。
它们构成了一种超强的生产力量的奇迹，
是在各种植物和候鸟生命中能感觉到的
与天文学相关的广泛和深远的和谐因素。
我发现整体相互联系的目标不仅是更好 65
而且是作为廉价的，是坦诚待人的自然

赋予人们幸福家庭中的那种真正的自由。
高雅的教养发现我并不文雅；伟大的人
让我丢尽脸面，但那是徒然无用的；因
为我仍旧就是生长在荒野上的一棵柳树， 70
喜欢那吹弯了我的腰的风。我的园艺铲
能够医治我所有的创伤。一次林中漫步、
一次河栖葡萄的探求、一只善鸣的嘲鸫、
一朵野生的玫瑰或是一株蓝花楼斗菜，
都能缓解我心灵深处最为痛心的伤疤。 75
那些树林之神是这样在我的耳朵旁嘀咕：
"喜欢我们的风格？你能静静地躺着？
你能忘却你的傲慢，像大自然那样变成
宛如一个寒冬夜晚般那种被抑制的沉默？
你现在能够像阳光一样闪烁，然后变暗， 80
且变得潜伏隐性，不慌不忙，沉重镇定？
就像当那万众仰慕的月亮吸引着眼球时，
河流山川、树木绿叶，都变成朦胧模糊，
然而它不嫉妒别的，而别的也不嫉妒它。"

挽　歌[1]

他知道谁在耕种这块孤独的田地，
去收割地里那稀少的玉米，
在深夜和清晨，他的田地里究竟
长出了什么样的神秘果子？

在那个漫长而又晴朗和煦的下午，　　　　　5
大平原上飘忽着无数个幽灵；
我时而漫步走上，时而徘徊走下，
被许多忧心忡忡的主人围住。

蜿蜒的康科德河在路的下方闪烁，
河水奔腾有如开阔的洪水　　　　　　　　10
就像很久以前，当我的两个弟弟
与我一道来到了这片树林。

---

[1] 编译者注：爱默生的《挽歌》（"Dirge"）一诗最早于1845年发表于费城 Carey & Hart 出版公司出版的《礼物：一件圣诞、新年和生日礼物》（*The Gift: A Christmas, New Year, and Birthday Present*），后来被收录于爱默生1847年出版的《诗集》。

然而，他们不在了——神圣的人，
跟我一起走过这可爱的溪谷；
那强壮、像星星般明亮的伙伴们   15
变得那么安静、卑微和苍白。

我高贵的好朋友，他们正值青春，
他们让世界变成了一席盛宴，
他们与我一道了解了时间的规律，
并热爱这块人们栖息的土地！   20

他们把这个山谷当作取乐的游戏，
不论心情好坏，都尽情享受；
一个祷告的小屋或者聚会的大厅，——
面对自然，他们永远从心所欲。

他们让圆形地平线变得色彩斑斓；   25
天上群星忽暗忽明，听从召唤；
四方的回声聚拢身边，倾听共鸣，——
他们让林地兴高采烈或欣喜若狂。

我触摸着这柔软光洁树上的花朵，
那是我孩提时的甜美记忆；   30
柔软的叶子深深地刺痛过我的心，
而树叶中的香脂也从未增长。

倾听远方松林中刺嘴鸟的啼鸣声，

挽　歌

它的歌声在树丛中高声回荡！
啊，你听见了吧，与我同行的路人，　　　　35
他究竟在对我歌唱些什么呢？

除非上帝没像使用我的悲痛那样
让你的耳朵变得机智和灵敏，
你可以根据那个惟妙惟肖的计划，
设计其沉重而又神圣的故事。　　　　　　　40

它说，"你走吧，孤独的人儿"，
"他们自出生之日起就喜欢你；
他们不仅双手纯洁，且信仰纯洁，——
地球上并不存在这样的心灵。

"你曾经吸取过一位母亲的乳汁，　　　　　45
一间屋容纳了你们所有的人；
那是一段非常多愁善感的历史，
它便落在了你们儿童的时代。

"你根本就无法打开你的心灵之窗，
因为心灵的钥匙已随之而去；　　　　　　　50
那终年沉默的喉舌大声地唱出了
那曲追思耶稣基督的安魂曲。"

哀　歌[①]

南风带来
生命、阳光和期盼，
山丘草地上
吹拂着那香气怡人的生气；
可面对死亡，他无能为力，　　　　　　　　5
失去，失去，他无力回天；
眺望群山，我悲痛地哀悼
我那再也无法挽回的骨肉。

我看着我那空荡荡的房子，
我看着树枝在做自我修复；　　　　　　　　10
而他，那令人惊叹的孩子，
那银铃般清越柔放的颤音
回荡在四周蔚蓝的天空中
比任何搏动之声更有价值，——
为了他，那风信子美少年，　　　　　　　　15

[①] 编译者注：爱默生的《哀歌》（"Threnody"）一诗最早发表于1847年爱默生出版的《诗集》。

哀　歌

清晨早早破晓，四月开花，
和蔼的少年，是他让这个
养育着他的世界更加生色，
并以他那泰然自若的面容
回报了这充满爱意的日子，——　　　　20
他已经从日子的眼中消失；
她四处寻找，但无济于事；
我的期盼也无法将他捆绑。
即便天旋地动，南风搜索，
找到了青松和萌芽的白杨，　　　　　　25
却无法发现那位萌芽的人；
自然失去了他，无法复制；
命运失去了他，无法重来；
人类失去了他，无法找回。

我聪明可爱的逃课者，你　　　　　　　30
哪去了？我得到哪儿找你？
几天前，我还有这个权利
去观察你，知道你去哪儿；
我怎么就丧失了这权利呢？
难道你有了欣喜忘了我吗？　　　　　　35
我倾听你充满欢乐的家庭，
啊！一个口齿伶俐的孩子！
你的声音，宛如一位信使，
传递着你温文尔雅的性情。
虽然它所表达出来的那些　　　　　　　40

痛苦和欢乐仍然微不足道，
尤其就其年龄和见识而言，
然而，当贵妇们和老爷们
听到他那如此和蔼、聪明、
严肃、甜蜜的动人请求时，　　　　　　　45
都会心甘情愿地服从命令
并将手头的事务暂且搁置，
去分享他热情友好的游戏，
去修复他的柳条马车模型，
在盘算着他们饥渴的耳朵　　　　　　　50
何以再听到那动人的声音；
因为他的嘴唇能够吐露出
丰富多彩有说服力的言语。

高雅的卫兵标志着他安详、
年少的盼望和自由的姿态；　　　　　　55
从他领袖般的眼神中汲取
他的智慧并使之广为人知。
啊，这眼睛自负地记忆着
学校的队列，每日的欢乐，
当我每天早晨汹涌澎湃地　　　　　　　60
观看着走在路上的护卫队；
那孩子坐在柳木大篷车里，
两眼有神，脸上表情安详；
前前后后跟随着许多孩子，
像一群美丽仙童专心护卫；　　　　　　65

哀 歌

而他是队长,走在队伍边,
使得队伍的中央成为核心,
让甜蜜安详的脸充满阳光,
保护着孩子不受任何侵害。
那位天真无邪的小个队长　　　　　　　　　　70
一边走一边用眼看护着他;
每位镇上老者都止步查看
并称赞这可爱的大篷车队。
我站在窗前,向窗外看去,
注视着你美丽壮观的队伍,　　　　　　　　　75
衣冠齐整,步伐整齐威武
伴随着仙童们演奏的旋律;——
一种唯有你能听见的乐曲
好比崇高引领着你向前行。

啊,爱和自豪已不复存在,　　　　　　　　　80
他们的面部表情上下绷紧。
那油漆雪橇仍旧站在原处;
那狗窝仍在木柴堆的边上;
他收集来用于大雪天支撑
雪塔之墙的木条也在那里;　　　　　　　　　85
他在沙里深挖的不详之坑,
并建筑或设计孩童的城堡;
我能想出他每天去的地方,——
家禽场、牲口棚、大仓库,——
从大路边一直到那小溪旁　　　　　　　　　　90

他总喜欢仔细地观察四周
他那给人带来愉快的脚步
在园里走过的每一寸土地。
成排家禽温顺地相互倚靠；
冬天的园子依旧恒常不变； 95
潺潺溪水汇成了涓涓溪流；
但那眼神深邃的男孩走了。
在那个黯然失色的日子里，
漫天的乌云胜似暴风骤雨，
当你那天真无邪的呼吸像 100
鸟儿胸部的起伏逐渐停止，
夜晚来临，自然不再有你，
我说，"我们是同病相怜"。
清晨破晓，带来无限晨曦；
雀鸟啁啾，家禽同时鸣啼； 105
每一位徒步者启程；然而
人世间那位最美丽英俊的
少年的脚步已经离开了这
紧束和寂静的山丘和园子。
听不见一只麻雀或者鹡鸰， 110
也看不到一粒秋收的麦粒，
这是一年四季少见的现象
而且生命的潮汐也不提供；
每一只鸟儿的每一只雏鸟，
杂草和石藓却很受人喜爱。 115
啊，鸵鸟般回避现实的人！

哀 歌

啊，这完全是因小失大呀！
难道天空选不出一颗星星，
难道苍穹中就没有观象家，
难道在那清新海滨漫步的　　　　　120
无数的天使中就没有一位，
愿意下凡来医治这位独子，
这大自然甜美纯洁的奇迹，
让这大地的花朵永开不败，
因为他胜过一切大地丰收？　　　　125
不是我的，我从不说你是，
你是自然的后嗣，我苦恼，
眼睁睁地看着我心爱而非
我创造的你被鲁莽地夺走，
你年少早逝带来悲痛欲绝，　　　　130
你竟然必须化回自然粪土，——
我们心目中一个伟大希望
破灭了，只有怀疑和摸索。
仿佛天上眨眼的行星在说
这孩子得承受时事的暴虐，　　　　135
依靠奇妙的口舌及其神笔，
将已远去的缪斯带回人间。
或许自然而非他感到苦恼，
这世界而非这孩子失败了。
一个如此俊美的天才少年，　　　　140
他还无法承受这样的压力，
他仰望天上的太阳和月亮，

仿佛进入了他自己的世界，
而且满怀着他宏伟的思想，
把怀疑带给整个旧的秩序。　　　　　　145
他的美曾经挑战他们的美；
他们无法滋养他，他死了，
而且忍遭奚落，四处漂泊，
等候一个漫长时期的到来。
不幸使这种美妙化为乌有，　　　　　　150
苦难突发，尊严受到伤害！
有的四处奔走，传说噩耗；
有的阅读，从中得到安慰；
有的向朋友述说悲哀音讯；
有的去写作，有的去祈祷；　　　　　　155
有在此逗留，有匆忙离去；
但是他们的心都无法忍受。
贪婪死亡让我们饱受凄凉，
远远超过一场葬礼的悲哀。
满怀激情且包孕你的命运　　　　　　　160
就是我生命中的重中之重：
这损失意味着真正的死亡，
这里躺下的人是神圣之子，
这是他缓慢却无疑的谢世，
一颗颗星星放弃了这世界。　　　　　　165

啊，那生活在天堂的孩子，
给他父亲带来快乐的男孩，

哀 歌

在他那一双深邃的眼睛里
人们已经读懂未来的幸福,
我失去了太多太多的东西。　　　　　170
世界因失去你而感到丢脸。
啊,真理自然的善意谎言!
啊,这是可信破碎的预言!
啊,遭受挫折的丰富财富!
为未来而生,为未来而死!　　　　　175

深心回答说:"你哭了吗?
假如我不曾收下这个孩子,
他比狂野的激情更加狂暴。
你望眼欲穿,把这短暂的
生命视为人们的沉思默想,——　　　180
试想当美从世界的海岸边
消失时,你丢失过亲人吗?
他并没教过你——老年人,
他眼睛里的眼睛不是望着
天上无数从神到人的天使　　　　　185
构成的神秘时空的鸿沟吗?
当世人的爱把你团团围住,
你不就开始感觉到孤单吗?
明天,当大自然狂欢节上
华丽俗气的假面具脱落时,　　　　　190
纯洁的人们凭借他们自己
洋溢着爱的意愿就能看清

在命运力量掌控者之外的
并与命运紧密相连的分离。
可是我的至爱,你哭了吗? 195
我给你的视域,现在在哪?
我滋润你的心田,超过了
仪式、圣经或语言的范畴;
我在你透明的心灵图表上
写下了那无与言传的话语; 200
教给你每个站起来的手势
被那超级阳光的烈焰照亮。
超出了语言和信仰的限制,
超出了对悲痛的亵渎言词,
大自然心脏里的种种谜团; 205
尽管没有缪斯能加以表达,
与大自然的胸脯一起颤动,
而且从东到西,晴朗明静。

"我见到你,像见到朋友;
最亲爱的,我没为你请过 210
家庭教师,但快乐的眼睛,
那晴朗天空般的天真无瑕,
你可爱的头发,一种奇迹,
你的笑声如同林中的雷鸣,
而你可以独自在一边欣赏 215
这一切最美丽的艺术花朵:
而且像这充满大爱的日子

哀 歌

能够穿过最小的单人套间，
你能用先知、救主和脑袋
去掰开你每日食用的面包； 220
你能为自己而深藏起圣母
玛利亚之圣子的甜蜜丰美，
以及神童拉比，犹太完人。
并且你认为一位这样的客
人能在你的城堡里休息吗？ 225
奔腾的生活尽忘记了律法，
改变命运的火光熄灭了吗？
无上预兆的猜想更加神圣；
千万别为单调乏味所欺骗
并知道我的高贵礼物能放 230
开对这颗化身心灵的限制。
每当浅水的海滨沙滩变成
一个充满危险的思想旋涡；
每当脆弱的自然再也无法
像神圣的灵那样敲响时钟： 235
我死亡的仆人，带着解咒，
将有限生命倒进无限长河。
难道你能冻结那穿过自然
而源远流长的爱的潮水吗？
难道你能把狂野星星钉死 240
在过半的黄道带轨迹上吗？
光仍然是那光芒四射的光，
血仍然是那四处流淌的血，

生命仍是世代相传的生命，
貌似多命实际上仍是一命，——   245
你能超固定并使其消失吗？
它强劲的动力能被死死地
关进形体、骨骼和线条吗？
你，这不请自来的空谈者，
就能够审问这无语的命运？   250
或者能够透视这神秘灵魂
深处所有祖先的聪明才智？
或在它来去的时候召唤它，
让它自己宣布死亡的时刻？
美啊，这心灵深处和圣坛，   255
魔力之造物绵延千秋万代；
仁慈善意的爱之绝妙杰作，
多美呀，漫无边际的理性
那是它的预兆，它的符号。
难道你不想打开心扉知道   260
什么是彩虹？什么是落日？
从人类命运不断延伸的画
卷中不断积累起来的定论，
不断返回大地的大地声音，
那心火内烧的圣人的祷告，——   265
说，什么才算是完美无缺，
像神一样生活，是永久的；
人心是粪土，心之爱永存；
心之爱将会再次与你相遇。

敬畏造主吧；让你的眼睛 270
符合他的习惯和上天规矩。
他没有把坚硬和金黄色的
天堂建成严酷冷漠的地方。
不，而是柔软芦苇的鸟巢，
花草茂密，而且香气扑鼻， 275
或像旅行者所逃避的帐篷，
或像暴风骤雨之前的跪拜；
由泪水和神圣的火焰构成，
以及那些登峰造极的美德；
不断地推进和不断地追踪， 280
从不停止，而且从不间断。
神速的上帝无声地忙碌着，
穿过荒废的系统永远修复，
播种大地，神佑荒芜人间，
让荒野大地充满人间温暖； 285
让溪水流走那遗憾的泪水，
伊甸园的果子明天就熟了。
房屋和佃户都将返回大地，
消失于神，却存于神心中。"

康科德颂歌 ①

在河上架起简陋的木桥旁,
旗帜伴着四月的清风招展,
农民们曾在这里严阵以待,
并打响了震惊世界的枪声,

敌人早已经在幽寂中长眠, 5
如同胜利者在幽静中安睡,
时光在桥上留下破损痕迹,
随着幽暗的河水流向大海。

在这平静而翠绿的河岸边,
我们今天立起还愿的石碑, 10
愿如此壮举在记忆中永存,
当子孙后代如先祖般消逝。

圣灵啊!是你让那些英雄们

---

① 编译者注:爱默生的《康科德颂歌》("Concord Hymn")一诗是在康科德战役纪念碑于1836年4月19日落成时朗诵的,后来收录于爱默生1847年出版的《诗集》。

敢于为子孙后代冒死拼杀，
并让时间和自然顺从我们　　　15
为他们和你所树起的丰碑。

《五月节与其他诗篇》

(May-Day And Other Pieces, 1867)

五月节①

天地的女儿,娇滴的春天,
突如其来的激情日趋衰弱,
叫大地万物面带温柔笑容,
画出气象万千,绵延万里,
手举一个樱草花环的酒杯②,   5
散发出一阵阵无烟的香气。
姑娘们在剥香甜的柳树皮,
白色的杨树皮和基列树皮③,
而且成群结队的男孩子们
正在扯开嗓子,高声呐喊,   10

---

① 编译者注:爱默生的长诗《五月节》(May Day)于1867年先后在美国波士顿和英国伦敦出版。五月节(May Day):每年5月1日,是日为春天到来而举行庆祝活动,是中古时代和现代欧洲的传统节日。五月节花柱(May-pole):庆祝五月节时常绕此柱舞蹈、游戏。《五月节》,共31节,616行,庆祝春天的到来;春的来临始终是爱默生表达重生主题和对大自然一种特殊敏感主题的方式。在这首诗歌中,爱默生并没有采用某一个核心隐喻(a single controlling metaphor)或者某一种戏剧性的手法,而是依托基督宗教的人物(Christian figures)、传统典故(classical allusions)、异教仪式(pagan rites)和对春天消逝过程的仔细观察,从多个视角,来体现五月份第一天的重要意义(the significance of the first day of May)。在庆祝五月节的情感和感官经历方面,这首诗歌表现出异教徒(非基督教徒、非犹太教徒、非伊斯兰教徒)五月节花柱狂欢的感觉(the feel of pagan May-pole revelry)。
② 黄花九轮草(cowslip-wreaths):药用樱草。
③ 基列(Gilead):古代约旦河东部的山地;高出约旦河流域1200米。

五月节

嘿！嘿！嘿！连呼三大声。
天空飘逸着悦耳的风啸声；
在这片空蒙山色的大地上
我所听到的究竟是啥声音？
竖琴的风声，鸟儿的歌声，　　　　　　　15
是牧者的双手拍出的掌声，
或是空中飘移的隆隆回声，
或白天转瞬即逝的流星声？
回荡在星空中的这种音讯
能穿透这满天灵动的空气。　　　　　　　20
或许就是来自这被禁锢和
被遮蔽的湖水传来的炮轰，
因罩在山顶的阴沉下变凉，
在其深处发出凄切的呻吟，
直至正午的强光照亮并将　　　　　　　　25
最后的冰山之夜送进五月。
它是一只松鼠的人性呼唤，
或者是J字形竖笛的声音？
听呀，楔形飞远的筑窠鸟，
发出呱呱叫声，向北直飞，　　　　　　　30
穿过条条道路，划过天空，
夜晚，从天空中飞落而下，
在新的天地里书写着浪漫，
黑暗中，叽喳吵闹的鸟群
在那荒无人烟的湖区觅食。　　　　　　　35
吵闹和骚动将从那里传出，

行乐的声音,急促的翅膀,
那是一种声音,一种象征,
冲破了大理石的万年沉睡,
并给万物带来变化的信息。 40

在宁静之下,在光影之中,
藏着一种难以抑制的欲望,
更短的生命,确定的希望,
使每根神经绷得更紧更长,
以致无暇顾及也无法预测 45
古老命运之神暂停的脚步。
棕榈生长缓慢,珍珠更慢;
当大自然摇晃,热情宁愿
抓住她命运之车轮的轮辕,
抓住轮辕意味着再次旋转。 50
让这犹豫的球旋转得更快!
让阳光照亮这冰冻的一边,
把旅鸫鸟的叫声带回这里,
把郁金香的骄傲带回这里。

你为什么责备犹豫的春天? 55
吃苦耐劳的鸦鸟并不抱怨;
黑鸟群让枫树林歌声嘹亮,
充满着社交的快乐和狂欢;
那只红翼鸫高唱着它的歌,
那群旅鸫看见了融化的雪; 60

五月节

麻雀温顺，眼里充满预言，
它的鸟巢筑在雪堆的旁边，
柳枝稳固，把羽毛未丰的
雏鸟深藏在罩着的树叶下；
而你凭借科学却一事无成，　　　　　　65
为什么唯独你的理智无法
看见太阳穿过子午线南去？

我们经常用雪来融化冻肉，
可傻乎乎的春天不是这样，
她不用热光照射极地夜晚，　　　　　　70
不用无荫的太阳忽悠人们，
不用欢舞去奚落淫荡蹦跳，
然而她却拥有诸神的节欲，
而这种节欲使她独一无二，——
让她穿上耐热宝库的外衣　　　　　　75
乘着一阵阵雨夹雪的东风。
树木、鸟儿和温顺的生物
乖乖地遵守她的严格规矩；
像提坦般生于严酷的自然，
寒冷不仅可亲，而且可爱。　　　　　　80
正如南方愤怒与北方公正
不过是浅黄色对着深褐色；
在纪念基督献身的日子里，
每当祭司堆起火祭的柴堆，
那阴沉的马萨诸塞州之冰　　　　　　85

总比别处的祭火烧得更旺，
因此春天用表面寒冷遮蔽
着古老年轮积累下来的热：
用她的热去播种面包种子，
去喂养人类和自然的物种； 90
而且每当阳光普照大地时，
它便融化冰面，绽放花朵。

世界旋转着——难以置信，——
再次发生了曾经发生的事；
万物回春，从星球到尘埃， 95
而我将听见我的蓝鸟鸣叫，
并且梦见那赤褐色的谷地。

早些日子，我晚间散步时，
周围一切都直挺挺冻僵了；
积雪齐膝，的确寸步难行， 100
仰望星空，不见一丝闪光；
我站稳脚跟，找我的老林，
竭尽全力穿过积雪的道路；
荒野皑皑，与我不曾相识，
大雪层层，遮住熟悉地点； 105
聪明人常去的夏季小林谷
已让极地正午失去了魅力。
想象隐藏在那的所有甜美
秘密已被咒语无情地揭露。

五月节

霜冻，这位最年长的石匠，   110
已用自己恶毒的心灵手巧
在荒野上堆起一座座教堂。
松林主们好像身披雪衣的
精灵走进星光闪烁的教堂。
我觉得没趣：冰冷的寒风   115
似乎随心所欲地左右森林。
谁愿冻死在冰冷灌木丛中？
回到书房和被庇护的家中，
聊天游戏时，我们能听见
墙上闪烁的壁炉火的声音，   120
而不是那受阻的北风呼啸。
嘘！一个灼热的清晨破晓；
樱草让棕色小溪喜笑颜开；
幸福的时刻，长长的一天。
正是五月太阳领路的时节。   125
人们行动的欲望已经苏醒，
也是渴望出去漫游的季节。

春天关在鸟笼里的朱顶雀
期盼着能听见合唱的欢乐，
他的伙伴们插翅飞翔，从   130
千里之外的南海迁徙而来。
攀缘架上的葡萄吐出花朵，
而且新生的卷须交织缠绕，
酒桶里微暗古老的葡萄酒

能感觉到活藤蔓上的花朵 135
在春的暗示下绷断了桶箍:
或许,是在亚当的行程中,
夏娃树荫处梦幻般的痕迹
能够逃避这次飞行和洪水,
并唤醒青年血脉中的欲望 140
去追踪那被神没收的天堂,
并再次大饱流放者的眼福;
而且每当这位幸福的孩子
看见五月野花盛开的时候,
并且听见蓝鸟在天空歌唱, 145
"继续",他说,"带上篮子,——
田野上飘逸着温柔的空气,
山顶上是夏娃的温和之春"。

不是为了兵团的队列操练
或者罪恶的法律或统治者, 150
蓝色瓦尔登河水奔腾翻滚,
而是要创造一个崇高景观,
一个黄道带十二宫的图景,
来讲述那日月星辰的界限。
自由的河流随风自然飘移。 155
瞧!所有部落是如何联合
起来去追踪那逃窜的敌人。
看!每位爱国者抛掷橡叶,
他小巧身材躺在雪地之上,

五月节

没有闲着,因为橡叶整天　　　　　　　　160
把太阳光拉进人们的视野,
太阳落山之前,采石减速,
几乎落到棕色的苔藓丛中;
当白霜覆盖之下的青草丛
终于等到适合的生长时机,　　　　　　　165
便纷纷探出头来,叫厚厚
的冻土层被刺得千疮百孔,
直到绿色的长矛完全刺穿,
并将幸福转向蓝色的苍穹。

寒冷的四月带来绵延雨水,　　　　　　　170
垂柳枝和丁香花又带回了
迁徙回程鸟儿的阵阵鸣啸
和牧民们吹出低平的哨声。
枫树上的红色翅果出卖了
朴素的五月所拥有的浓血。　　　　　　　175
大地更新了它火红的力量,
丰富的形式,满面的容光;
四处散发着玫瑰香的喜乐,
源出那充满着爱心的上帝。

这里热浪翻滚,暴风骤雨;　　　　　　　180
我能感觉到它巨浪的拍击,
宛如大海把我紧紧地拥抱;
无形的手指在用热浪覆盖,

使其不断膨胀，变软成熟，
上色，有了香味，且诱人，　　　　　　185
鸟儿和蔷薇，内心的温暖，
总是不断丰富，不断变化，
催促芦苇和百合快快生长，
叫橡树和牛长得更加粗壮，
让世界在湖里洗个温泉澡，　　　　　　190
燃烧世界，但让焦土重生；
笼罩的热浪，陶醉的罩袍，
裹着雏菊，而且罩着世界，
改变着它裹住的一切事物，
死中有生，而且推陈出新，　　　　　　195
画出小山羊和美洲豹的皮，
浸透染红整个海湾的贝壳
沐浴着晨曦，借着喜乐的
烈焰点燃了郁金香的花园。
触及的朽木迸发出了新叶，　　　　　　200
麦叶从麦捆中发出沙沙声。
这是哪位神造的特级热浪，
大地的秘密，雕塑的宝座？
难道它的内心深处还藏着
所有艺术水印的图案，有　　　　　　205
形体、器官、色彩、姿态？
它是代达罗斯？还是爱神？
或是戴面具的全能朱庇特，
从掌权天使冗长的号声中

五月节

播下所有重生的美丽种子？　　　　　　　　　210

我们到哪里去庆贺五月节，
以何种适当的方式迎接它？
我们小屋的门槛过于低矮，
与铺地毯的地面不相适应；
没有宽敞的大院或君王的　　　　　　　　　　215
厅堂能够举办节日的盛宴。
走吧，到气派的树林中去！
那里面对着被解放的洪水；
我们爬上背景宽阔的群山，
倾听它们充满喜乐的喧嚣；　　　　　　　　　220
我们看见刚刚流出的溪水
沿着山谷正在跳跃和闪烁，
而且元气十足的汩汩溪水
通过树枝的茎脉攀涌而上，
急速地螺旋上升直冲树梢，　　　　　　　　　225
为了一穗娇嫩的绿叶，它
把它粉状的帽子作为交换；
它看见了鸟儿喜乐的色彩，
并听见了鸟儿欢唱中的爱，
青蛙和蜥蜴身穿节日盛装，　　　　　　　　　230
海龟大胆地露出金色龟背；
当险崖和平原的喜乐呼唤
着江河湖海的雷鸣呼啸时，
我们听见了那细声的歌唱，

那是永不停止的虫鸣之声。　　　　　　　　235

像那汹涌澎湃的远古洪水
越过群山峻岭，直泻千里，
压弯森林胜似它盖过莎草，
跨过平原，流速更加迅猛，——
无际的浪涛，泡沫的浪尖　　　　　　　　240
围住了银白色的万里波涛，——
而潮水般的热浪奔腾前行，
向着北方的土地一泻千里，
描绘着一个个自然的天堂，
用叙利亚的香料陶醉牧草，　　　　　　　245
煽起神秘的火苗，并使之
长出蓝花耧斗菜和红花草，
向着北部地带慢慢地爬去，
那里许多毫无生气的小镇
像海边的乌蛤壳一样躺着，　　　　　　　250
或像驻扎在平原上的部队。
有一位千手雕塑家浇铸出
古怪的花蕾并折叠出花朵，
还有位千手画家在泼洒着
乳白的颜料和紫色的染料；　　　　　　　255
杜鹃花开满了岛屿的地面，
并映红了漫天的五光十色。

五月花环！为了春的幸福

五月节

今天将带来她所有的嫁妆，
善良的爱心、喜乐、优雅，　　　　　　260
掌管人类的婚姻之神许门，
深深地知道应该如何庆祝，
歌曲、色彩、星星和王国，
柔和的光线和青春的微笑，
庆祝那些迎接新年的婚礼。　　　　　　265
瞧！洪水般铺天盖地的爱
洒遍宇宙人间的每个角落！

春天，强壮而且品性正直，
大面积播种，快乐，丰富，
能透过地面表层催生稻谷，　　　　　　270
因为那要比黄金更加值钱。
由于她的边界线又深又宽，
因此又长又广的仲夏之日
必须对这颗行星赔付超过
一年战乱造成破坏的损失。　　　　　　275

请斟满酒，你甜蜜的管家，
并让大家品酌这众神之酒；
在雾凇上打滑半天的双脚
终于高兴地踩在了地面上。
再加上让每种事物都充满　　　　　　　280
善与德，而且是随心所欲，
让每种事物都加上，根据

自己的命运让其充满美德——,
柳树和赤莲,少女和男人。

苦中有甜,那难忘的气氛　　　　　　　　　285
四处传播,而且到处扩散;
它捕食一切,被一切捕食。
它美丽绽放,且智慧思索,
叫强者更强,并赋予创新,
让旅行者期盼印第安天空,　　　　　　　290
它所到之处,这支信使队
就让所有人心怀甜蜜盼望,
仿佛明天就一定能够赎回
那夜晚梦中已消逝的玫瑰。
屋外是一个更鲜绿的世界,　　　　　　　295
男人女人的面庞更加红润,
仿佛时间老人每年五月就
带给青春少女新鲜的补给,
夏天的来临又让少女成熟,
变成一种永不褪色的美丽。　　　　　　　300

成片的石松出现绿锈斑点,
枫树的树梢呈现深红色泽,
松软的路上留下清新脚印,
姑娘的脚印更加清晰齐整。
从霜冻中松动开来的卵石　　　　　　　　305
叫唤着让那顽童把它抛掷。

五月节

一颗心在一块盘石上跳动，
善良的大地收养了这孩子，
绿色小道是这孩子的朋友，
低矮树叶能听懂他的吵闹， 310
清新的地面喜欢他的脑瓜，
空中回荡着他高兴的呼喊，
潺潺的小溪让人欢欣雀跃，
他潜下深水，又爬上峭壁。
这少年所到之处都保平安， 315
并能用各种语言说出玫瑰。
林中的苍蝇发出嗡嗡笑声，
嘲笑远处传来猎人的叫喊；
小树枝上挂着香喷喷浆果，
唤起一些遥远模糊的记忆。 320
无数个花环组成微妙链条
带回一个又一个遥远记忆，
而且，为了变成人，蚯蚓
想方设法爬上了各个山顶。

看着春天含苞待放的花蕾， 325
我一步步、一天天向北走，
向古老庄重的绅士们行礼，
排成纵队，像列车般整齐。
那么，这些旅行者是谁呢？
夜晚和白天，白天和夜晚， 330
朝圣者们的步伐勇敢坚定。

我发现日子变了而且无聊，
被寒冬和大雪压弯变短了；
欢乐春天给它们抛去花环，
花环欢快，充满花蕾花冠； 335
鲜花朵朵，加上叶芽片片，
气味鲜美，叫人心旷神怡，
它们从鞋帽上荡下了雪花，
同时穿上四月大地的盛装；
并且装扮出那些永恒形态， 340
经受过千万次风暴的考验，
再次被发射到至高的天空，
像青年人一样欢快地起舞。
我看见他们用假面具遮丑，
薄纱遮住身旁温顺的眼睑； 345
如没人反对，我说出想法：
仿佛是说天上永恒的神明
腻烦了那满天星星的日子，
把他们的尊严用绣满彩色
飞蛾和郁金香的布裹起来。 350
戴面具的人走过绿色地毯，
走过五月特意装扮的拱门，
每颗星星、每一神和德行，
每一喜乐和品德突然加速，
在她的队伍里整齐地行进， 355
而眩晕的大自然根据需要
又被完完整整地重新创造。

五月节

那是个酿制葡萄酒的日子，
给诗人们准备了神奇佳酿；
每棵树木及其树干和裂缝
涌流而出的果酱满到边缘；　　　　　　360
新鲜的空气流进街头巷尾，
让智者清醒，叫傻瓜自新，
而且把欢乐的储备都暴露
给那位在中学授奖的男孩：
从学校礼堂一直跑回寝室，　　　　　　365
少年到姑娘，男孩到男人，
到儿童，再到老人的眼里。
那老人说，"云彩啊，再来，
你那万紫千红的空中角楼，
曾让孩童时的我如痴如醉，　　　　　　370
如今的咒语仍然叫我陶醉。
我知道你特别善于为总体
的希望以及欢乐保驾护航，
送到简陋朴素的角角落落，
给书架上投去鄙视的目光，　　　　　　375
蔑视农家牛棚、草场管道，
或一堆堆蹦蹦跳跳的木柴。
我不管你展示的壮观景象，
只要它们是些真实的展示，
或者假如远方日落的王国　　　　　　　380
能焕发出自然大气的气象。
而且假如你允许它用一朵

金光四射的彩云来欺骗我，
就像用旧欢乐医治旧悲伤，
新悲伤只能等候新的安慰，   385
诚然，我将成为你的客人，
记住你的变化并为你喝彩。
世界还有很多很多的痛苦，——
假如大自然再度赐我欢乐，
我将不再抱怨这样的欺骗"。   390

啊！我十分在乎这本日历，
诚实可信，一千年都不变，
那些色彩鲜艳的花卉品种，
准确的日期，精准的时刻，
按照宽广的日晷计算时间，   395
绕着装饰秀美的黄道宫图。
我知道那漂漂亮亮的年历
记载着那些鸟儿每年准时
千里迢迢迁徙回家的历程。
昨天早晨，我标记出它们   400
像一群鸣叫的燕雀猛然地
从水晶般的苍穹俯冲而下，
鸣雀成行，仿佛风笛成队，
酷似它们去年离别的行列，
从远方橡树或落叶松飞来；   405
那些微黑的燕雀成群结队，
自由地向着北方高空翱翔，

五月节

突然间所有的燕雀都飞向
它们各自在墙壁上的洞窝,
或飞向扎在苹果树的鸟龛。　　　　　410
我向这支来自远方棕榈树
和古巴蔗田的合唱团致敬。
大自然最精美的秘密小屋,
挂着热带清晨湿润的露珠,
可爱的孩子、诗人和春天,　　　　　415
啊,鸟儿带来你们的美德,
歌曲、形态、节奏的飞行,
你那令人欣喜若狂的神态,
营巢于树篱、谷仓或屋顶,
编织着你防风挡雨的爱屋,　　　　　420
饶恕我们的伤害,仍屈尊
把人当作一个愚蠢的朋友,
而且慷慨地给愚笨的人们
传授了勇气、正直和优美!

诗人赞美秘藏已久的佳酿　　　　　425
藏在我们汲取的乳液之中,
那是时间老人设下的屏障,
当我们的新生来临的时候。
我们已经尝了仙人的果子,
从头到脚都变得活泼轻快,　　　　　430
所见到的形式都异放光彩
宛如那里挂满了钻石露珠。

这是一种何等昂贵的欣喜，
博物馆里的牵强怎能比拟？
墙壁上那金光四射的阳光　　　　　　　435
把更深刻的喜乐洒向人间，
远远胜过那狂欢节的狂欢。
较之大理石砌成的大剧院
我们更喜欢一片松树林子，
锦葵树上能与神共进晚餐，　　　　　　440
不在乎什么香料什么美酒。
薄雾和彩虹织起来的花环
跨过道道拱门和阴森大地；
鸟儿在树林中的一声鸣叫
让人脉搏跳动，激情四射，　　　　　　445
山谷之间回荡的羊角号声
使这一带充满浪漫的故事。
没有人知道这清晨的空气
是何等甜蜜，是多么高尚；
每种话音都带着情感颤动；　　　　　　450
不管是树林中鸟儿的鸣叫，
或追着皮球的男孩的叫喊，
胜过吟游诗人的高超技艺，
而庄稼汉不假思索的呼喊，
公牛的哞叫、羊群的咩叫　　　　　　　455
和细木工人锤子的敲击声，
都比他们的愿望更加柔软。
所有令人不快的冲突化了，

五月节

所有不和谐的音调消失了,
虽然你的话仍然尖锐刺耳,　　　　　　460
像锉刀在钢材上的粗锉声,
可这就是这里空气的德性,
回声在等候着艺术和谨慎
并将修复歌曲的不足之处。

在那遥远的苏必利尔湖畔,　　　　　　465
在麦基诺山河之间的回响,
当北方风暴震动山谷森林,
冲破漫长海岸线上的波涛,
充满灵性的空气一个音符
一个音符分辨出刺耳声音,　　　　　　470
用她那丰满的乳房去抚平
所有那些神圣的语言文字,
将那些净化了的和谐话语
传送到那幸福的耳朵之中。
奇妙地来自咆哮波涛中的　　　　　　475
轻音乐吓倒了印第安勇士,——
孩子听见女修道院传出的
吟诵穿透了美洲豹的洞穴
并回荡于无法通过的荒野。

有一位音乐家他确信无疑,　　　　　　480
他那聪颖的智慧从未失败,
他从未尝过不圣洁的美酒,

也从未低头于脆弱的激情。
岁月不能够遮蔽他的记忆,
悲伤无法让他的音色失调,　　　　　485
按照音阶标尺的范围排列,
从欢乐到内心悲叹的音调,
在他那狂风呼啸的洞穴里,
调和着他所有音调的音高。
他熟悉所有这些寓言故事,　　　　　490
并且能够讲述它们的缘由,
了解大自然最罕见的情绪,
她永远在沉思着她的秘密。
男人的女神缪斯是娇羞的,
不经常主动去向对方求爱;　　　　　495
在市场的广场和许多地方,
遇见求爱时,她总是沉默;
但我的吟游诗人能说会道,
能够说出各位神明的意图,
知道先知圣书中那些咒语,　　　　　500
了解天地日夜的更替规律,
女孩和男孩们内心的想法,
那悲痛和欢乐之间的情感,
以及所有那些关于亚瑟王
与他的骑士们的圆桌故事,　　　　　505
以及在恒星测定的年份中
大海和大地间的那些交谈。
他能够道出他所有的知识,

五月节

仿佛是他梦幻的疯狂数据,
调节着所有走极端的现象,—— 510
这片青草地的话语点亮了
那些心中充满信仰的孩子;
给孩子歌唱的只能是孩子,
春天在青春面前才是春天。

谁是这位如此夸张的诗人? 515
他何时歌唱?到哪去等他?

诗人尽情享受的诗之精华
就是你在我身边的窗户上
看见的那把风神用的竖琴。

啊!埃俄罗斯的风弦琴呀, 520
你的乐曲是多么奇妙智慧!
青春的欢乐,青春的欢乐,
(艺术甜蜜,真理更甜美),
在夏日夜晚的舞会大厅里
命运和美妙乐曲相互交织。 525
从开篇充满渴望的弦乐起,
乐曲洪亮高昂,气势磅礴。
但谁热爱风弦琴的曲调呢?
这位诗人怎么也不会过分
喜爱这风弦琴的神秘乐曲, 530
带着它那远古的原始记忆,

述说着古代吟游诗人关于
被锁在风琴里的默林故事①，——
默林为了偿还罪过的痛苦，
被囚禁于一个空气的地牢，   535
有人设法听见了他的声音，
痛苦的言语，恐惧的呼喊，
但把一切寄托于美妙乐曲，
宛如诗人悲叹的诗文所致。
即便那颗回音贝壳能讲述   540
被遗忘的往事，并能劈开
未来以揭示他畏惧的乡亲
所隐瞒的事，那又能怎样？
它共享着神州大地的秘密，
以及大地身世的种种秘密。   545
用一种神秘语调所讲述的
不是自我而只是一些超神：
它颤抖着对宇宙的呼吸说，——
当它听见了，所以它就说；
顺服地遵守那原始的目标，   550
那是宇宙法则的原始语言。
而这，我这至少可以断言，
由于天才同样受各种限制，
所有唱诗班里都没有诗人，
不仅荷马自己，诗人之父，   555

---

① 默林（Merlin）：中世纪传说中的魔术师和预言家，亚瑟王的助手。

五月节

和弥尔顿忧郁的快乐颂诗,
或者莎士比亚,聪明至极,
或柯林斯诗中的温柔痛苦①,
或拜伦笔下那嘹亮的鄙视,
或司各特豪爽男孩的喜乐,   560
或华兹华斯和潘的声音②,——
这些人中无一人能够写诗,
或者能够用诗歌叙述至今
仍令人陶醉的景象和声音。
那男孩在山里的春天见闻,   565
在穿越橡树林时他听见了
哨鸟儿阵阵尖叫般的质问,
沉重的松鸡突然叫声呼呼,
翠鸟咔嚓咔嚓走路的声音,
看到天黑之后在帐篷门帘   570
外的一片低地上生起篝火;
或者看到了那愚昧愁苦的
远方冉冉初升的一束彩霞。
大自然发出来的这些音节
和他内心深处觉醒的思想,   575
除了在他耳边的风琴乐曲,
就再无法发出恰当的声音。
假如那根沉默许久的琴弦

---

① 柯林斯(William Collins,1721—1759):英国诗人,以新古典时期文艺形式表现浪漫主义的情感和主题,代表作有《波斯牧歌》4首和《纯朴颂》等。
② 潘(Pan):希腊神话中人身羊头、头上有角的畜牧神,爱好音乐。

能够像从前一样再次颤响，
它那特尔斐和弦就能告诉 580
我们自然何以被灵魂拴住。
不久以前，就在黄昏时分，
我这么听着，仿佛一扇窗
在我的身边打开，说实话，
我向前朝着青春田野望去： 585
我看见英俊少年骑着骏马，
我知道那五颜六色的野草，
被碎裂的命运隐瞒了很久，
我青春的伙伴，然非伴侣，
远比我要更加强壮和勇敢， 590
着装整洁，优雅并且聪明，
而且从现在起更令人羡慕，
伴随他的不是别的而是爱，
是一种他们从未知晓的爱，
虽然带着冷酷害羞的激情。 595
啊，欢乐，多珍贵的复苏！
新生，我吸着乐土的空气，
看着初开欢快的青春花朵，——
我的梦未灭，凸出的坟墓！
或者我教你，春天！生命 600
从泥土里复苏的伟大反冲，
已去除了凡人致命的腐坏。

蒙蒙烟雾伴随着南风吹拂：

五月节

在你那敞亮神秘的大车前
敞开着蛋白色的无限日子,　　　　　605
并且随风给人传送着奇迹。
为古老神明预测未来的人,
修复伤害带来的灾难的人,
揭示内心深处的力量的人,
普罗米提出,朱庇特拒绝①;　　　　610
揭示出一些极真实的珍宝,
或者一些明天应有的东西;
用各种各样花的语言说话,
用会多种语言的月桂说话,
用金黄鹂鸟的歌曲来歌唱,　　　　615
鸟儿的心在追寻着人的心,
珍宝窃窃私语的迹象藏在
清晨尚未打开的眼皮之下,
就在远处忽隐忽现的群岛
最远边界处那朦胧的天际;——　　620
谁能像你训斥我们的胡闹,
或者嘲笑我们腐朽的希望?
或谁能像你一样说服我们,
把清晨美丽壮观的空气和
闪烁的露珠变成一个陷阱?　　　　625
或者谁能够像你那样谴责
你的天才、诡计以及奉承?

---

① 普罗米(Prometheus):普罗米修斯。

从来没有任何雄辩家能够
像你一样成功地通过劝说
而吸引那些少年或者少女：   630
你的小鸟儿、歌曲、小溪，
你的风、花朵，你的种类，
你在荒野上的回声，缓解
痛苦、年龄、爱情的苦恼，
唤醒暗淡意志和英勇精神。   635

春天啊！因为你能够修复
至高的神最初创造的一切。
永远做他的臂膀和建筑师，
在废墟上重建，修复瑕疵；
你是能够以新换旧的丹师，   640
能使大海和天空变得更蓝，
能给鸟儿的羽毛着上新色，
并让吃草的牧群减缓衰弱，
能在陡峭山上把废墟扫光，
在清泉的源头把急流洁净   645
净化污染城市的高山空气，
把更美丽的孩子还给母亲，
而且换了新的心脏和脑筋，
驱散了懒惰，洗净了污点，
年迈的眼睛变成明亮太阳，   650
把伟大带给那离别的灵魂。
在各种柔情中，我的春天

五月节

戴上全能自然君王的面具，
从巨大深渊直到黎明朝霞
有了一种彻底搜寻的能量； 655
进入我们人类所有的苦境，
灵魂的朝圣和溃退的逃跑；
不论是城市还是偏僻乡村，
一步步，把坏事变成好事，
既没有停止，也没有休息， 660
把较好的东西变成了最好；
播种下那纯洁知识的种子，
在地上成熟，在天上恒久。

阿迪朗达克斯①

一则日记
献给我的旅伴们
1858 年 8 月

聪明而且彬彬有礼,假如我给
他们画几幅画像,你就会承认,
这么好的旅伴乔叟都不曾有过,
薄伽丘《十日谈》也未曾见过。

我们和朋友们渡过尚普兰湖,来到基斯维尔, 5
从那里,我们乘上农庄牢固的大马车,顺着
奥塞布尔河的支流向上旅行,目标是能到达
阿迪朗达克的湖区。来到马丁湖的湖滨一带,
我们选好了船只;每人一条船还有一个向导,
我们的陪同告诉大家,一共十人,十个向导。 10

---

① 编译者注:爱默生的《阿迪朗达克斯》("The Adirondacs")一诗最早发表于爱默生 1867 年出版的诗集《五月节》(*May Day*)。Adirondack Mountains: 阿迪朗达克山脉,位于纽约州东北部。

阿迪朗达克斯

次日清晨,我们挥舞双桨,划过萨拉纳克湖,
满载苍穹的祝福,我们一直划到了朗得湖区,
在那里,所有神圣的群山都让我们流连忘返,
塔哈武斯、锡沃德、麦克因泰尔、鲍尔黑德,
还有其他不曾居住过女神或未被命名的大山。 15
船绕过这些气势磅礴的旅伴,我们心旷神怡,
头上戴着的不是花冠而是用群山织成的花环,
一条条船越是向前,我们之间的距离就越远,
仿佛我们每一个人都能直接听到上帝的谕旨。
到了上午时分,我们这支船队兴高采烈地穿 20
过了那如同枪首刺刀一样闪光的一排排红旗,
穿过了金色飞蛾经常去的一个个海寿花花坛,
穿过了金白相间香气扑鼻的一片片百合花丛,
野鸭白天在那觅食,鹿群夜间出来寻找食物,
我们继续向萨拉纳克河的上游划去,向上划 25
到佩雷拉圭特河,直到一个窄小弯曲的水道
曲折迂回于四周长满水下青草的一片片浅滩,
再过两英里长着灯芯草、浮叶和海绵的水道,
于是,我们划到福兰斯碧水域和卢恩湖湖区。

接着,我们继续向北划过整个福兰斯碧水域, 30
在低矮的群山中,生长着茂盛的山毛榉森林,
森林的山脊绵延不断,向着湖边缓缓地倾斜。
稍作休息和商量:接着,在东头的湖泊附近,
出现了一个湖湾,朝着陆地的方向凹了进来,
湖湾两旁耸立着两座石壁,我们在那上了岸, 35

并且趁着那里山毛榉森林中正午时分的暮光
抡起第一把斧头,其回声是那里从未听到的,
我们砍倒了些小树,做船上的撑竿和横座板,
又剥下些云杉树皮,做成屋顶以便挡风遮雨,
然后用石头撞出火花,并且点燃了一堆篝火。   40

这里的树林因为有百年老树而变得无比珍贵,——
橡树、雪松、枫树、杨树、山毛榉、冷杉木、
椴树和云杉。从严格的意义说来,在那一带
生长着三种针叶松,白色的、树脂的挪威松,
分成了五叶的、三叶的和两叶的三种针叶松。   45
我们最大一棵松树的干围达到了十五英尺长,
最长的枫树干围达八英尺,像一座优雅的塔。

"欢迎!"树林神似乎通过树叶在沙沙地呼喊,——
"欢迎,虽然迟了,且素不相识,但我知道"。
夜幕降临,天上星星透过枫树枝叶正在眨眼,   50
星星挂在外面燃烧的篝火上方,像一朵云彩。
千年腐烂的古树树干,仿佛是月光下的斑点,
整个树林的地面上被带有磷的光亮照个通红。

十位学者,习惯于躺在温暖和舒适的卧室里,
而且卧室的墙上悬挂着各种精美优雅的饰品,   55
在这却像索克人和苏人躺在铁杉树枝上睡觉①,

---

① 索克人[Sacs, 即 Sauk(s)]:北美印第安人,原居住在密歇根州、威斯康星州一带,现居住在俄克拉何马州及艾奥瓦州的保留地;苏人(Sioux):美国北部和加拿大南部的印第安人,即达科他人。

阿迪朗达克斯

并且毫无疑义地接受了这种充满欢乐的变化。
虽然大自然只能慢慢地来恢复她原始的质朴，
但是她能让她的儿子有如此迅速的应变能力。
在深海处，海员水手们就不会感觉到寒冷了①；　　　　60
而在深山老林里，这些未经日晒的娇贵学者，
睡在芳香的树枝上，如同躺在鸭绒床上一样。
他们拂晓起床，仿佛回到了他们的童年时代，
心中幻想着眼前的微风正环绕着他们清爽地
吹拂着他们的森林盛装。更加幸福的是他们　　　　65
把一大堆的职责以及盟约统统都抛到了脑后，
这是他们登上这一段重大人生台阶的第一步。
这些石头上没有标示牌告诫人们要保持距离，
门上没有安装门铃，来报告一位客人的来访，
也没有送信的人在门口等待，没有信件来往，　　　　70
没有耕种，没有收割，也不存在任何买或卖；
这里的霜冻闪闪发光，但不会冻伤任何作物，
即便是倾盆大雨也不会对任何假日造成破坏。
在那里，我们都被变成了森林法则的自由人，
全副武装，像大自然一样，适应了她的要求，　　　　75
尝试着她所能表演的一切。

阿迪朗达克湖区，
在上午或者中午时分，向导总是光着头划船：
鞋子、法兰绒衬衫、克尔赛呢裤，这些就是

---

① Off soundings，即 out of soundings，在深度 600 英尺以外的水域，在深海。

他临时的特殊衣装：在夜晚，或者在下雨天，
他身披一件男式长夹克衫，但他上午不穿它；　　　　　80
他的右手握着一把短桨，或是一把长的船桨，
而左手握着一把枪，那是他必要的防身武器。
我们开始轮番赞美我们的向导们的形态特征，
他们竞争对手的力量和动作的敏捷性，他们
划船、游泳、射箭以及扎营住宿的各种技巧，　　　　　85
还有如何爬上一根光秃秃没有树枝的高树干，
足足十五英尺高，并把树梢上的小鹰取下来；
如何从容冷静地去面对狼、熊或者是美洲豹，
并且有足够的智慧采用哄骗方法把它们抓住。
男人们身体强壮、脸色红润，并且欢乐天真，　　　　　90
冬天，他们是伐木工人；夏天，给人当向导；
他们肌肉发达的手臂不停地划桨，不知疲倦，
从早晨到晚上，他们每人都能够划上三万桨。

瞧瞧你们自己，全部都是些完美优雅的绅士！
可是眼下这个地方却没有都市的气氛和艺术。　　　　　95
你们的地位暂时保留起来；让男人或者服装
向那些身穿劳动服装的强壮结实的粗人鞠躬：
他们才真正是医治这荒无人烟的旷野的医生，
相形之下，我们不过是一些不值钱的门外汉。
无疑，红色的法兰绒衣服就是个无礼的证据，　　　　　100
因为没有人能穿上它而安然无恙，不受惩罚。
先生啊，是什么让你在划桨时感到束手无策？
你能够捉住螃蟹吗？在这里，真理挑战矫饰。

阿迪朗达克斯

山毛柳才知道编制篮子师傅的手指是否灵巧；
船桨才知道向导的技巧。你敢接受他给你下　　　　　　　　　105
达的命令，去寻找一个泉源，去抓几只狐狸，
去测算太阳的时间，去测定正南正北的方向，
或者跌跌撞撞地穿过一片片漫无边际的树林
在夜色中去寻找一条能通往营地的最近的路？

问问你吧，时间是如何一小时一小时地过去？　　　　　　　110
一整天，我们划遍了整个湖，找过每个湖湾，
北从梅普尔营地开始，南到奥斯普雷湾为止，
密切注视着大声叫喊的猎犬追逐鹿群的地方，
或者用力鞭打波浪起伏的水面以捕捉鲑鳟鱼；
或者，像一群游泳者中午从岩石上潜入湖中；　　　　　　　115
从我们的枪声和喊声中能够听出挑战的回声；
或者，去听听一帮乡巴佬所讲述的笑话故事；
或者，乘着黄昏暮光发出最后一缕红色霞光，
观赏着那连绵不断的松林所构成的壮丽景观；
或者，稍微晚点，在诱捕动物的篝火灯光下，　　　　　　　120
在渔船的船头，有位沉着冷静的夜间狩猎者
轻轻地划着短桨，悄悄地进入一个红鹿群常
去觅食的地带，瞄准一个笨拙模糊的雾状物。
听吧，那低声的吼叫！那片树林里的一棵树
被砍倒了，但是，听着！它并没有吓住那只　　　　　　　　125
为流星的星光而感到惊诧并站着不动的雄鹿，
然后才转身跳跃地离开，难道这就太迟了吗？

我们的英雄们曾经使用步枪瞄准前方的目标，
六标尺、十六标尺、二十标尺或四十五标尺①；
有时候，他们机智风趣，玩起了突围和反击，   130
突如其来的笑声紧跟着他们手上步枪的枪声；
或者游戏双方丈量了附近的几个上行的山坡
争先恐后地四处寻找着一个人们传说的湖泊，
我们给这个传说中的湖泊里未经证实的波浪
取了个名称叫作"可能湖"，我们的红榴石，   135
寻找已久，却不曾发现。

              营地里的两位医生，
解剖了一只被宰杀鹿，给鲑鳟鱼的头脑称重，
捕捉到了一条蜥蜴、一条蝾螈以及一条鼩鼱，
还有螃蟹、老鼠、蛇、蜻蜓、米诺鱼和飞蛾；
他们将渔网抛向空中，然后在水里撒网捕鱼   140
的技巧似永不满足，无可挑剔，且从不失手；
同时，一大壶沉重得都难以举起的酒精饮料
也把所有这些种类的动植物统统送上了西天。
同样，那位抱负远大的植物学家在寻找植物，
包括红门兰、黄龙胆、羊齿蕨、长叶灯芯草，   145
像玫瑰花一样的蓼属植物，那是湖边的骄傲，
羽状苔藓、真菌、蘑菇、海绵和苔藓类植物，
或在瀑布群的峡谷上频频点头的圆叶风铃草。
峡谷之上，天空中飞着老鹰，鹗鸟在尖叫着，

---

① 标尺（Rod）：标杆，长度单位，即5½码或16½英尺。

乌鸦呱呱地叫着，猫头鹰在鸣叫，啄木鸟在　　　　　　　　150
大声地锤击啄木，鹭鸟从沼泽地里频频飞起。
正如潺潺的溪水从山谷间的洼地小溪里流过
去滋润湖泊和溪流间丰富多彩的动植物一样，
自然同样毫无节制地从山河湖海的各个角落
将她所有的美酒向人间。

　　　　　　　这个王国的诸神们，　　　　　　　　　155
虽然这里的日子受黎明和日落的限制，但是
这里的每一个钟点都胜过前一个钟点，并且
以其奇迹般的壮丽景观使每个日子更加完美，
我们必须感到骄傲，就像是森林之神的伙伴。
我们仿佛都是黄道带十二宫中神圣的居住者，　　　　160
我们呼吸的是阿尔比斯山上如此纯净的空气，
我们眼前来回飘移的画卷是如此轻盈和崇高。
我们腾云驾雾，对远方的城镇和城里人犹豫
不决的样子及其天大的琐事不屑一顾，我们
计划依靠自己的努力建造一个宽敞的住所并　　　　　165
计划从现在起我们必须带着自己的孩子回来，
从此以后，他们更加愿意，也更加精明能干。

我们吃着粗粮，睡着硬床，生活艰苦得滑稽，——
到处可见双翅飞舞的小昆虫、蓝蝴蝶和蚊子，
在我们脖子、双手、脚踝上画上一道道红圈：　　　　170
然而，第二天，我们就不再在意这些小虫虫，
不仅如此，还夸奖它们为我们得力的雇佣军，

尽管我们早些时候给它们贴上了恶意的骂名；
因为有谁能够保护着我们用树叶遮盖的住棚，
让我们能够预防这群冒失旅者们的突然闯入，—— 175
除了这些小昆虫、蚊虫和蝴蝶，又有谁能够
刺痛那柔软幼嫩的肌肤城堡，让人无法忍受，
而我们已经学会了燃起熏烟的火堆进行驱虫，
或者戴上面纱抵挡蚊虫，或者蔑视不予理睬？

我们拿着猎人使用的盆子喝冒着气泡的啤酒， 180
艾尔啤酒，还有点红酒。管家给了我们一些
鹿肉、鲑鱼、土豆、扁豆和混合粉做的面包，
大家都吃得津津有味，而且，即便有什么不
符合他们的世俗习惯，他们同样喜笑颜开地
用猎人的胃口和长久的笑声弥补其中的损失。 185
此外，斯蒂尔曼，向导的向导，及康茂多尔、
克鲁索、克鲁萨德、派厄斯·埃尼亚斯喊道，
"消化不良的慢性病从来就不是因为你吃了
什么难以消化的食物"，随后有人低声抱怨，
但是其他人都为他鼓掌，因为他说出了真话。 190

毋庸置疑，只有更加严肃的思想的不断闪烁，
在这些人的灵魂深处，借助这个家里所有的
暗示和光荣的事情，抑制了最为动荡的高潮。
因为又有谁能够讲清有哪些突如其来的秘密
被人跟踪并被人发现，而且是在这些暂时从 195
他们的工作中被解脱出来的学者的呐喊之中，

阿迪朗达克斯

并且被带进这俄瑞阿得女神保护的天堂之中，
就像一座城市里大街两旁的一座座大小教堂，
那些憔悴的劳动者能够从那里悄悄地溜进去，
擦擦额头的汗水并沉思片刻那天堂般的安宁。 200
请判断自然是如何分别给每个人讲述了那些
甜蜜的惊叹，而且为了那些指向家园的神圣
经验，将她那可爱的面孔展示在人们的眼前，
并且就像人们在睡梦中游览和观察夜晚一样，
因此通过世界上所有生物自己的形态和方式， 205
一种神秘的暗示就会贴近某种警戒并且说话，
声音听得不太清楚，但唤醒了一种新的感觉，
迎来了一种新的认识，一种新旧融合的认识。
听那任性的唧唧声！为何叫柔和的歌者烦恼？
瞧他那变幻莫测的吸引人们眼球的各种方式。 210
你这焦躁不安的鸟儿，你现在又飞入了云霄。
你为啥要在那蓝色的飞翔中追寻更蓝的蓝光？
你为啥要在那纯洁的空中寻找更纯洁的天空？

啊，世界啊！现在，这天空已经发生了变化；
什么样的图画和什么样的和谐才属于你的呀！ 215
天上的云朵色彩丰富但显深色，且空气宁静，
因此就像我的灵魂一样，仿佛这不就是我吗？
一种多愁善感的心态要胜过所有的莺歌燕舞。
人们内心甜的伤感总是伴随着甜蜜的回忆，
或者存在于对朦胧岁月的展望之中，不是吗？ 220
就像远方那伴随着云彩缓缓飘移的悬崖岬角，

四周环绕着的紫色彩虹千姿百态,美不胜收,
在所有那些美轮美奂的周边景色中异放光彩。
而且那里的每一天生活都充满着浪漫的故事,
每天夜晚都能看到一颗颗心灵之星冉冉升起,　　　　　225
给每一个人的心灵独自照进一缕私密的明光。
那弯下身子来的天空每天都在给人发出邀请,
那一年四季在用它们的战车载送他逃离流放,
那彩虹时光把他闪烁的交椅装扮得分外美丽,
那一阵阵狂风暴雨驱策着一个个沉重的星期,　　　　　230
由于太阳急着要下山,所以地处更远的星星
召唤着那位流浪的人走向他更加宽阔的家园。

我们用一支朱红色的铅笔标明了那一个日子,
当我们这一支小舰队中的三艘巡航的小划艇
划进了大塔珀湖,奔着博葛河上那声音巨大　　　　　235
而且泡沫漫天的瀑布而去,突然间迎面遇见
我们团队的两名队友,他们快速地划桨返回。
其中一位手上高高地挥舞着一本印刷的杂志,
他的动作深深地吸引了一位后到游客的注意,
杂志上刊登了一条重大消息,他大声呼喊着　　　　　240
全世界期盼已久的报道,现在成了铁的事实,
那是一则关于这片海域架起海底电缆的消息,
它的一个端头就在我们的岸边,而且有节奏
地喷发着韧性的火苗。人们欢欣鼓舞的呐喊
响彻云霄,从一条船传到另一条,回荡四周,　　　　　245
人们欢呼这一奇迹。人类思想新发明的这一

路径从此将与人们走过的所有道路形成互补,
它能用一个艺术地带来与上帝的赤道相媲美,
并且将人类公共的行为提高到一个新的高度,
值得让苍穹中每一朵云彩都来见证这一奇迹,   250
当相互连接的两个地球半球证实了他的行为。
在宇宙间最长最长的生命长河中,我们只能
拥有很少很少像这样充满喜乐和奇迹的瞬间,
而且我们与那种离群索居的生活也不相适应:
一种喜悦的爆发,仿佛我们对着人们智慧的   255
耳朵讲述了这一事实;仿佛那灰蒙蒙的岩石
和那片雪松林和那个湖及湖边的悬崖都知道
这一智慧盛宴、这一人类所做出的伟大壮举;
仿佛我们人类自己是在透过一层面纱诉说着
一种如此之大的同感,以致与万物融为一体,   260
而且这种最为微妙元素的首要目标似乎已经
圆满地实现。醒来吧,这些充满回音的洞穴!
让那隐约的白日月光屈身靠近!远处的雷声,
让它们听清!这是它们的声音,也是我们的。

突然,远处传来一阵阵震颤声音,仿佛来自   265
阿尔普山和安第斯山脉、小岛和大陆的深处,
敦促着那受到惊吓的混沌,并使其兴奋起来,
变成一个智慧的人,或者服务于智慧的人脑。
天空的闪电已经毫无节制地闪烁了很久很久;
他必须到学校里去学习如何使用动词和名词,   270
并教会他如何聪明灵巧地去挣得自己的工钱,

用自己蒙恩受导的话语来传递各种人类信息,
那些从这个浪花翻腾的盐海深渊发出的消息。
然而,即便是我们的医生,具有强大心脏的
男人,以其在他船上的那种男子气概的乐趣, 275
我注意到一个不满意的影子(或许我错了);
或许这对整个人类而言不过是个慷慨的耻辱,
仿佛这运气压根儿就不是个理所应当的好运,
因为命运总是从足智多谋中获取最多的好处?
这是不是市民和学术界之间一种群体的赌气, 280
就像存在于人们记忆中一种挥之不去的伤害,
这种伤害不是大学教师们,而是那些乡巴佬
十年前在加利福尼亚发现金矿时就发现的吗?
然而,现在,一个由贪得无厌的投机商组成
的公司,再一次由一些商贸合股子公司领衔, 285
有悖常情地从店铺里借到了各种各样科学的
工具,而不是从哲学家们那里借用哲学工具,
并且已经赢得历史上最为辉煌和闪亮的桂冠。
事情向来如此,将来也是这样,手脚与脑袋
之间始终是对手:但是,尽管一边进步神速, 290
而另外一边却进步缓慢,这边是普罗米修斯,
而另外一边是朱庇特,然而,不论如何隐藏,
其结果是另一边从朱庇特这边盗走他的圣火,
而且,假如没有朱庇特,这好事永不会发生。
这不是那些北美印第安易洛魁人或食人部落, 295
而永远是那个满脸喜气洋洋充满自由的种族,
并且这些人同样受到他们最聪明的人的教育,

阿迪朗达克斯

他们不仅创造了英雄业绩，而且提升了人性。
别让他为他最有资格享受的权利而感到痛苦，
不，不应该再让他感到痛苦，应该让他狂喜，　　　　　　300
是的，我们应该种下能结出最好苹果的果树，
种下并用酒来浇灌它，而且应该毫不怀疑地
关注不论是你的儿子们或是陌生人吃了果子：
足够了，人类吃了足够的果子并已恢复活力。

虽然我们逃离了城市，但是我们带走了城市　　　　　　305
中最珍贵的东西，这些知识渊博的分类学家，
人们知道自己在找什么，专家们装备的眼睛。
我们称赞这位向导，我们赞美这林中的生活；
但是，难道我们要牺牲我们来之不易的学识，
那些来自书本和艺术和社会实践的全部知识，　　　　　310
或者把这位苏人当作那位博物学家阿加西吗？①
不，我们绝不！请见证那震动整个荒无人烟
的塔珀湖的喊声；请见证这位快乐的游客所
表现出来的那别来无恙的缄默，可当他站在
印第安荒野上那悬崖峭壁的边缘时，他就能　　　　　　315
听见贝多芬钢琴曲的音符像潺潺的溪水一样，
从一间小木屋里的一位音乐大师的手中传出。
他喊道："弹得很好！""那头熊被人控制住了，
那头猞猁、那条响尾蛇、那洪水、森林火灾；

---

① 苏人（Sioux）：美国北部和加拿大南部的印第安人，即达科他人；阿加西［Agassiz（Jean Louis Rodolphe，1807—1873）］：美籍瑞士博物学家和地质学家，从事冰川活动和绝种鱼类研究，促进了冰期学说的发展，著有《关于鱼化石的研究》《冰川研究》《美国博物学论文集》等。

所有这一切可怕的天敌、疟疾、饥饿、寒冷，　　　　　　　320
有了这云杉枝叶编织的屋顶、这土木的墙壁，
就有了这荒野里的大农场所需要准备的一切。
让我们祝愿这些令人快乐的艺术品快速制成，
那些原本在荒野上根本就不可能实现的事情
现在在这四面墙壁之间又再一次变成了可能，——　　325
各种文化、各类图书馆以及各样的神秘技巧、
传统上各类大师的名望和声誉，以及年轻人，
不论是个人还是集体的，他们热衷于拼搏的
精神，相互竞争、相互超越，甚至强求喝彩。
思想把一个新生的巨人从她的睡梦中唤醒了。　　　　330
让古老的车轮转起来！时间开启了新的征程，
滚滚向前，去迎接那新千年更大的创造能力。"

这些假日让人们收获满满，但总要有个结束；
八月的夜晚有一种清新凉爽的空气扑面而来；
各种责任也随之悄悄然地进入了人们的心房；　　　　335
在那闷燃着的余烬之下，各家篝火即将熄灭；
不对，那些书信在我们的天堂里找到了我们；
因此，当我们兴高采烈地奔赴新工作的时候，
我们捣毁了营地并离开了那一片幸福的群山。
那一颗为我们升起的幸运之星永远不会落下；　　　　340
被人们奢侈挥霍的阳光仍旧普照在大地之上，
一条条江河就像孩子般蹦蹦跳跳地流向大海，
大自然，仍然像个谜，沉默寡言，不可思议，
人们允许她在此尽情享受她无限的长眠安息，

似乎又让她微微一笑悄悄地安慰她的孩儿们，
仿佛斯芬克斯的谜语之一已被人猜中了答案。

梵 天①

假如红脸凶手真认为他杀人，
或者假如被害真认为他被杀，
他们都没有理解其中的微妙
我保守，超越，又一再回头。

远离我或被忘却的却是近的；
阴影和阳光无异于同出一辙；
消失的诸神重现在我的面前；
羞耻和声誉也不过异曲同工。

他们把冷落我的人当作邪恶；
当他们使我飞扬，我是翅膀；
我既是个怀疑者又是疑惑者，
而且还是贵族们讴歌的颂歌。

大能的诸神渴望着我的住所，

---

① 编译者注：爱默生的《梵天》（"Brahma"）一诗最早发表于爱默生于1867年出版的诗集《五月节》（*May Day*）。

梵　天

古希腊七圣贤同样徒然苦思；
可是你啊，谦顺和善的爱人！
找到我，你便转身背离上天。

复仇女神[①]

你内心深处必须道出的思想
让你的面颊充满羞愧的红润；
鸟儿，无论翱翔于天涯海角，
还是云雾岛间，终归飞回家；
少女恐惧，可她的恐惧撞上
了回避却又陶醉其中的陷阱；
每个恋爱的或者骄傲的男人，
他的命运之道向来不会宽敞。

一把女人扇就能抚平海洋吗？
祈祷就能抚慰那冷酷的女神，
或者能够让霹雳声销声匿迹？
或者用蜡烛点亮漆黑的渊面？
复仇女神终将履行她的职责，
不顾高尚的道德和灵感诗神，
我们所有艰苦的斗争和劳作
都将被无端的烦恼紧紧缠绕。

[①] 编译者注：爱默生的《复仇女神》（"Nemesis"）一诗最早发表于爱默生于1867年出版的诗集《五月节》（*May Day*）。

命 运[①]

他牢牢地把握着自己的命运
支配着自己不论好坏的时运:
正如我不懂克伦威尔的权力
与权限那样,他自己也不懂;
假如他的马夫好歹和他一样,
对于他和他的马儿一无所知。   5
他劳作种地,与野蛮作斗争,
并与乡绅、地主、国王较量,
直到疑虑和恐惧后来告诉他
大不列颠并不藏着他的同伴: 10
遵守时间,人们最终从乌云
密布的宝座上拥有这位神明。
因为他的预见早已与那如此
重要的所造之物结成了联盟;
或说,即将出现的先见之明   15
与神所创造的世界如出一辙。

[①] 编译者注:爱默生的《命运》("Fate")一诗最早发表于爱默生1867年出版的诗集《五月节》(*May Day*)。

自 由[①]

我曾经希望能够在诗歌中
详细叙述来自自由的伤痛，
那过度紧张和劳累的奴隶
身体抽痛直至他挣脱镣铐。
可是上帝说："不要这样；　　　　　　　　5
别说出来，或者低声地说；
名和姓不可以轻易地透露，
礼物珍贵不可以轻易祈祷，
耶稣受难不可以随意表达
但需要子民们的呼吸获得；　　　　　　　10
然而，你定能发现那座山
那里闪烁着这位神的光芒，
他为茫茫大海和夕阳天空
送去无限令人惊喜的美丽
而且，当听见他时，能够　　　　　　　　15
唤醒野兽和野蛮人的人性；

[①] 编译者注：爱默生的《自由》（"Freedom"）一诗最早发表于 Julia Griffiths 主编的《自由手稿》（*Autographs for Freedom*, Auburn, New York, 1854）；1867 年，收录于爱默生的诗集《五月节》（*May Day*）。

自　由

假如在你心中闪烁，他能
将星星命运融入您的血脉，
让美丽的天使常驻你身边
并让你有大天使一样思想；　　　　　20
你现在知道自由的秘诀吗？——
不要去向肉体和鲜血打探；
不要为了衣食而消磨时光；
你感觉到了，就立即行动。"

颂歌,吟诵于康科德市政大厅①

(1857年7月4日)

啊,傲慢的日子温情地
叫他蓝色的瓮充满火焰;
浩大天空迎来一个黎明,
我们心中盼着破晓来临。

隆隆炮声连绵响彻城镇,   5
我们的脉搏也随之怦动,
喜庆钟声驱散澎湃高潮,
叫童声焕发出圣洁感动。

蓝色大旗为他迎风飘扬,
笼罩着整个大地和海洋,   10
多半个天空已敞开胸怀
为了接纳那自由的旗帜。

---

① 编译者注:为了支持"睡谷公墓"(Sleepy Hollow Cemetery)的活动,爱默生于1857年7月4日,在康科德市政大厅举办的国庆节早餐与花卉展上朗诵了这首《颂歌,吟诵于康科德市政大厅》("Ode Sung in the Town Hall, Concord, July 4, 1857"),后来收录在爱默生1867年出版的诗集《五月节》(*May Day*)。

颂歌，吟诵于康科德市政大厅

人是纯种的萨克逊人种
为了建设一个平等国家，——
让那法令从头脑里消失， 15
把责任当作自己的命运。

美国啊！时代在恳求你，——
现在和过去的潜在因素，——
去吧，把信条化为行动，
不再说自相矛盾的谎言。 20

大海和大地均无法理解，
天空要不皱眉头也无法
看清一只手为之战斗而
另一手将其砍倒的权力。

在家里抒写你的画卷吧， 25
让荣耀飘扬在大海上空，
让无边的大洋波涛翻滚，
驶出一艘开往自由的船。

从此以后再无锁链镣铐，
除了河海里拴船的链条 30
嗡嗡作响的电报传递着
那甜蜜美妙的自由战歌。

星星在天空自觉地回应，

江河在地上狂野地奔腾，
而地下电缆迂回穿梭着　　　　　　　35
她那些激情似火的使命。

至高无上聪明过人的他
从来没有停过他的计划；
在为人们找到自由之前，
他将从苍穹中掏出太阳。　　　　　　40

波士顿颂歌 ①

（诵读于音乐大厅，1863 年 1 月）

在夜间，神的话语走近
那些仍在守候的朝圣者，
他们坐在海边的沙滩上，
心中燃烧着希望的火焰。

神说，我讨厌那些国王，　　　　　　　　　　5
我简直是无法忍受他们；
清晨给我耳边带来的是
穷苦人内心发出的愤怒。

试想，我创造的这地球
竟成了劫掠和战争之地，　　　　　　　　　　10
大大小小的暴君居然能
在上面踩躏弱小和贫穷？

---

① 编译者注：爱默生的《波士顿颂歌》（"Boston Hymn"）一诗最早发表于 1863 年 1 月 24 日《德怀特音乐杂志》第 22 期（*Dwight's Journal of Music*, XXII）；同年 8 月，冠以《爱默生的新英格兰颂歌》题目发表在《新英格兰忠诚出版界》（*New England Loyal Publication Society*）第 108 期；后来收录在爱默生 1867 年出版的诗集《五月节》（*May Day*）。

我的天使,他名叫自由,——
选择他作为你们的国王;
他披荆斩棘,四处开路, 15
并用他的臂膀为你保佑。

瞧,我揭开大地的面纱,
我让它遮蔽着古代西方,
像雕塑家揭开他的新作,
当他的作品已日臻极致。 20

我让哥伦比亚山的岩石
把它们的脚尖伸入大海
并像空中鸟群直入云霄
朵朵白云点缀北方天空。

我把我的东西分成两半; 25
招来孤苦的人群和奴隶:
不允许有人统治卑贱者,
也不允许有人不劳而获。

我永远不要有一个贵人,
也没有后代可称为伟人: 30
渔夫、伐木工、庄稼汉
将合法地建立一个国家。

去吧,砍倒森林里的树,

整理好最粗最直的树枝；
去砍倒森林里那片大树，　　　　　　　35
并且给我建起一栋木房。

去吧，把民众召集起来，
青年人和他们的父亲们，
那丰收的土地上的耕者，
雇佣工以及雇用他的人；　　　　　　　40

在这木建的议会大厦里，
他们将选举产生统治者，
负责每一个需要的部门，
教堂、政府部门和学校。

瞧，现在！这些穷人如　　　　　　　　45
果能够管理大地和海洋，
并制定天下公正的法律，
就像星星那样忠心耿耿。

那么，你将解救这些人；　　　　　　　50
那将是一种高贵的服务；
帮助那些无依无靠的人：
小心在弯道的地方转弯。

我毁了你的契约和权力，
并且为奴隶们解开镣铐：

他们心灵手脚从此自由, 55
就像风和海浪自由自在。

我让每一种生物都享有
他自己应有的流动财产:
尽享所需同时各尽所能,
以此他将做到各尽其责。 60

但双手搭在他人的肩上
去剥削他人的劳动汗水,
通过担保去剥削受害人,
他也难免终生负债累累。

今天将解开囚徒的镣铐, 65
其实唯有你才是得救者;
从尘土里举起一个民族,
为他们得救喝彩,善哉!

给奴隶主支付奴隶赎金,
并且要装满他们的钱袋。 70
谁是拥有者?是奴隶呀,
向来就是他,给他付钱。

北方啊!赞美他的潦倒,
南方啊!荣耀他的羞耻;
内华达!让金色的险崖 75

拥有自由的形象和名分。

起来吧!满脸尘土的人
在黑暗中坐等得太久了,——
他们的脚像羚羊般灵活,
像圣经中的河马般强壮。　　　　　　　　　80

快来吧!东、西、北方,
就人种而言,洁白如雪,
带着我的旨意勇往直前,
永不停止,也永不动摇。

我的意愿终究将会实现,　　　　　　　　85
因为,不论白天和黑夜,
我的雷电长着双眼指引
他回家的道路直至终点。

自愿者 ①

I

一支低沉和忧伤的乐曲，
自负的思想已离我远去；
充满忏悔和悲痛的音调，
是这片热带海洋的呻吟；
小屋里低沉疼痛的声音， 5
坐着个手戴镣铐的囚徒，
哼唱着他那曲深藏着的
非洲热带大平原的歌谣。
他祖父留下的唯一财产——
不幸的祖父不幸的儿子—— 10
是他呼吸中悲叹的歌曲，
连同陪伴他终生的镣铐。

他究竟犯了啥错？啥罪？

---

① 编译者注：爱默生的《自愿者》（"Voluntaries"）一诗最早于1863年10月发表在《大西洋月刊》（*The Atlantic Monthly Magazine*）第12期；后来收录在爱默生1867年出版的诗集《五月节》（*May Day*）。

或命中遇到啥不幸之星?
心地太软而且意志太弱,   15
不敢面对那蜷伏的命运,——
秃鹫喙里紧叼着的鸽子;——
从他母亲的怀抱中叼走,
在此流离失所一无所有,   20
他的辛劳是最美的记忆,
但下流的嘲笑让他变冷。
议会的大厦里坐着伟人、
圣贤和英雄,肩并着肩,
为子孙后代筑建起他们   25
能够自豪地统治的国家。
他们忍不住要砸碎镣铐,
解救那满身尘土的种族,
但因主人的蔑视而停止,
用"联邦"作贿赂诱饵。   30
可命运坐在旁边,并说,
"你播的种子将世代痛苦,
你的胆小藏在假和平中,
我虽带来了丰收的日子"。

II

自由高扬起翅膀,翱翔,   35
不会栖息在窄小的地方;
宽阔双翼寻找处女之地;
她热爱贫穷善良的种族。

紧挨着一个冰冷的地区
那漆黑的天空飘着雪花，　　　　　　　40
雪花就是她旗帜的星星，
她的条纹是北方的美梦。
她热爱那位北方人很久；
如今邪恶时代已经结束，
她将不会拒绝与阳光下　　　　　　　　45
的子孙后代在一起生活；
远方那片荒原上的弃婴，
棕榈枝繁叶茂，热风吹，
他头顶夏季烈日的天空，
安然流浪在灼热的路上。　　　　　　　50
他拥有通往上帝的路径，
藏在北方人的脑瓜子里，
晴空万里，从远处就能
看见慢步所取得的进步。
一旦那位慷慨的将军来　　　　　　　　55
领导愿意被他领导的人，
他将为自由而奋不顾身，
视死如归，战斗到最后。

III

在这个玩世不恭的时代，
缺少智慧，又不讲正义，　　　　　　　60
谁能让英勇的男孩振奋，
冒着危险为了自由而战，——

立刻停止那惬意的游戏,
放弃与他们嬉戏的同伴,
离开自豪的家乡和少女,　　　　　65
是为饥荒、辛劳和冲突?
但在温和灵巧的空气中
传递着更加灵巧的信息,
且随风飘送着浩荡神恩
直到懒惰和轻闲的心灵。　　　　　70
恩典离我们尘土这么近,
上帝对待我们如此亲密,
当责任低声说,你必须,
那位年轻人回答,我会。

IV
幸亏有一颗幸运的心灵,　　　　　75
它展开了那音乐的翅膀,
将所有新旧痛苦的记忆
全部都一次性悄悄带走!
而幸福的他其内心视觉,
停留在微妙的思想之上,　　　　　80
对时事儿戏他闭门不闻,
他感觉世界上一片茫然。
但他是上帝最好的朋友,
在这个充满罪恶的时代,
能听见内心声音的告诫,　　　　　85
从不盲从那黑暗与恐惧,

尊崇自己的原则和选择,
只能感觉到那一条红线
奋勇奔赴那英雄的土地,
四面围绕着死亡的恐惧,   90
奔向那向他召唤的目标,
美妙天空保佑他的行为。
四周充满着惊人的危险,
火炮在前而且阴雨绵绵,
责任通过小号呼唤着他   95
登上了那辆英勇的卡车。

墙边是着装干净的士兵,
知道意味着什么,仅此,——
无论谁战斗,是谁倒下,
正义永远永远征服一切,   100
不论从前或以后的正义,——
而为正义的她而战的他,
上帝,尽管他被杀十次,
仍旧加冕他为光荣王者,
胜利将战胜死亡和痛苦;   105
永远:但他作恶的敌人,
自己认为他将战胜一切,
从躺在地上受害者眼里,
看见空中那红色的右臂
在矫正着那永恒的天平。   110
可怜的敌人被天使击退,

他盲目自负，因恨愚昧，
蠕动于无端的苦恼之中，
但注定留给无言的命运。

V
月桂树鲜花盛开是为了 115
纪念那英勇战斗的将领；
我看见花环，听见战歌
赞美那支永恒的正义军，
战胜每日罪恶的胜利者；
可怕的胜利者，误导着 120
那些他们将摧毁的人们，
他们即将来临的胜利深
藏在我们失败或喜乐中；
他们不达目的绝不入眠，
在空间上继续势均力敌； 125
他们蹲伏爬行如同侏儒，
但杀死强者，大步快走：
命运之草长在乡间土壤，
在城堡峭壁上茂密生长，——
坚定不移，这些是诸神， 130
而旁边所有的都是幽灵。

爱和思想①

两位标配的旅者走在
路上,厄洛斯和缪斯②。
两位孪生儿无所相瞒,
彼此之间也无不交流;
手拉着手,称兄道弟,
走过自然的每个角落:
彼此之间是相依为命,
彼此之间也相互增色;
他们只知道世间唯一
胜过一切宽慰的悲伤,
是当遇见虚假的伴侣,
朝圣双方便一无所获。

---

① 编译者注:爱默生的《爱和思想》("Love and Thought")一诗最早发表于爱默生1867年出版的诗集《五月节》(*May Day*)。
② 厄洛斯(Eros):希腊神话中的爱神;缪斯(the Muse):女神,灵感的源泉。

情人的祈求[①]

有好心情,就有了一切!
我请求一个小小的恩泽:
不是大地和乡村的礼物,——
负担太重,我无法承受,——
但对于一种合适的生物, 5
凭借其包罗万象的目光,
扫视着地球西部的大地,
或大西洋沿岸,从缅因
直到波瓦坦的广大领地,
但无论如何也无法看清。 10
在你所有巨大的创造中,
问起如此渺小的一部分,——
岂不是一颗孤独的心吗?
别把我当作恶意的灵魂,
或把我当作恶意的要求, 15

[①] 编译者注:爱默生的《情人的祈求》("Lover's Petition")一诗最早于1864年发表在马萨诸塞州堪布里奇出版的一本书名为 *Over-Songs* 的诗集;后来收录在爱默生1867年出版的诗集《五月节》(*May Day*)。

因为它就是大地的缩影，
是大地所有的无价之宝，
是大海的姐妹，
是海滩的女儿，
由气和光构成， 20
是黝黑大地威力的产物。
诗人祈祷面前多么渺小，
你宽宏大量，不屑一顾。
但我想，假如她真走了，
留给世界的就只有孤独。 25

巫　娜[①]

流浪着，流浪着，仿佛
巫娜点亮了我阴郁的梦；
她总是打扮着像去旅行；
我们浪迹天涯东南西北。

在家里，我总想着家事；　　　　　5
工作时，我不到处闲逛；
假如真有机会离家远去，
仿佛巫娜坐在我的身旁。

在我的屋里或者果园里，
我虽心爱，但不思恋她；　　　　　10
然而在陌生之地我找她，
在陌生之地寻找那张脸。

在家里，深层的思念能

[①] 编译者注：爱默生的《巫娜》("Una") 一诗最早发表于爱默生1867年出版的诗集《五月节》(*May Day*)。

让橄榄石点亮内心天空，
我从远方向那束光招手，　　　　　　　15
奥罗拉是更可爱的一天①。

但是假如我航行在海上，
或在闪光的铁轨上前行，
我仅仅是她的一个想法，
旅行者中最可爱的一个。　　　　　　　20

这位可爱诗人的名字就
被名声吹向陌生的地方；
假如在他的故乡寻找他，
他便默默无闻无人知晓。

---

① 奥罗拉（Aurora）：曙光女神。

书 信[①]

每一天都带来一艘船,
每艘船都捎来一句话;
对无所畏惧的人而言,
面对大海,深信不疑,
那艘船捎来的那句话　　　　　　　　5
是他们希望听见的话。

[①] 编译者注:爱默生的《书信》("Letters")一诗最早发表于爱默生1867年出版的诗集《五月节》(*May Day*)。

红宝石①

他们从矿上捎来红宝石，
并且让阳光照射着它们；
我说它们是结冰的酒滴，
从伊甸园的酒桶里漏出。

我又看了看，心想它们　　　　　　　　　5
是朋友们尚未知晓的心；
能温暖邻居生命的潮水，
总被锁在闪光的宝石中。

但融化挂红雪花的火光，
将打破陶醉沉睡的冰面，　　　　　　　10
并撬动那爱的潮水霞光，——
那儿一轮红日何时升起？

---

① 编译者注：爱默生的《红宝石》（"Rubies"）一诗最早发表于爱默生 1867 年出版的诗集《五月节》（*May Day*）。

默林之歌[①]

我学了首聪明的默林之歌,
可低声哼唱,也可以高歌,
它比强壮者更加强大有力,
而且能惩罚好高骛远的人。
我对着汹涌澎湃的人歌唱,—— 5
它让好人平静让他们高兴,
让坏人戴上镣铐囚禁笼子。
在音乐之心奏响一曲旋律,
只有天上的使者才能听见;
不论它唤起喜悦或是愤怒, 10
万籁俱寂的群山鸦雀无声,
然而那些听到它的人顿时
丢掉岁月,青春重放光芒。

[①] 编译者注:爱默生的《默林之歌》("Merlin's Song")一诗最早发表于爱默生1867年出版的诗集《五月节》(*May Day*)。

考 验①

（缪莎开始说话）②

我把我的诗篇挂在风中，
岁月会找到它们的瑕疵。
所有的诗行都得簸一簸，
其中有五行悦耳且真实；
这五行像是熔在一锅里，　　　　　　5
要比南方更热和更可怕；
西罗科风无法熔化它们③，
烈火知道其中火焰更热，
而且知道其含意远胜过
七月子午线最强的白光。　　　　　　10
阳光是无法让白雪脱白，
时间也无法让诗人变傻。

---

① 编译者注：爱默生的《考验》（"The Test"）一诗最早于1861年1月发表在《大西洋月刊》（*The Atlantic Monthly Magazine*）第7期；后来收录在爱默生1867年出版的诗集《五月节》（*May Day*）。
② 缪莎开始说话：Musa Loquitur。Loquitur：拉丁语开始说话，舞台常常用于接在演员名字后面。
③ 西罗科风［Sirocco：（气）］：指从非洲北海岸吹经地中海和欧洲南部的干热风。

考 验

你的双眼能发现那胜过
五百行诗的五行诗歌吗?

答 案①

我是缪斯,首日黎明②
总在朱庇特身旁歌唱。
满天星星,独自久坐,
用思想点燃沉寂世界:
鱼卵场上我歌声悠扬,　　　　　　　　　　　5
狼露尖牙,龙亮身长;
五月晨曦,曙光甜媚,
遍地花开,新生诞生。
亚洲盼她牧者的诞生,
尼罗河铺上花岗石基,——　　　　　　　　10
鞑靼安营,尼罗立柱,——
藤蔓之下,峭壁之边,

---

① 编译者注:爱默生这首诗《答案》("Solution")实际上是给他于1861年1月在《大西洋月刊》上发表的《考验》("The Test")一诗提供的一个"答案"。或许由于这首诗歌有一定难度,爱默生直到1862年才完成,一共写了四稿,每一稿都有重大修改。《答案》一诗最终于1867年才在他的诗集《五月节》中首次发表。全诗分为五小节,描写给爱默生带来灵感的一位思想家。这些思想家包括荷马、但丁、莎士比亚和歌德,成为神圣悟性(devine insight)影响下人类心灵的代表,是一种不仅仅靠技巧而且必须与大自然和睦共生的心智状态。这种思想在他的著作《代表性人物》(1850)中,特别是《莎士比亚,或者诗人》《歌德,或者作家》《斯维登堡,或者神秘主义者》中得到进一步阐述。
② first day:一周的第一天,基督教公谊会教友用语,指星期天。

或在狂风呼啸的海边，
这位希腊完人站出来：
智慧和喜乐找到歌手，　　　　　　　　15
世界文明，荷马歌唱。

从意大利，飞到希腊，
我久久俯伏保持平静，
我想歌唱，不被邀请，
在处境困难的日子里　　　　　　　　20
打开崭新的喜乐之门；
我有时让人受到惊吓
拿到不吉利的星象图，
把恐惧当作希望芳香。
然后我时来运转领着　　　　　　　　25
诗人道出民族的话语；
于是我害怕地弯下腰，
而但丁搜查了三重天，
照他的意愿塑造自然，
形状颜色，迅速稳定，　　　　　　　　30
像雕塑家，宏大设计
铭刻阿尔卑和亚平宁。

在彭曼莫云雾中翻腾，
受教于德鲁伊特威力①，

---

① 德鲁伊特（Druid）：古代凯尔特人中一批有学识的人，担任祭司、教师和法官或者当巫师、占卜者等。

英格兰天才满足所有　　　　　　　　　　35
心灵灵魂，力量喜悦，
让精神充满王者荣耀，
让生命比从前更强大：
世纪智慧也无法企及
莎士比亚的智慧高度。　　　　　　　　　40
与他共生的人都变成
诗人，因时势造英雄。

远处北方，极地夜晚
抑制着欢乐嬉戏的光，
斯维登堡引领着灵魂，　　　　　　　　45
托起昏睡的凡人旧梦。
穿过天上雪和地下矿，
他发现埃里伯斯草地；
详述了那该死的悲叹
回荡着撒拉弗的音乐。　　　　　　　　50
他独自走在精神世界，
但来到世间无人知晓。
周边的人们没有察觉，——
然而他们在远方倾听，
听见苍穹屋顶在破裂，　　　　　　　　55
并感到地在动山在摇；
而他那受忽视的流言，
来世却成了闪亮的剑。

答 案

在现代战争和贸易中，
骑士被忘，信仰崩溃，　　　　　　　　60
当科学参与指导战争①，
职员打开杰纳斯天门②，
当从未有诗人的法国
将宇宙重新对半分开，
充满快乐奋斗的歌德，　　　　　　　　65
划清命运和生命界限，
让奥林匹亚智慧来到
法庭市场，居民师生；
他用手在土地上写道：
停止今天公开的秘密。　　　　　　　　70

绽出五片不败的花瓣，
写下世代永存的诗篇。

---

① 科学（Science）：注意此处大写的拟人用法。
② 杰纳斯天门（Janus-gates）；杰纳斯（Janus）：天门神，头部前后各有一张面孔，故也称为两面神，司守护门户和万物始末。

自然 I[①]

冬天知道如何轻轻松松
地把大雪降临到大地上，
无知的春天却能聪明地
使用药用樱草和银莲花。
自然，痛恨艺术和痛苦，   5
困难和障碍分割着大脑；
意外灾难及不幸的惊吓
是她双眼里的两个瞳孔：
但是她深深地爱着穷人，
而且通过她自身的奇迹，   10
她把高调的冒牌货打倒。
大自然躲在玫瑰花里听，
也躲在草莓花冠里倾听，
准备帮助朋友烦死敌人，
像聪明的上帝判断正确。   15
然而她的爱更多地赐予

[①] 编译者注：爱默生的《自然 I》（"Nature I"）一诗最早发表于爱默生 1867 年出版的诗集《五月节》（*May Day*）。

那些未曾堕落过的灵魂
和那些幸福生活的情人,
还有那些情愿侍奉的人,
他们走在无名的小路上　　　　　20
并在被拣选前建功立业。

自然 II[①]

她兴高采烈，性情开朗，
但有时心情也反复无常，——
绝非枯燥单调的重复者，
她对所有人意味着一切。
她虽年迈，但绝不衰弱，　　　　　5
给人们注入无穷的力量，
快乐足智，且毫无障碍，
顺其自然，铸就了人类，
而且人们给城市的命名
不是地名，而是她的名，　　　　　10
他们说他们今天的收获，
是他们获悉的橡树冷杉。
她生产众人如鲜活锦葵，
男男女女，她的肉中肉；
她用所有最合适的芳香　　　　　15
来调剂她的水域和麦田，

[①] 编译者注：爱默生的《自然 II》（"Nature II"）一诗最早发表于爱默生 1867 年出版的诗集《五月节》(May Day)。

给人们提供饮水和食粮；
以换取他们的劳动成长，
人们非常乐意为她奔波。
最像是他们的其实不然， 20
是用铁和石借来的原子，
在他们穹形的艺术品中，
关键一笔仍是她的功劳。

吉普赛姑娘 ①

太阳下山了,他带走了
我破旧衣着的几分粗俗;
明媚月光映衬着吉普赛
姑娘的美丽,焕发光芒。

苍白的北方姑娘呀!你   5
小瞧我们,把自己封闭
在室内,消磨怏怏日子,
却把地平城墙留给我们。

姑娘们,假如让我厚道
且毫无保留地责备你们,   10
那么你们是面具吉普赛,
而我却始终是一位贵妇。

---

① 编译者注:爱默生的《吉普赛姑娘》("The Romany Girl")一诗最早于 1857 年 11 月发表在《大西洋月刊》(*The Atlantic Monthly Magazine*)第 1 期;后来收录在爱默生 1867 年出版的诗集《五月节》(*May Day*)。

吉普赛姑娘

假如在月光下的荒野上,
我追求并卖弄苍白肉身,
虚假的自我,无可告人,——　　　　15
有位土色马夫很了解我。

别让雨淋湿你玫瑰面颊,
店主关心着牙齿和头发,
我的肤色如稻谷般黝黑,
磐石和森林已心知肚明。　　　　　20

自由空气吹进我的心田,
明亮星星在我眼里闪烁,
鸟儿给我们机智的口舌,
黑豹让我们的舞步飞扬。

你怀疑我们能读懂星星,　　　　　25
而我们读懂了你的命运;
星星能够躲进高层天空,
我们肉眼窥见你的心底。

日　子①

时间的女儿们，虚伪的日子，
裹着头，如赤脚苦僧般沉默，
一个个列队前行，没完没了，
手里捧着王冠，拿着香草束。
她们按照他的意愿馈赠礼品，　　　　　　5
面包、王国、星辰或者苍穹。
我从我的篱笆园里观看盛况，
忘记了自己清晨许下的诺言，
急忙拿了些芳草和几个苹果，
日子转身悄然离去，我迟了，　　　　　　10
在她严肃的发带下窥见蔑视。

---

① 编译者注：爱默生的《日子》（"Days"）一诗最早于1857年11月发表在《大西洋月刊》（*The Atlantic Monthly Magazine*）第1期；后来收录在爱默生1867年出版的诗集《五月节》（*May Day*）。

宪章派的抱怨[①]

日子啊！你有两个面孔，
能让一个地方变成两个？
一是在谦卑的农民眼里，
它寒冷潮湿，漆黑卑贱，
悲哀、沮丧，有用而已，　　　　　　　5
仅是劳动者的一盏油灯？
二是这层薄雾的另一面，
它还是傲慢的天然属地，
为富家树林和湖泊增光，
让园子里充满琥珀晨曦，　　　　　　　10
闪耀着莫测的明媚阳光
照亮他种满玫瑰的小岛？
日子啊！难道你的大能
是毁谤沾沾自喜的成功？
那美妙天空和宽阔海洋　　　　　　　　15

[①] 编译者注：爱默生的《宪章派的抱怨》（"The Chartist's Complaint"）一诗最早于 1857 年 11 月发表在《大西洋月刊》（*The Atlantic Monthly Magazine*）第 1 期；后来收录在爱默生 1867 年出版的诗集《五月节》（*May Day*）。

难道是诡计欺骗的同犯?
太阳啊!我诅咒你残忍的阳光:
可耻的日子,回到原始混沌吧!

我的乐园[1]

假如我能把我的林子写成诗,
并告诉人那里可欣赏的东西,
所有的人都将拥向我的花园,
让所有的城市变得空空荡荡。

地里看不见郁金香迎风飘荡,   5
只有喜欢白雪的松树和橡树;
生长着成行成行野生的枫树
从春的淡淡红晕到秋的深红。

我的花园是一道树林的篱笆,
它是一片片古老森林的边界;   10
边坡倾斜地滑向蓝色的湖边,
最终一头栽进了深深的湖底。

---

[1] 编译者注:爱默生的《我的乐园》("My Garden")一诗最早于1866年12月发表在《大西洋月刊》(*The Atlantic Monthly Magazine*)第18期;后来收录在爱默生1867年出版的诗集《五月节》(*May Day*)。

这里曾经受灭世的洪水耕犁，
留下阶地梯田，一道又一道；
从洪水泛滥的地方直到退落，　　　　　　15
它们在阳光中漂白并且干结。

播种者急匆匆要去地里播种，
风和鸟儿帮助花园播下种子；
不为名利，不讲究艺术规律，
播种之后，又让暴风雨吹过。　　　　　　20

从我花园旁边冲刷流过的水
并非大自然常规网络的游客，
并不在意月亮和太阳的时节，
从涨潮到退潮流过五年时间。

古时候，朱庇特和其他诸神　　　　　　　25
匆忙地来过这里，无一拒绝；
可以肯定，爱神最终也来了，
而且在爱神之后，缪斯来了。

敏锐的耳朵能听清每个音节，
像一个人在跟另一个人说话，　　　　　　30
在参天铁杉林中，桀骜不驯，
让低声细语的青草感到窒息。

埃俄罗斯的竖琴声在松林中

我的乐园

与命运交响曲一起响彻云霄；
幼年的巴克斯在这葡萄园里，　　　　　35
等候着他那遥远的齐声合唱。

你能够使用诗歌的形式模仿
树林里奏响的阵阵钟乐和声，
把每天第一缕晨曦写在书上，
或用温暖天空的文字记载吗？　　　　　40

那天上诸神神圣的美妙诗篇，
同一个意思，尽管语气各异；
它们向依然自我禁锢的人们
同声讴歌其共同居住的乐园。

在这里诸神的话音永远回荡；　　　　　45
但是人们耳朵里的道道门廊
很少能在这低微的生命圈中
被打开，使他能够耳听四方。

天空中四处飘荡的种种声音，
丘陵高地上回荡的嗡嗡细声，　　　　　50
诉说着我所无法表明的事情，
然而也无法留下一切的一切。

每当夕阳的影子照在湖面上，
旋风夹着一串串尘卷书写着

命运风铃留下的喜悦和悲伤,　　　　　　55
并且保佑着以上的所思所想。

然而紧紧依恋着湖水的含义,
是无法被写在书上刻在瓮上;
你现在就先走吧,回头再来,
它们总在浪花和篱笆上燃烧。　　　　　　60

它们准确地预测着人类命运,
要比今天活着人的命运更好,
假如最后是能读懂它们的人,
他将在雕塑上写下,"别走"。

山　雀[①]

当你面对北极寒冷的气候时，
你就不会有冒失鲁莽的时刻，
就像我后来发现我温热的血
在穿过深雪树林时变冷那样。
我怎么战斗？我友好的敌人　　　　　　　　　5
可用成千上万支手臂来扶我：
我东找找西找找，徒然无助，
东西南北，全都是他的地盘。
我的家在险恶的三里地以外；
我必须借着吹来的风向飞翔。　　　　　　　　10
上下求索，远处求生！迅速！——
霜冻之王拴住我笨拙的双脚，
我两耳呼啸，双手冻成石头，
血液凝固成大理石般的骨头，
不仅扣人心弦，麻木了神经，　　　　　　　　15

[①] 编译者注：爱默生的《山雀》（"The Titmouse"）一诗最早于1862年5月发表在《大西洋月刊》（*The Atlantic Monthly Magazine*）第9期；后来收录在爱默生1867年出版的诗集《五月节》（*May Day*）。

而且用细窄的篱笆围住生命。
躺卧在这么一张宽敞的床上,
准时迅速的星星将不眠守夜,
用洁净的寒冷使其芳香弥漫,
狂风吹响古老的丧礼进行曲, 20
皑皑白雪并非不光彩的尸布,
月亮和云彩是你的送葬队伍。

轻轻地,但这是命运的道路,
很快就来到了神拣选的地方,
突然一个微弱的声音吹响了, 25
兴高采烈,令人兴奋的喊声,
雀—雀—克—啼!声调别致,
发自健康欢乐的肺腑和喉咙,
仿佛它说,"早上好,先生!
下午天气不错,我的老乘客! 30
我很高兴在这些地方遇见您,
每年正月都带来一些新面孔"。

这位诗人,虽然他住得很远,
为那颗热情好客的心所感动,
当我路过他森林中的城堡时,
迅速做出他有礼的荣誉之举, 35
符合他饰有羽毛的地主身份,
飞过来,柔软翅膀擦过我手,
在枝上跳跃,然后猛冲而下,

山　雀

　　将他小小的身影印在雪地上，
　　展示着他那高超的体操技艺，　　　　　　40
　　一头朝下，紧紧地抓住树枝。

　　这里是这个生机勃勃的原子，
　　向茫茫无际的死亡提出挑战；
　　这一点点勇气面对身穿灰色　　　　　　45
　　马甲的呼啸北风仅仅是娱乐，
　　简直是要羞辱我柔弱的行动；
　　我大声招呼我那小小的救主，
　　"你这宠物！这发生了什么？
　　在树林里，你拉布拉多小犬[①]，　　　　50
　　在这关头，圣萨尔瓦多小岛！
　　在那小小的胸脯里烧着啥火，
　　能如此地欢乐、顽强、镇静？
　　从今以后我只穿你的条纹衫；
　　灰烬和喷射流胜过所有色彩。　　　　　55
　　钻石为什么不是黑色和灰色，
　　模仿你胆大妄为的魔鬼装扮？
　　而我肯定地说，辽阔北疆的
　　存在是让你的美德发扬光大。
　　我想美德，无法用尺寸度量；　　　　　60
　　世界上一切胆小懦夫的理由
　　就是认为，人类生长得太快，

---

① 拉布拉多寻回犬（Labrador，Labrador retriever）：一种猎犬，有叼物归主的习惯。

而且，勇敢地说，必须减速，
一直到这只山雀的大小尺寸"。

只有美好的意志能造就智慧，　　　　　　　65
而我已经开始找到我这只鸟
歌唱的感觉："请到户外去吧，
在大片树林里和草原的地上。
我沐浴阳光，当它沉入大海，
我仍藏在空心树的一个洞里；　　　　　　70
我不太喜欢在这些避暑胜地，
夏日高挂着令人窒息的阳光，
我更喜欢正午时天上闪烁着
晶莹剔透却令人眼花的风雪。
因为内心强大的灵魂很好地　　　　　　　75
支撑着外表，使其固若金汤；
而屋外呼啸的空气凝结而成
的极地霜冻抑制着我的情绪。"

带着我内心感恩记忆的欣慰，
我回家了；再见，我的宠物！　　　　　　80
当您的朝圣者再来这儿的时候，
他将带来大量的种子和粮食。
不用发愁，只要世上有面包，
首先就不可能让您饿着肚子；
上帝对人类最大的恩赐就是　　　　　　　85
把人人之心都当作特殊看护，

山　雀

帮助那些真正需要帮助的人，
而天上始终回荡着欢乐歌声。
我从此珍视您那尖细的歌喉
远胜过芸芸众生的自吹自擂； 90
人们没能听懂您春天的呼唤，
好比在跟无意义的鸟儿搭讪，
从榛树矮林中叫喊着，菲比！
冬天喊着，奇—厄—谛—啼！
我想住在北方高卢的恺撒王 95
不仅是听见了你勇敢的鸣啼，
而且叫霜冻的荒野四处回荡
着您唱出的英勇战歌的曲调。
而我将记录下这新的编年史，
并感谢您提供了更好的线索， 100
当我初来乍到时，我并不敢
梦想能找到克服恐惧的办法，
而今听到您唱响了罗马基调，
赞歌！我来，我见，我征服。

海 岸①

我听见了或者说仿佛听见了大海在责问：
朝圣者啊，你为啥来得这么迟？这么慢？
我不是始终待在你这里的避暑山庄里吗？
我的声音已不是你从早到晚的音乐了吗？
我的呼吸不再是你盛夏养身的气候了吗？　　　　　5
我的触摸不是解药，海湾不是浴池了吗？
一排排房屋不再像我的一道道梯田了吗？
沙发不再像我长沙发一样宏伟壮丽了吗？
当你躺在温暖的岸边岩脊上，你就明白
小茅屋像城镇一样也能满足我们的需求。　　　　　10
我让那些布满雕塑的建筑变得毫无价值，
在我身边徒然无用。我把楔子完全戳进，
并在海岸沿线的山脉上凿出一个个洞穴。
瞧！这是罗马，这里是尼尼微和底比斯，
还有卡纳克、埃及金字塔和巨人的天梯，　　　　　15

---

① 编译者注：爱默生的《海岸》（"Sea-Shore"）一诗最早于 1864 年 11 月 18 日发表在波士顿的杂志《水手长的哨子》（*Boatswain's Whistle*）第 9 期；后来收录在爱默生 1867 年出版的诗集《五月节》（*May Day*）。

海 岸

貌似堆积着或者平卧着，我最新的平板
也比你所有的人种更加古老。

瞧，这大海，
我不仅乳光四射，浩瀚丰富，汹涌澎湃，
而且绚丽多彩，像六月绽放的玫瑰花海，
像七月间在天空中缓缓飘移的鲜美彩虹； 20
这大海，我食物丰富，不仅滋养着万物，
而且还洁净大地，医治芸芸众生的疾病；
我的呼吸为世界创造了甜美宜人的气候，
洗去人们记忆中所有的心灵创伤和悲痛，
而且，通过还我计算精准的潮起和潮落， 25
给宇宙世界带来了一个永恒不变的暗示。
富裕的大海神明们勇于奉献，可他们呢？
在海里四处摸索，寻找珍珠，不仅如此：
他们因此将力量连根拔起并给了聪明人。
因为每次海浪对代达罗斯而言都是财富， 30
对于能创造无穷力量的精巧艺术家而言
也是财富。他的力量在哪呀？在海浪中！
一副阿特拉斯的肩膀都无法扛起的重担？①

我不断地抡起我的大铁锤砸向岩石绵延
的海岸，把安第斯山脉猛砸成碎石尘土， 35
撒在我的床上，等候另一个时代的到来，

---

① 阿特拉斯（Atlas）：以肩顶天的巨神。

再为人类重建一个更加美好的大陆家园。
然后，我将打开家门，让我的道路带领
所有民族离开奴役；我将把所有的人
分散到所有面对这古老海洋的海岸之上。　　　　　　40

不容置疑，我也有我的艺术和魔法魅力；
幻觉的幽灵永远来自那波涛汹涌的海浪。
我知道咒语的起源，因此让我去跟那些
容易轻信但是富有想象力的人们打交道；
因为，即便他用他自己的手掌舀我的水，　　　　　　45
且水珠漏出，但如宝石点缀，吞云吐雾，
种下各种奇妙野果，并且阳光普照沙滩，
我让漫长的海岸线和小岛变得十分诱人，
远处望去，人们必须去那里，或者死去。

自然之歌[1]

夜晚和清晨全都是我的,
天上云沟条条云海片片,
凸圆的月亮好动的太阳,
还有数也数不清的日子。

我躲在灿烂的太阳身后,   5
在嘹亮歌声中我是哑巴,
我在激流浪花之尖歇息,
昏昏欲睡,我十分强壮。

数字无法记录我的数据,
部落无法充满我的家园,   10
我与灿烂生命之泉相伴,
让洪水源源不断地奔袭;

---

[1] 编译者注:爱默生的《自然之歌》("Song of Nature")一诗最早于1860年1月发表在《大西洋月刊》(*The Atlantic Monthly Magazine*)第5期;后来收录在爱默生1867年出版的诗集《五月节》(*May Day*)。

并永远仰仗奇妙的神灵
从世代相传的种种植物
中收集最为罕见的花朵，   15
我的花环没有任何遗漏。

而且有成千上万个夏季
让我花园里果子熟透了，
群星闪烁，且竞相争辉，
盛大光荣，普照着大地。   20

我抒写了一幅历史画卷，
岩石山火化为人物角色，
珊瑚红海中的海市蜃楼，
大地底层沉积着的原煤。

从卫星、恒星和碎星中   25
我取回了被盗窃的东西，
从失效和古老的物种中
我重新创造这新的世界；

天上诸神何时狂欢庆祝，
用星星和花朵打扮自己，   30
用各种精灵和蜥形动物，
它们包裹着太多的力量。

时间和思想是我的勘测，

自然之歌

他们把进程安排得很好，
让大海沸腾，把花岗岩、 35
泥灰以及贝克层层堆好。

但是他，光荣的人子啊，
他在哪儿才能逗留片刻？
鲜艳彩虹预报他的来临，
西下夕阳回照他的笑容。 40

我的北极星光突然跃起，
让我的星球旋转了起来，
而且那位人子尚未诞生，
宇宙间至高无上的顶点。

难道时间潮汐远不停息？ 45
我的西风远无休息之日？
难道我推动太阳和卫星
的双轮也永远不能休息？

有太多穿穿脱脱的衣帽，
雨后的彩虹消失得太慢， 50
我对大雪绒袍已感厌烦，
还有我的树叶和小瀑布；

他对星球人种也感厌倦，
其游戏的时间没完没了；

假如没有他,盛夏景象　　　　　　　　　　55
或者冬季冰天会是啥样?

我为他付出痛苦的劳动,
我的人辛勤地劳动等待;
他的信使成中队式前来,
他并不是直接来到门前。　　　　　　　　60

我两次塑造过一个意象,
并且三次把我的手伸长,
创造了一个白天和黑夜
还有一个含食盐的沙滩。

一个在犹太人的马槽里,　　　　　　　　65
一个在艾冯河的溪水边,
一个在尼罗河的河口上,
还有一个在雅典学园里。

我塑造了国王和救世主,
让诗人们统治着国王们;　　　　　　　　70
但星光照耀的时间很短,
那个圣杯始终没有斟满。

再次驱动那闪光的火轮,
再次斟满那硕大的酒杯;
命运,沸腾!古老元素,　　　　　　　　75

自然之歌

冷热、干湿、和平痛苦。

让战争贸易信条和颂歌
混合,让千层稻谷成熟,
日灼的世界将生出一人
统辖四方和无数的日子。　　　　　　　　80

光线不减,且原子无损,
我最早的力量新旧如故,
远处荆棘上的鲜艳玫瑰
给俯身的苍穹披上露珠。

两条河流[1]

马斯基塔基特,夏天的声音,
重复着雨水音乐,源源不断;
宛如你穿行康科德平原一样,
甘甜河水在你身上奔腾而过。

你被拦阻在窄小的河岸两边: 5
我热爱的溪流却如脱缰野马
跃过洪水,跨过大海和苍穹;
穿越阳光和生命,奔腾不息。

我看见铺天盖地悦耳的洪水,
我听见滔滔不绝的潺潺溪水   10
穿越岁月,穿越人间和自然,
超越爱和思想、力量和梦想。

---

[1] 编译者注:爱默生的《两条河流》("Two Rivers")一诗最早于1858年1月发表在《大西洋月刊》(The Atlantic Monthly Magazine)第1期;后来收录在爱默生1867年出版的诗集《五月节》(May Day)。

两条河流

马斯基塔基特,强大的精灵,
鳞片和火石饰成艳丽的宝石,
他的歌声让悲伤者不再悲哀, 15
他所到之处均变成绵绵白昼。

我的溪水流向更光明的远方,——
谁要是喝了就永远不知干渴;
任何黑暗无法与其光明媲美。
岁月绵绵如雨水般滴滴汇入。 20

林中独居①

我不想计算我在海边
漫步需要消耗的时间；
森林是我忠实的朋友，
它像神一样使用着我。

在山丘环抱的平原上   5
树木枝叶留下了长影，
环绕四周的溪水靠天
取舍它们的五颜六色；

或在宏伟壮观的山峰，
或在橡树丛生的林中，   10
啊，我与时间啥关系？
日子的目的就在于此。

---

① 编译者注：爱默生的《林中独居》（"Waldeinsamkeit"）一诗最早于 1858 年 10 月发表在《大西洋月刊》（*The Atlantic Monthly Magazine*）第 2 期；后来收录在爱默生 1867 年出版的诗集《五月节》（*May Day*）。

林中独居

城里愁眉苦脸的凡人
嘲笑无端荒诞的关心,
然而在寂静的景色中,   15
坚定的恩典仍在延续。

光泽变暗,蜂蜜倒胃,
欢乐不过悲伤的面具,
但喜悦储备让人清醒,
心中树林均充满喜乐。   20

伟大的农场主在那里
种下硕果累累的种子,
用串串咒语去迷惑那
悲伤重重的芸芸众生。

他总是让所有的种子   25
开出绚丽多彩的花朵;
随着时间形态的消逝,
回来的是永恒的青春。

黑色野鸭从湖中飞起,
鸽子穿梭于松树林中,   30
荒原上的麻雀低鸣无
法让假艺术变得优雅。

远处哗哗流水的小溪,

把胡须般的浓雾劈开，
藏匿着大自然的祖先，
混沌时期的智慧诸神。　　　　　　　　　35

在高处神秘的气脉里，
吹拂着阵阵甜蜜歌声，
没人敢丈量那些高地，
尽管它们属于所有人！　　　　　　　　40

请你不要把书本中的
想象带进田野或石头；
用你自己而非作者的
眼睛勇敢地面对景色。

你的智慧就此被遗忘，　　　　　　　　45
连同勤奋和忧虑睡眠；
因为这般骄傲的清闲
胜过你所有自私自利。

终 点[①]

时间总是会慢慢变老的，
收帆减速——
边界之神，
给浩瀚的大海设置沙滩，
命运的轮回来到我跟前   5
并且说："从此不再有了！
不再源源不断地长出那
雄心勃勃的枝叶和树根。
想象力消失：不再创造，
把你的整个苍穹缩小到   10
一顶小帐篷的适当范围。
这也不够，且那也不足，
前后两者构成你的选择；
利用好逐渐减缓的河流，
不减少对施惠者的尊崇，   15
离开多数并且抓住少数。

[①] 编译者注：爱默生的《终点》（"Terminus"）一诗最早于1867年1月发表在《大西洋月刊》（*The Atlantic Monthly Magazine*）第19期；后来收录在爱默生1867年出版的诗集《五月节》（*May Day*）。

及时且明智地接受条件，
迈着谨慎的步伐以减轻
跌落的痛苦，没过多久，
仍然在计划和谈笑之中，　　　　　　　　20
而且因基因独特的缘故，
让挂在树上的果子熟透。
假如你愿意，诅咒祖先，
他们没有管好他们的火，
当他们让你呼吸的时候，　　　　　　　　25
他们没有在你的骨头上
留下发达和必需的肌肉
以及骨子里赤裸的骨髓，
但留下静脉衰竭的遗产，
无常的热量和麻木缰绳，——　　　　　　30
让你在缪斯中又聋又哑，
让你在斗士中又瘸又麻。"

当鸟把她变成一阵微风，
我把自己变成时间风暴，
我担任舵手，收起扬帆，　　　　　　　　35
从早到晚听从一个声音：
"谦卑虔诚，驱逐恐惧，
勇往直前，且安然无恙；
港口已近，航行价更高，
每一朵浪花均如痴如醉。"　　　　　　　　40

过 去[①]

债务付清了，
裁定宣布了，
怒气爆发了，
瘟疫抑住了。
财富全部都创造出来了；　　　　　5
死亡永远永远是甜美的。
桀骜的希望、恶意懊恼、
谋杀的仇恨都无法进入。
一切的一切都安全可靠；　　　　　10
诸神同样无法动摇过去；
飞向那扇顽石制作的门，
那扇永远永远闩紧的门。
无人能够重新进入那里，
窃贼也做不到如此精明，　　　　　15
撒旦用其巧计也无法从
窗户、缝隙或洞洞溜进，

[①] 编译者注：爱默生的《过去》（"The Past"）一诗最早发表于爱默生1867年出版的诗集《五月节》（*May Day*）。

去捆绑、解脱或者增补，
插入一叶，或编造假名，
新面孔，做完未了之事，   20
改变或者修改永恒事实。

纪念爱德华·布利斯·爱默生①

我站在这个战场上默哀,
但不是为丧生于此的人。
注视着前方河岸的两边,
愤怒的农民从那里走来,
衣着邋遢,且队伍不齐,　　　　　　　　　　5
也没有人为了什么名利。
他们那血洒疆场的行为
深受全人类的高度赞扬;
甚至连苛刻的理性都说,
这真是一个伟大的壮举。　　　　　　　　　　10
聪明朴实的人一眼就能
看见远处不动摇的墓碑,
让人看到自豪而非遗憾,
见证英国人孤独的坟墓。
然而它是个庄严的墓碑;　　　　　　　　　　15

---

① 编译者注:爱默生的《纪念爱德华·布利斯·爱默生》("In Memoriam. E. B. E.")一诗最早发表于爱默生1867年出版的诗集《五月节》(*May Day*)。E.B.E.:指天才优雅的爱德华·布利斯·爱默生(Edward Bliss Emerson),是拉夫尔·爱默生的小弟,曾是哈佛大学1824级的优等生,死于1834年10月。

标志着所有夜晚和清晨。
一次次气势宏伟的回归,
一年四季最新鲜的花朵,
天空中闪闪发光的银雾,
都将为自豪的尘土增光。　　　　　　　　20

然而在这祖先的坟地上,
我所冥想的却不是这些,
而是一张再也无法传播
欢乐和希望的同宗面庞。
啊,短暂耀眼的兄弟星!　　　　　　　　25
你与这些有什么关系呢?
忘不了这河岸上的古树?
你为最崇高的生命而生,
行动的战场和凯旋战车,
活生生的正义的捍卫者?　　　　　　　　30
他们的损失都属于这些:
我不嫉妒他们这些坟墓,
但怨恨你,因为你从未
愧对哪怕是最贫穷的人。

他英勇的眼睛里闪耀着　　　　　　　　　35
他所有与生俱来并且与
效忠之举相吻合的力量;
他仿佛生来就是个战士,
他本该头戴钢盔身穿甲,

保护好友人，蔑视敌人， 40
面对上帝和人类的敌人，
让所有的罪人皱眉蹙额，
为无助和贫穷的人而战。
他自幼就有领袖的相貌，
他尊重众人遵守的法律， 45
他那雕塑般的泰然自若
从未羞辱过哀求的眼神。

世界上没留下任何记录，
除了留在心灵中的牌匾，
是与生俱来的无价之宝， 50
是他脸上闪烁着的优雅，
是雄辩口舌和欢乐风趣：
他说不出不恰当的话语，
他行不出无价值的行为；
他每个眼神都令人自豪， 55
仿佛自豪处处与他相伴，
在低矮农舍和凄惨路上，
而且狠心的神永远叫着：
"前进！"花冠上也写着。
他仿佛是为了胜利而生， 60
为赢得优雅，稳定心态，
有招人喜欢的耀眼天赋，
有大学堂里萌芽的能力，
仿佛命中注定将创造出

卫国武器或者严惩那些　　　　　　　　65
森严壁垒中的残暴之徒。
美因他青春的希望而笑，
轻松而自然地向他致敬，
岁月之神伸出幸运之手，
为他描绘出多彩的未来，　　　　　　　70
亲朋好友无不兴高采烈，
万事俱备，但只欠健康。

我见他无比灿烂的笑容
被悲伤的恐怖一路追杀
在荒野、在劳累痛苦中，　　　　　　　75
天使般耐心，继续劳作，
以他不久前的高昂姿态，
在最优秀的少年队伍中，
他获得几乎所有的褒奖；
其心气或希望丝毫不减，　　　　　　　80
并且他与家庭间保持的
亲密关系至少每日可见，
这位朝圣者心里感受到
的欢乐自豪与家里围着
壁炉的人仍旧心心相印。　　　　　　　85

命运之神拒绝他的理想，
但慷慨信任是他的安慰！
有人得到，他心满意足；

他愿意服从至高的意志。
坚定地信赖自己的心灵，　　　　　　　　　　90
无论预示什么样的命运，
他从未因自己的创造而
感到自责后悔或者悲伤，
他实事求是，为了真相，
就像不知悔悟的大自然　　　　　　　　　　95
每每总是做完了事就走。

闪电霹雳打在橡树枝上；
他希望的彩虹就此破灭；
没有胆小的哭声和泪水，——
他不叫剧痛，不知恐惧；　　　　　　　　　100
他的神态保持至高平静，
他灵魂苏醒，面貌入眠；
然而在他痛苦的痉挛间
他的天才发出欢乐光芒。

在你西班牙小岛沃土上　　　　　　　　　　105
大自然无穷无尽的笑容
从未暗示任何损失或与
亲人的残酷隔离和牺牲，
也没有哀悼过天才离去
和傻瓜留下的不变规律。　　　　　　　　　110
怎么样？或从什么地方
上帝才能找到自由灵魂？

你的记忆同样让橘树林、
棕榈树岛和可爱的河岸
不被遗忘,它的橡树枝
浸透在古老的血液之中。

经 验[①]

    生命之神，生命之神，——
    我看见他们列队走过
    各自穿着各自的服装，
    有的很像，有的不像，
    有的肥胖，有的阴森，—— 5
    有用的和令人惊奇的，
    外表和梦幻相互交织，
    队伍迅速幽灵般错觉，
    沉默寡言的特殊气质，
    以及这游戏的发明者， 10
    无所不在却没有名姓；——
    有的可见，有的得猜，
    他们从东向西前进着：
    最不起眼的小人儿呀，
    在高大卫兵的双腿间， 15
    四处行走，神态困惑。

[①] 编译者注：爱默生的《经验》（"Experience"）一诗最早发表于爱默生1844年出版的《散文随笔：第二辑》(*Essays: Second Series*)；1867年，收录于爱默生诗集《五月节》(*May Day*)。

亲爱的大自然牵着他，
最强大、善良的自然
细声说："不要紧，亲！
他们明天将换新面孔，　　　　　　20
你是主，这些是族人！"

补　偿①

I
时间的翅膀，黑白相间，
杂糅着清晨夜晚之黑白。
高高的山脉深深的海洋
始终保持着颤抖的平衡。
在莫测的月亮和潮汐中　　　　　　　　　　5
是短缺和拥有间的争吵。
范围更大但是空间更小，
带电的星星或画笔挥舞，
无数星球中孤独的地球
急忙穿越那永恒的大厅，　　　　　　　　　10
一种平衡力量飞向真空，
一颗增补追加的小行星，
或一束作为补偿的火花，
射穿黑蒙蒙的夜晚天空。

---

① 编译者注：爱默生的《补偿》（"Compensation"）一诗最早发表于爱默生1847年出版的《散文随笔：第一辑》（*Essays: First Series*）；1867年，收录于爱默生的诗集《五月节》（*May Day*）。

II

人如榆树，财富如藤蔓；   15
卷须缠绕，结实又牢固：
卷须弱小容易迷惑你们，
但是无一会被连根劫走。
因此弱小孩儿不用害怕，
没有神明会去虐待蠕虫；   20
桂树的花冠紧连着荒地，
权力属于行使权力的人。
没有分享？飞快的双脚，
瞧！它让你赶紧去相会；
所有自然馈赠你的东西，   25
漂流空中或被石头压着，
将劈开山丘或游入大海，
并且像你的影子跟着你。

政 治[①]

黄金和铁都是好东西
可用来购买黄金和铁；
地球上的羊毛和食物
照着它们的样子出售。
暗示了聪明的默尔林，　　　　　　　5
证明了伟大的拿破仑，
没有东西或钱币能够
购买比它更好的一切。
恐惧、技巧还有贪婪
均无法支撑一个国家。　　　　　　　10
用从尘土来的去建造
那些超过尘土的东西，——
安菲翁筑起道道城墙[②]
福玻斯必须树立起来。[③]

[①] 编译者注：爱默生的《政治》（"Politics"）一诗最早发表于爱默生 1844 年出版的《散文随笔：第二辑》（*Essays: Second Series*）；1867 年，收录于爱默生的诗集《五月节》（*May Day*）。
[②] 安菲翁（Amphion）：宙斯之子，Nioble 的丈夫，以七弦竖琴的魔力筑城底比斯城墙。
[③] 福玻斯（Phoebus）：太阳神和诗歌音乐之神。

当希神中九位缪斯与　　　　　　　　　　15
道德天使相互遇见时，
她们发现一个大西洋
场所符合她们的设计，
枝繁叶茂的绿色果树
挡住了来自太阳的热，　　　　　　　　20
那位政治家为了种麦
在那里耕出条条犁沟，——
当教堂成为社会价值，
当市政大楼成了壁炉，
那么完美的国就来了，　　　　　　　　25
这个合众国就成了家。

英雄主义 ①

红葡萄酒能让无赖陶醉,
蔗糖可以用来养肥奴隶,
玫瑰和葡萄叶装扮小丑;
雷雨云是朱庇特的花彩,
在厌恶花环里常常低头,　　　　　5
他的头上总萦绕着闪光;
英雄不是用糖喂养而成,
他每天都在侵蚀他的心;
伟人的寝室是他的牢房,
逆风而行是真正的捷径。　　　　　10

---

① 编译者注:爱默生的《英雄主义》("Heroism")一诗最早发表于爱默生1847年出版的《散文随笔:第一辑》(*Essays: First Series*);1867年,收录于爱默生的诗集《五月节》(*May Day*)。

人　物①

太阳落山，他的希望依然存在：
星星升空；他的信仰早已升起：
注视着太空中浩瀚的银河星系，
他的双眼似乎更加深邃和远古；
并且能够将时间的沉默寡言与　　　　　5
他那至高无上的忍受相互媲美。
他开口说话，他的话语比雨水
更加柔软，又带回了黄金时代：
他的行为赢得如此甜蜜的尊重
仿佛达到所有英雄业绩的极致。　　　　10

---

① 编译者注：爱默生的《人物》（"Character"）一诗最早发表于爱默生 1844 年出版的《散文随笔：第二辑》（*Essays: Second Series*）；1867 年，收录于爱默生的诗集《五月节》（*May Day*）。

文 化[①]

清规戒律或家庭教师能
教好我们等候的半神吗?
他一定是富有音乐天赋,
是惊人的、印象深刻的,
对地上的景色和天空中　　　　　　　　5
温柔和蔼的影响很敏感,
而且对少男少女眼睛中
的精神触动是温情脉脉:
然而牢牢地与本土捆绑,
并且必将过去融入未来,　　　　　　　10
用自己的模样重塑世界的流变命运。

[①] 编译者注:爱默生的《文化》("Culture")一诗最早发表于爱默生1860年波士顿版散文随笔文集《生活准则》(*The Conduct of Life*);1867年,收录于爱默生的诗集《五月节》(*May Day*)。

友 谊[①]

一滴鲜红而又高贵的血
重于那汹涌澎湃的大海，
这莫测的世界来去无常，
而死心塌地的恋人守候。
我心想他该早已经消失，—— 5
然而，在经历多年之后，
未尽的亲切如天边东升
的太阳仍在灼热地燃烧。
我思念之心又变得舒坦，
朋友啊，我的内心在说， 10
只有通过你天空变穹隆，
只有通过你玫瑰红艳艳；
万物因你变得更加高贵，
而且能够远眺天涯海角，
人们命运的轮回照你看 15
就像是一条太阳的轨迹。

[①] 编译者注：爱默生的《友谊》（"Friendship"）一诗最早发表于爱默生1847年出版的《散文随笔：第一辑》（*Essays: First Series*）；1867年，收录于爱默生的诗集《五月节》（*May Day*）。

友　谊

你的高贵同样教育了我
如何才能抑制我的绝望；
我生命源泉的暖流通过
你美丽的友谊清波荡漾。　　　　　20

美①

从来就不是形式或脸面，
在赛义德眼里只是腼腆，
麻木不仁，像一块石头，
但闪亮俯伏，消失在后。
在火焰、风暴和云朵中，
他四处寻美，孜孜不倦。 5
他猛击湖面以大饱眼福
溅起浅蓝色的闪亮浪花；
他猛掷卵石，为了倾听
卵石落水时发出的音乐。 10
优雅音调常常为他响起
从点头树梢到带状地带。
他听见前所未闻的声音
从中间以及漫游的星球。
地球震动照其自身韵律， 15
潮涨潮落如史诗般律动。

---

① 编译者注：爱默生的《美》（"Beauty"）一诗最早发表于爱默生1860年波士顿版散文随笔文集《生活准则》（*The Conduct of Life*）；1867年，收录于爱默生的诗集《五月节》（*May Day*）。

他目睹厄洛斯艰难闯过
情欲兽穴和苦恼的深渊,
去照亮黑暗和解除咒语,
并照耀宇宙的海角天涯。　　　　　　20
就这样他把岁月献给爱,
忠诚的敬意,拒绝吹捧,
任何诱惑对他都是徒然,
骗人的抱负和敷衍所获!
他认为生不如死更幸福,　　　　　　25
为美而死,不为吃而活。

神 态①

优雅、美丽和变幻无常
支撑着这扇金色的大门；
婀娜女子和拣选的男子，
让每一位凡人眼花缭乱。
他们甜蜜而镇定的表情　　　　　　5
曾让他的食欲走火入魔；
他无须迎上去，他们的
形态扰乱他独处的静穆。
他很少正视他们的脸庞，
他的眼睛始终盯着地上，　　　　　10
绿色的草地是一面镜子
写照着他们的点点特征。
他很少很少跟他们说话，
他的心飞舞在自我心中；
他们平静的表情剥夺了　　　　　　15
他的机智、话语和其他。

---

① 编译者注：爱默生的《神态》（"Manners"）一诗最早发表于爱默生 1860 年波士顿版散文随笔文集《生活准则》（*The Conduct of Life*）；1867 年，收录于爱默生的诗集《五月节》（*May Day*）。

神　态

太弱太蠢，他既赢不了
也躲不开他命运的暴君，
好比被蒙蔽的恩底弥翁①
悄悄地溜进背后的坟墓。　　　　　　　20

---

① 恩底弥翁（Endymion）：月亮女神所爱的英俊牧童。

艺 术①

让独轮车、托盘和平锅
焕发出浪漫的优雅光芒；
让月光洒向一堆堆金光
闪烁的石头背后的正午；
在城里铺设好的大街上   5
种上一排排郁金香花园；
用喷泉清水给空气降温，
在阳光明媚的广场歌唱；
叫雕塑绘画、公园广场
充满芭蕾、旗帜和节日，   10
修复历史，且装扮当下，
让明日散发出新香晨曦。
身穿尘土衣裙的苦工们
在城里钟楼后仔细查看
高耸入云的国王和随从，   15
像天使衣裙和星星翅膀，

---

① 编译者注：爱默生的《艺术》（"Art"）一诗最早发表于爱默生1847年出版的《散文随笔：第一辑》（*Essays: First Series*）；1867年，收录于爱默生的诗集《五月节》（*May Day*）。

他的父辈在寓言中闪烁，
他的孩儿在天筵上饱餐。
这就是艺术享受的特权，
如此展示其欢乐的部分，　　　　　　20
地球上的人们必须应变，
并让流放顺从他的命运，
而且，还必须与日子和
苍穹浇铸成同一种元素，
告诉他这些好比爬楼梯，　　　　　　25
或与时间老人共同生活；
而天堂生活总让人们的
涓涓细流之感溢满人间。

精神法则[1]

你的祈祷尊崇鲜活天堂，
连同那的房屋、建筑师、
采石工人所拒绝的时间，
在那里筑起永恒的高塔；
唯一可自我控制的工作，   5
不惧怕逐渐消逝的日子，
伴随着腐败和腐朽成长，
并通过有名的潜伏力量，
以及反应和反弹的形式，
让火焰结冰和冰块沸腾；   10
通过犯罪行为的黑手打
造天真无邪的银色座席。

---

[1] 编译者注：爱默生的《精神法则》（"Spiritual Law"）一诗最早发表于爱默生1847年出版的《散文随笔：第一辑》（*Essays: First Series*）；1867年，收录于爱默生的诗集《五月节》（*May Day*）。

统 一[①]

东西之间有充裕的空间,
但两者前行无法肩并肩,
不能同时行于东西之间:
远处有一只技高的布谷
把一个个鸟蛋挤出鸟巢,   5
短暂或死亡,除了它的;
对草地和石头施加魔法,
黑夜和白昼被颠倒黑白,
附加着各种品质和精髓
并且蕴含着热烈的力量   10
深深地作用于时时刻刻。

[①] 编译者注:爱默生的《统一》("Unity")一诗最早发表于爱默生1847年出版的《散文随笔:第一辑》(*Essays: First Series*);1867年,收录于爱默生的诗集《五月节》(*May Day*)。

崇　拜①

这就是他，被敌人打倒，
被重拳击醒，无恙跃起：
他曾经被当作战俘卖掉，
但监狱的铁栏锁不住他：
尽管把他捆绑在石头上，　　　　　　　5
他照样挣脱大山的锁链：
被丢进狮群去喂养狮子，
狮子蹲伏舔着他的脚趾；
被捆在桩上，不畏火焰，
头上却拱起荣耀的穹隆。　　　　　　10
这就是他，被误叫为命，
他穿过黑道，姗姗来迟，
但总是按时达到以承认
真理，并打败罪恶的人。
他最年长，也最有名气，　　　　　　15
比任何人更亲近你自己，

---

① 编译者注：爱默生的《崇拜》（"Worship"）一诗最早发表于爱默生1860年波士顿版散文随笔文集《生活准则》（*The Conduct of Life*）；1867年，收录于爱默生诗集《五月节》（*May Day*）。

崇　拜

然而，在他人眼里看来，
却充满喜悦的仓皇失措。
这是朱庇特，不听祈祷，
但每每带来意外的恩典。　　　　20
你或许该画条神秘的线，
把他的和你明确地分开，
一个是人，另一个是神。

塞缪尔·霍尔①

十二月行星光芒漫天四射，
他的冷眼审视实情和行为，
七月在他的心里阳光普照，
十月在他的手上充满自由。

---

① 编译者注：爱默生的《塞缪尔·霍尔》("S. H") 一诗最早于 1857 年 1 月以《塞缪尔·霍尔的性格》("Character of Samuel Hoar") 为题发表于《宗教月刊和独立杂志》(*The Monthly Religious Magazine and Independent Journal*) 第 17 期；1867 年，收录于爱默生的诗集《五月节》(*May Day*)。S. H: 塞缪尔·霍尔 (Samuel Hoar, 1778—1856)，生前是美国马萨诸塞州东部康科德城最杰出和最有造诣的学者之一，是马萨诸塞州一位最著名的律师，一位联邦党人和辉格党政治家；直到 1848 年，美国的奴隶问题激发了他的反对奴隶制思想，组建了马萨诸塞州"自由土壤党"；1854 年，塞缪尔·霍尔与爱默生一起组建了马萨诸塞州共和党。"自由土壤党"(Free Soil Party, 1848—1854) 是一个反对奴隶制的美国政党，提出"自由土壤，自由言论，自由劳动，自由人民"的政治口号。

安娜·斯特吉斯·胡珀①

她的心气很高,然而彬彬有礼,
她的姿态高雅自然,落落大方;
仿佛盯着远方都城和理石王宫,
诗人、国王、贵夫,尽善尽美。

---

① 编译者注:爱默生的《安娜·斯特吉斯·胡珀》("A. H.")一诗最早发表于爱默生1867年出版的诗集《五月节》(*May Day*)。A. H.: 安娜·斯特吉斯·胡珀(Anna Sturgis Hooper, sister of Caroline Sturgis Tappan)。1855年4月27日,在Caroline准备去欧洲旅行之前,爱默生曾经给Caroline写过信,其中提到他不久前访问过胡珀太太,"她热情地接待他。她的姿态和美丽足以在英格兰和意大利向你证明美国的美丽"。

各负其责①

你能够堵住那些邪恶的路径吗?
把债付清,就当是神开的清单。

---

① 编译者注:爱默生的《各得其所有》("Suum Cuique")一诗最早发表于爱默生 1867 年出版的诗集《五月节》(*May Day*)。Suum Cuique:各负其责,英文意思是:"give to each his due"。

嘘![1]

每一种思想都是公开的，
每一个角落都是宽敞的；
你的流言蜚语口口相传，
然而，神可是无处不有。

---

[1] 编译者注：爱默生的《嘘!》("Hush!")一诗最早发表于爱默生1867年出版的诗集《五月节》(*May Day*)。

演说者①

手上气力不足的人,就
必须学会使用他的口舌;
狐狸之所以如此狡猾是
因为它们身体不够强壮。

---

① 编译者注:爱默生的《演说者》("Orator")一诗最早于1860年3月发表于杂志《日晷》第1期;后来收录于爱默生1867年出版的诗集《五月节》(*May Day*)。

艺术家①

放弃茅舍，多去宫殿看看，
不要在乎人们说了些什么；
因为参天大树的生长之地
是猎人最常去的狩猎之地。

---

① 编译者注：爱默生的《艺术家》（"Artist"）一诗最早于1860年3月发表于杂志《日晷》第1期；后来收录于爱默生1867年出版的诗集《五月节》（*May Day*）。

诗　人①

　　诗人总是从陆地而来，
　　驾着轻舟，随风扬帆；
　　坚定航向，驶向大海，
　　舢板脆弱，发现世界。

---

① 编译者注：爱默生的《诗人》（"Poet"）一诗最早发表于爱默生 1867 年出版的诗集《五月节》（*May Day*）。

诗 人①

能成功地用简单的文字
包裹起激情四射的思想，
因为天才的技艺总是能
用天生的野草装扮国王。

---

① 编译者注：爱默生的《诗人》（"Poet"）一诗最早于1860年3月发表于杂志《日晷》第1期；后来收录于爱默生1867年出版的诗集《五月节》（*May Day*）。

植物学家[1]

你去完成你博学的任务，
我留下欣赏春天的花朵；
你去问问历史上的时代
这当下将给我带来什么。

---

[1] 编译者注：爱默生的《植物学家》("Botanist")一诗最早于 1860 年 2 月发表于杂志《日晷》第 1 期；后来收录于爱默生 1867 年出版的诗集《五月节》(*May Day*)。

园　丁[1]

真正的高雅之士，在清晨湿润的草地上，
阐述紫罗兰色的一部部古老的吠陀经典，
或者躲在藤蔓中从一个个透光孔中窥探，
看见红透了的李子和被果实压弯的梨树。[2]

---

[1] 编译者注：爱默生的《园丁》（"Gardener"）一诗最早于1860年3月发表于杂志《日晷》第1期；后来收录于爱默生1867年出版的诗集《五月节》（*May Day*）。
[2] beurré：在这里是梨树（pear）的另外一种说法。

护林员①

他身上马甲的颜色来自
野兔外套或松鸡的胸毛；
护林员要不被察觉地出
入森林动物暗藏的地方。

---

① 编译者注：爱默生的《护林员》（"Forester"）一诗最早于 1860 年 2 月发表于杂志《日晷》第 1 期；后来收录于爱默生 1867 年出版的诗集《五月节》（May Day）。

北方人 ①

造成船难让你滞留沙滩的大风，
同样帮助我的划船人奋力划船；
风暴是我推动划船的最佳桨帆，
驱使我沿着我的方向继续前进。

---

① 编译者注：爱默生的《北方人》（"Northman"）一诗最早于 1860 年 3 月发表于杂志《日晷》第 1 期；后来收录于爱默生 1867 年出版的诗集《五月节》（*May Day*）。

来自阿尔昆①

大海是勇敢者的道路,
小麦平原的前沿地带,
条条河流翻滚的深渊,
还是阵阵雨水的源泉。

---

① 编译者注:爱默生的《来自阿尔昆》("From Alcuin")一诗最早于1860年3月发表于杂志《日晷》第1期;后来收录于爱默生1867年出版的诗集《五月节》(*May Day*)。

更 高[①]

在他的头部上方生长着枫树的花蕾，
在那棵枫树的上方挂着弯弯的月亮，
而在月亮的上方布满了从天使们的
鞋上掉下的一颗颗星光闪烁的饰钉。

[①] 编译者注：爱默生的《更高》（"Excelsior"）一诗最早发表于爱默生1867年出版的诗集《五月节》（*May Day*）。Excelsior：美国纽约州州印上镌刻的箴言，意思是"更高"（拉丁语，higher）。

借 用[1]

你医治了你的部分创伤，
并且总是能够幸免于难，
但是你忍受的悲伤折磨
来自那些莫须有的罪名！

---

[1] 编译者注：爱默生的《借用》（"Borrowing"）一诗最早发表于爱默生 1860 年波士顿版散文随笔文集《生活准则》(*The Conduct of Life*)；1867 年，收录于爱默生的诗集《五月节》(*May Day*)。

自 然[①]

仁慈的自然每天说一句我们到现在才看清的大话，
并让我们训练有素，把新生事物看轻为老生常谈：
但他是有福的，深邃莫测，或许他还没有问为啥，
在这多事之秋没有时间去思考生或死带来的恐惧。

[①] 编译者注：爱默生的《自然》（"Nature"）一诗最早于1860年3月发表于杂志《日晷》第1期；后来收录于爱默生1867年出版的诗集《五月节》（*May Day*）。

命 运①

她坚定的眼神掌控今日，
明日却像在家一样自在，
并坚定地要求成为那些
一出现就诅咒她的灵魂。

---

① 编译者注：爱默生的《命运》（"Fate"）一诗最早发表于爱默生1867年出版的诗集《五月节》（*May Day*）。

星 象[①]

在他出生前,命运之星
策划着让他富有和伟大:
当婴儿脱胎松软的子宫,
幸运之门也就随后关上。

[①] 编译者注:爱默生的《星象》("Horoscope")一诗最早发表于爱默生1867年出版的诗集《五月节》(*May Day*)。

力 量[1]

把这个娃扔在山里石头上,
让那母狼的乳头去哺乳他,
让他跟鹰和狐狸一起过冬,
力量和速度就是他的手脚。

---

[1] 编译者注:爱默生的《力量》("Power")一诗最早于 1841 年收录于爱默生《散文集》(*Essays*);后来收录于爱默生 1867 年出版的诗集《五月节》(*May Day*)。

转折点[1]

就年龄而言,我不比人聪明,
就悲痛而言,我也并不老练;
生命在这本书的首页上闲逛,——
啊!我们还是能翻过这一页。

---

[1] 编译者注:爱默生的《转折点》("Climacteric")一诗最早于1860年2月发表于杂志《日暮》第1期;后来收录于爱默生1867年出版的诗集《五月节》(*May Day*)。

昨天、我不知道是谁、今天 ①

闪耀着前时代的光芒，充满着后时代的希望，
今天偷偷摸摸、摇摇摆摆地消失得无影无踪：
未来或者过去没有揭开任何更加丰富的秘密，
啊，比起你的知心朋友们，孤独无助的现在！

---

① 编译者注：爱默生的《昨天、我不知道是谁、今天》("Heri, Cras, Hodie") 一诗最早于 1860 年 2 月发表于杂志《日晷》第 1 期；后来收录于爱默生 1867 年出版的诗集《五月节》(*May Day*)。

记 忆[1]

夜晚睡梦在记忆墙上留下痕迹,
那是白天思想碰撞留下的影子,
而你的运气,当它们迎面扑来
的时候,却背叛了意志的偏袒。

---

[1] 编译者注:爱默生的《记忆》("Memory")一诗最早发表于爱默生1867年出版的诗集《五月节》(*May Day*)。

爱①

注定要为他而奔波的爱
能游过洪水和踏过雪地,
没有路,也能爬过绕过
翻过阿尔卑斯找到家园。

---

① 编译者注:爱默生的《爱》("Love")一诗最早发表于爱默生1867年出版的诗集《五月节》(*May Day*)。

牺 牲[1]

爱是苦恼，理智是焦虑，
有一个声音听不到回声，——
"当他应该为真理献身时，
那才是一个平安的地狱"。

---

[1] 编译者注：爱默生的《牺牲》（"Sacrifice"）一诗最早以《性格》（"Character"）为题于1866年2月发表于《北美评论》（*North American Review*, CII）第102期；后来收录于爱默生1867年出版的诗集《五月节》（*May Day*）。

伯里克利①

这位希腊人严肃明智地说，
请你忠诚老实，不要犯傻；
你的伙伴在寻求祭坛底座，——
在远处等候的是阵阵狂怒。

---

① 编译者注：爱默生的《伯里克利》（"Pericles"）一诗最早发表于爱默生 1867 年出版的诗集《五月节》（*May Day*）。Pericles：伯里克利（495—429BC），古雅典政治家、民主派领导人（460—429BC），后成为雅典国家实际统治者，其统治时期成为雅典文化和军事上的全盛时期。

卡塞拉①

对于诗人的考验来自爱的知识，
厄诺斯比萨杜恩或朱庇特更老；
最近或者过去，从未见过诗人
对于爱的全部知识会一无所知。

---

① 编译者注：爱默生的《卡塞拉》（"Casella"）一诗最早发表于爱默生1867年出版的诗集《五月节》（*May Day*）。

莎士比亚①

我知道人类所有的古今贤哲
都已经被斟酌过,除了少数;
莎翁仍稳如泰山,深不可测,
像那位孤独却有福的犹太人。

---

① 编译者注:爱默生的《莎士比亚》("Shakespeare")一诗最早发表于爱默生 1867 年出版的诗集《五月节》(*May Day*)。

哈菲兹[①]

羞怯的紫罗兰对哈菲兹
从不隐瞒她内心的激情,
痴迷的鸟儿向他吐露了
内心对爱的干渴和真情。

[①] 编译者注:爱默生的《哈菲兹》("Hafiz")一诗最早发表于爱默生1867年出版的诗集《五月节》(*May Day*)。哈菲兹:(Hafiz, 1327?—1390?),波斯诗人,创作了570余首富有哲理并充满浪漫主义精神的诗篇。

小自然[1]

松林在风中发出松涛阵阵，
松针在风中同样嘶声沙沙；
她的力量和灵魂让欢笑的
法兰西流下了一滴滴红酒。

---

[1] 编译者注：爱默生的《小自然》（"Nature in Leasts"）一诗最早于 1860 年 3 月发表于杂志《日晷》第 1 期；后来收录于爱默生 1867 年出版的诗集《五月节》（*May Day*）。

天才的秉性都好[①]

缪斯面带笑容地说,"有一条新的清规戒律",
"我献出我亲爱的儿子,那么你将不再讲道";——
路德、福克斯、伯麦、斯维登堡,脸色苍白,
并且,顷刻间,玫瑰般朵朵红色彩云托起了
哈菲兹和莎士比亚连同他们金光四射的高坛。

[①] 编译者注:爱默生的《天才的秉性都好》("Greek: AΔAKPΨN NEMONTAI AIΩNA")一诗最早发表于爱默生1867年出版的诗集《五月节》(*May Day*)。AΔAKPΨN NEMONTAI AIΩNA(Greek):"Genius is good natured… It is always gentle."

米歇尔·安杰洛·波纳洛蒂的十四行诗①

雕塑家的梦想向来不是
呈现白色大理石所无法
展示的形式；但是它能
发现唯一可靠大胆的手
仍旧服从他思想的指挥。　　　　　5
可爱的夫人，你把我的
毛病和好处都藏在身上；
我呀！没有活得很明白，
错失了为之努力的目标。

我不能怪爱或美的骄傲，　　　　　10
也不怪运气或我的冷漠，
假如你接受死亡和遗憾，
我这不相称的求生伎俩，
视死如归，但失败告终。

---

① 编译者注：爱默生的《米歇尔·安杰洛·波纳洛蒂的十四行诗》（"Sonnet of Michel Angelo Buonaroti"）一诗最早发表于爱默生 1867 年出版的诗集《五月节》（*May Day*）。

被流放者

译自波斯人克尔马尼

紫罗兰在法尔西斯坦盛开,
花瓣秀美,映衬天空之美;
我问底格里斯河能流多远?
紫罗兰是否始终缘溪而行?

除了这琥珀色清晨的微风,   5
这里没有人向我招手致意;
整个巴格达竟无人向这位
被流放的人表示爱的安慰。

我认识你,啊,清晨的风!
呼呼地吹过那克尔曼沙漠,   10
而你呀,暖人心房的夜鹰!

---

① 编译者注:爱默生的《被流放者》("The Exile")一诗最早以《波斯诗歌》为题于 1858 年 4 月发表在《大西洋月刊》(*The Atlantic Monthly Magazine*) 第 1 期;后来收录在爱默生 1867 年出版的诗集《五月节》(*May Day*)。

我父亲的果园早就认识你。

那位商人腰缠万贯而且从
沙滩上拾回许多精美宝物,
贵族王子们为我提供恩赐,　　　　　　15
允许我逗留在叙利亚沙漠;

倘不是礼物,那金子何用?
如果没有爱,那天是黑暗;
而我在巴格达目睹的一切
就是底格里斯河把我漂走。　　　　　　20

译自哈菲兹①

我对金光灿烂的天空说,
把远方的阳光地带藏起,
把你说的所有星星藏起,
因为在这个充满着爱和
真诚的尊重的世界之中,
月亮上堆积如山的丰收
至多值一粒大麦的价值,
普勒阿得斯的两扎稻谷。②

---

① 编译者注:爱默生的《译自哈菲兹》("From Hafiz")一诗最早发表于爱默生 1867 年出版的诗集《五月节》(*May Day*)。
② 普勒阿得斯(Pleiads):在希腊神话中,Atlas 和 Pleione 所生的 7 个女儿,被 Zeus 变作天上的昴星团。

假如我的爱人必须离去①

假如我的爱人必须离去，
寻求天下更骄人的朋友，
上帝禁止我这愤怒的心
另有所爱以致修复创伤。

当远方天边的蓝色圈环　　　　　　　　　　5
在这里稍稍挤压着我时，
我即低头对着我的坟墓，
并且到天空中去寻找你。

---

① 编译者注：爱默生的《假如我的爱人必须离去》（"If My Darling Should Depart"）一诗最早以《波斯诗歌》为题于1858年4月发表在《大西洋月刊》（*The Atlantic Monthly Magazine*）第1期；后来收录在爱默生1867年出版的诗集《五月节》（*May Day*）。

墓志铭①

我立刻俯身跪拜我的坟墓，
然后起身到天空中寻找你。

---

① 编译者注：爱默生的《墓志铭》（"Epitaph"）一诗最早以《波斯诗歌》为题于1858年4月发表在《大西洋月刊》（*The Atlantic Monthly Magazine*）第1期；后来收录在爱默生1867年出版的诗集《五月节》（*May Day*）。

墓志铭①

想想吧，可怜的心，疯狂的命运之神
给这位温情的青年开了个苦涩的玩笑；
为了让少女温暖的心胸贴近他的心胸，
她在他的头上压上一块厚厚的大理石。

---

① 编译者注：爱默生的《墓志铭》（"Epitaph"）一诗最早以《波斯诗歌》为题于 1858 年 4 月发表在《大西洋月刊》（*The Atlantic Monthly Magazine*）第 1 期；后来收录在爱默生 1867 年出版的诗集《五月节》（*May Day*）。

他们说……①

他们说，通过忍耐，白垩
最终也会变成一颗红宝石；
啊，是呀！唯有真诚心血，
白垩的成色才能变得深红。

---

① 编译者注：爱默生的《他们说……》（"They Say…"）一诗最早以《波斯诗歌》为题于1858年4月发表在《大西洋月刊》（*The Atlantic Monthly Magazine*）第1期；后来收录在爱默生1867年出版的诗集《五月节》（*May Day*）。

友 谊[1]

愚蠢的哈菲兹!你说农民们
能够知道阿曼珍珠的价值吗?
要么让贵人看看那颗让月亮
黯然失色的宝石,要么藏着。

---

[1] 编译者注:爱默生的《友谊》("Friendship")一诗最早以《波斯诗歌》为题于1858年4月发表在《大西洋月刊》(The Atlantic Monthly Magazine)第1期;后来收录在爱默生1867年出版的诗集《五月节》(May Day)。

亲爱的,你的影子洒在哪里?[①]

亲爱的,你的影子在哪?
美坐着,且音乐奏响了;
你的形和影出现的地方,
那就是万物自己的家园。

[①] 编译者注:爱默生的《亲爱的,你的影子洒在哪里?》("Dearest, Where Thy Shadow Falls")一诗最早以《波斯诗歌》为题于1858年4月发表在《大西洋月刊》(*The Atlantic Monthly Magazine*)第1期;后来收录在爱默生1867年出版的诗集《五月节》(*May Day*)。

没有王子或新娘的钻石①

没有王子或新娘的钻石
能发出如此优雅的光芒,
好比一位青年的眼里所
焕发出的进取精神之光。

---

① 编译者注:爱默生的《没有王子或新娘的钻石》("On Prince or Bride No Diamond Stone")一诗最早以《波斯诗歌》为题于1858年4月发表在《大西洋月刊》(*The Atlantic Monthly Magazine*)第1期;后来收录在爱默生1867年出版的诗集《五月节》(*May Day*)。

译自欧玛尔·海亚姆[①]

郁金香盛开的每个地方
都让血性伟人如痴如醉；
紫罗兰花开点缀的田野
是时间杀死的点点美丽。

[①] 编译者注：爱默生的《译自欧玛尔·海亚姆》("From Omar Chiam")一诗最早以《波斯诗歌》为题于1858年4月发表在《大西洋月刊》(*The Atlantic Monthly Magazine*)第1期；后来收录在爱默生1867年出版的诗集《五月节》(*May Day*)。Omar Chiam: 欧玛尔·海亚姆（Omar Khayyam, 1048?—1122?），波斯诗人、数学家、天文学家，曾参与修订穆斯林历法（1079），写有关于代数学的论文，以四行诗闻名。

拥有一千个朋友的人[①]

拥有一千个朋友的人少一个也不行，
而拥有一个敌人的人处处遇见敌人。

[①] 编译者注：爱默生的《拥有一千个朋友的人》（"He Who Has A Thousand Friends"）一诗最早以《波斯诗歌》为题于 1858 年 4 月发表在《大西洋月刊》（*The Atlantic Monthly Magazine*）第 1 期；后来收录在爱默生 1867 年出版的诗集《五月节》（*May Day*）。

两个日子①

两个日子对你逃离你的坟墓都没有好处，
一个约定的日子和一个尚未约定的日子；
第一天，不论香膏还是医生均无济于事，
第二天，天地万物也不会对你进行杀戮。

---

① 编译者注：爱默生的《两个日子》（"On Two Days"）一诗最早以《命运》（"Fate"）为题发表于爱默生1860年波士顿版散文随笔文集《生活准则》（*The Conduct of Life*）；1867年，收录于爱默生的诗集《五月节》（*May Day*）。

译自伊布恩·杰民 ①

有两种东西你不可求,假如你热爱宁静的日子;——
你妻子以外的女人,尽管她是头戴皇冠的皇后;
其次是借来的钱,尽管借给你钱的人微笑地说
不到最后的审判日,他是不会向你讨还债务的。

---

① 编译者注:爱默生的《译自伊布恩·杰民》("From Ibn Jemin")一诗最早以《波斯诗歌》为题于 1858 年 4 月发表在《大西洋月刊》(*The Atlantic Monthly Magazine*)第 1 期;后来收录在爱默生 1867 年出版的诗集《五月节》(*May Day*)。伊布恩·杰民(Ibn Jemin):为 Emir Mahmoud Ben Jemin-eddin Ferjumendi 的笔名。

长 笛[1]

请听那忽高忽低令人憔悴的长笛在抱怨什么,
没有语言、蛋黄脸色、狂风阵阵,悲叹哀鸣;
我的爱人!在说那古老神秘的故事依然存在,——
假如我依然是我;你依然是你;或者你是我?

---

[1] 编译者注:爱默生的《长笛》("The Flute")一诗最早以《波斯诗歌》为题于1858年4月发表在《大西洋月刊》(*The Atlantic Monthly Magazine*)第1期;后来收录在爱默生1867年出版的诗集《五月节》(*May Day*)。

致波斯王（哈菲兹）①

为了驱逐你的敌人，击败你的嫉妒者，
闪亮的大角星每天早晚高举着他的矛。

---

① 编译者注：爱默生的《致波斯王（哈菲兹）》["To The Shah（From Hafiz）"]一诗最早以《波斯诗歌》为题于1858年4月发表在《大西洋月刊》(*The Atlantic Monthly Magazine*)第1期；后来收录在爱默生1867年版诗集《五月节》(*May Day*)。Shah：伊朗（波斯）国王的总称；Arcturus：大角。

致波斯王（恩韦里）①

星星不会停留在他们的房子里，
而是高高地挂在你们屋顶上方！

---

① 编译者注：爱默生的《致波斯王（恩韦里）》["To The Shah (From Enweri)"] 一诗最早以《波斯诗歌》为题于 1858 年 4 月发表在《大西洋月刊》(*The Atlantic Monthly Magazine*) 第 1 期；后来收录在爱默生 1867 年出版的诗集《五月节》(*May Day*)。

致波斯王(恩韦里)①

星星受引力作用汲取你的价值和重量,
而宇宙万物之平衡却是你房屋的平衡。

---

① 编译者注:爱默生的《致波斯王(恩韦里)》["To The Shah (From Enweri)"] 一诗最早以《波斯诗歌》为题于 1858 年 4 月发表在《大西洋月刊》(*The Atlantic Monthly Magazine*)第 1 期;后来收录在爱默生 1867 年出版的诗集《五月节》(*May Day*)。

锡德·尼姆托拉之歌[①]

舞会狂欢！我旋转，我燃烧，
我看不清哪儿是头哪儿是脚，
我也分不清我的心和我的爱，
也认不出我的酒杯和我的酒。
我所做的和我所留下的一切，　　　　　5
并没有汇集成我的感觉认识；
而是消失在我旋转的天空中，
我只知道我喜欢这样旋转着。

我就是寻找那一块石头的人，
一个鲜活且难能可贵的圣人；　　　　　10
来自芸芸众生之心灵的彼岸，
我潜没在感觉的汪洋大海中；
可是什么是陆地？或者海浪？
在我看来谁只渴望得到宝石？

[①] 编译者注：爱默生的《锡德·尼姆托拉之歌》（"Song of Seid Nimetollah of Kuhistan"）一诗最早以《波斯诗歌》为题于1858年4月发表在《大西洋月刊》（*The Atlantic Monthly Magazine*）第1期；后来收录在爱默生1867年版诗集《五月节》（*May Day*）。

爱就是空气滋养的一团烈焰   15
我的心是树脂烧的一股乳香；
像沉香木的火焰，我燃烧着，
然而，我的香炉却无动于衷。
我无所不知，却又一无所知；
不停地走着，不站住不停步。   20

不要叫我来背诵《古兰经》，
就像穆夫提们那样个个都会；
虽然我把这本经书踩在脚下，
但是我喜欢其中甜蜜的意思。

瞧！神的爱在天上高高燃烧，   25
直到所有人间差异烟消云散。
穆斯林教徒？非伊斯兰教徒？
都是爱的子民，是兄弟姐妹。
我拥抱所有真诚的爱的信徒，
但我无法容忍任何欺骗的人。   30
我的心胸装满了对上帝的爱，
并不受任何低级趣味能摆布；
在那里人世间的事，在地上，
人们热议的事，我一无所知。

《诗选》

(Selected Poems, 1876)

竖 琴[1]

有位音乐家,确信无疑,
说他的智慧将永不衰败,
他从未品过不纯的美酒,
也不向脆弱的激情低头。
岁月无法模糊他的记忆,   5
悲伤不叫他的声音走调,
在规定范围内上下律动,
从欢乐声调到内心悲痛,
在他狂风呼啸的洞穴里
调整着宇宙万物的音高。   10
他熟悉所有的寓言故事,
并且能讲述它们的缘由,——
了解大自然的罕见神态,
总俯伏着她的神秘大地。
人类的缪斯总是羞涩的,   15
往往不愿意殷勤地出现;

---

[1] 编译者注:爱默生的《竖琴》("The Harp")一诗最早发表在爱默生1876年波士顿版《诗选》(*Selected Poems*)。

来到大厦和集市广场时,
她总显愚笨,说不出话;
但是我的诗人不仅知道
而且讲述了诸神的意图, 20
了解圣书中的咒语魔力,
了解白天和黑夜的规律,
了解男孩和女孩的心情,
那悲痛欲绝和心花怒放,
还有关于亚瑟王和他的 25
圆桌勇士们的英勇故事,
还有在那些恒星年份中
大海和大地之间的交谈。
他用梦幻般疯狂的数据,
道出他自己的全部传说, 30
调节着所有的极端行为,——
那金光四射的大草原说,
对有信仰的孩子们而言,
孩子们的歌声孩子们听,
春天只能是青年的春天。 35

哪位诗人是这么赞美的?
他何时歌唱?住在哪里?

诗人们享受的最佳歌曲
是你在我身边的窗户旁
听到的那风弦琴的琴声。 40

风神埃俄罗斯的风弦琴,
你的风弦是何等地奇妙!
青年人高兴,热情洋溢,
(艺术甜美,真理更甜),
在夏日夜晚的歌舞大厅,   45
命运和美之神迂回穿行。
响亮和勇敢的歌声从那
渴望和开放的弦中传出。
谁不喜欢风弦琴的音符?
这位诗人为何如此溺爱   50
这把风弦琴的神秘音乐,
带着它那最远古的记忆,
叙说着古代诗人们关于
默林锁起这把琴的故事,
默林付出了罪恶的痛苦,   55
被囚禁在空气的地牢中,
有人通过他的声音听见
痛苦的话语恐惧的呼喊,
但把一切交托在音调上,
如悲伤诗人的阵阵悲鸣。   60
假如那回响一切的贝壳,
不仅述说被掩埋的过去,
而且能劈开未来并揭示
他宁可掩盖的恐惧之感?
它分享着这大地的秘密,   65
以及拥有她生命的秘密。

不用那神秘自我的语气，
而只用超神的口气说话：
它面对宇宙的呼吸颤抖，
仿佛它在听，所有在说； 70
完全服从最原始的目标，
它是世俗中规律的表述。
而至少这个，我敢肯定，
由于所有天才均有局限，
整个唱诗班也无一诗人， 75
荷马自己不是诗人祖先，
弥尔顿忧虑喜悦的颂歌，
或无人媲美的莎士比亚，
科林斯幼嫩痛苦的诗歌，
或拜伦吹响的鄙视号角， 80
司各特大方男孩的喜乐，
华兹华斯潘的记录声音，——
这些都不能被写成诗歌，
或者能够详细叙述至今，
孩子们春天在山上听到 85
的令人陶醉的情景声音，
穿过橡树林时，他听见
那哨鸟发出的尖声质问，
松鸡发出笨拙的嗡嗡声，
以及翠鸟发出的咯咯声； 90
当夜幕降临时，低地上，
看见妓女们跳舞的篝火；

或明显、愚昧、愁苦的，
清晨远方第一缕的霞光。
大自然说出了这些音节，　　　　　　　　95
而且他身上的思想醒了，
除了对他的耳朵，无法
适当地说出一行风琴诗。
我真听见了命运三女神
嗡嗡转轮上的男人寿数，　　　　　　　100
生命、权力和痛苦寿数，
琴声是如此甜蜜和忧伤。
其特尔斐弦能告诉我们
自然是如何系留于灵魂，
假如那根无声琴弦再度　　　　　　　　105
像以前一样，震颤奏响。

不久以前，在黄昏时分，
仿佛我的身旁有扇窗户，
就这么听着，说老实话，
我向前望着青春的田野：　　　　　　　110
我看见男孩们骑着骏马，
知道他们身穿亮丽草服，
被断裂命运隐瞒了许久，
青春的伙伴，却非配偶，
远比我强壮，比我勇敢，　　　　　　　115
优雅、聪明，衣着整洁，
而且现在更加令人羡慕，

温文尔雅，所到之处均
伴随着他们不知道的爱，
带着冰冷和害羞的激情。 120
欢乐吧，多罕见的复苏！
我振奋地吸着乐园空气，
看见新人绽放青春花朵，
莽撞坟墓打不破我的梦！
教你吧，春天！来自大 125
地生命复苏的巨大反冲
是葬身于此的世间凡人。

四月①

四月风充满着神秘魅力，
拨动着人们优雅的心弦；
对于青年少男少女而言，
花园漫步充满无限激情。
树篱上镶嵌着钻石点点， 5
空气中充满丘庇特的爱，
美丽的罗莎蒙德的线索
引领着恋人们通向泳池。
水中的每一次甜蜜微笑，
为磐石遮阴的每片叶子， 10
会欺骗、赌气、拍马屁，
也会谈判并且挑起是非。
好人、顽皮蛋、小妖精
所知道的远远超过书本；
丢掉你令人苦恼的问题， 15
去追随充满阳光的小溪。

---

① 编译者注：爱默生的《四月》（"April"）一诗最早发表在爱默生 1876 年波士顿版《诗选》（*Selected Poems*）。

四 月

南风阵阵充满机智颖悟,
学校学堂令人沮丧迟钝,
老师们基本上省略掉了
我们该了解的全部知识。　　20

财 富[①]

谁知道在那远古的时候，
是啥东西曾降临在那个
没有生命但松散地挂着
星星和太阳的球体之上？
这种现象依照哪位神明？　　　　　　5
什么风吹满了遍地地衣，
让力量的微粒随风飘扬，
落在岩石上并磨蚀岩石？
然而那位原始的拓荒者
知道这其中繁重的任务，　　　　　　10
通过宇宙的巨大年轮去
铸造那心灵的物质家园。
漫长的世纪让空气长出
一片宽矮缠结的灌木丛，
撒下岁月树叶并在麦浪　　　　　　　15

[①] 编译者注：爱默生的《财富》（"Wealth"）一诗最早发表于爱默生 1860 年波士顿版散文随笔文集《生活准则》（*The Conduct of Life*）；1876 年，收录于爱默生《诗选》（*Selected Poems*）。

财富

掀起它金色的自豪之前，
包裹掩藏起无情的岩石。
什么铁匠，什么熔炉才
能翻动铜、铁、锡、金？
（模糊无声的万年长河
让大脑眩晕，计算出错） 20
哪颗古老的星星为这颗
行星铺上一层石灰地板
以保留衰落种族之名分？
尘土堆积成尖塔和土堆： 25
谁见过何种蕨类植物和
棕榈被压在山腰斜坡下
稳定煤层的草本植物上？
然而当质问堆积如山时，
一切都毫无价值，直到 30
明智选择的意愿出现时，
智者才从泥土和混沌中
找到美丽和健康的线索。
然后，盖起寺庙、城镇、
市场、商店、艺术大厅； 35
然后，乘帆船渡过大海，
用热带树林滋养着北方；
暴风骤响，且激流奔泻，
所到之处流成江河湖海，
新生奴隶满怀诗人梦想， 40
导电金丝，重压的蒸汽。

然后，建码头，囤粮食，
聚藏钱财，增添了铸模。
尽管头脑简单的人忘事，
但记忆为她还清了债务： 45
通过大小行动，她仍提
供电力震颤与法律关系，
将大自然那疯狂的力量
与儿童的意识相互捆绑。

风弦琴少女的话[1]

朋友啊,轻轻地抱着我!
感谢你和蔼真诚的关爱
把我松绑并且送入空中。
让你的嘴唇和指尖不停
吹着长笛,弹着舞琴键;   5
我等待一声温柔的琴声,
我想多听听或不听也罢:
把我带到自然的怀抱中,——
为了兄弟,风在哪?哪?
撩起窗扇,让我走进去,   10
给我你的耳朵,我开始。
温情的竖琴会将这世界
的秘密分享给温柔的心;
今天明天永远无法穷尽
它充满希望悲伤的财富;   15
但每天向爱的耳朵传达

---

[1] 编译者注:爱默生的《风弦琴少女的话》("Maiden Speech of the Æolian Harp")一诗最早发表于爱默生1876年出版的《诗选》(*Selected Poems*)。

崭新的感觉和崇高笑容。
我与你们同住，亲爱的，
这将结束我的诗歌吟游。
我吟唱的诗篇多而微妙，　　　　　20
近期的比早期的更含蓄，
因为我修复幸福的日子
并让最大悲痛充满欢笑。

丘庇特①

严严实实的宇宙
易为爱神所接受;
双眼被蒙不犯错,
不论身边和上下。
他把令人眼花的   5
白色光芒掷向那
俯伏的神和撒旦,
借助神秘的心机,
让那罪恶与善良
的双方言归于好。   10

---

① 编译者注:爱默生的《丘庇特》("Cupido")一诗最早发表于爱默生 1876 年出版的《诗选》(*Selected Poems*)。

修女的抱负①

昨天从来就没有微笑过，
日子单调乏味得过且过，
然而以上帝的名义，我
面对明天并且反抗明天；
我虽弱小，但我祈祷时，　　　　　5
神助我以压倒性的恩赐。
我呀！我孩儿时的想法，
如果他把我的网络变成
美丽人生画卷上的污点，
我内心的满足会矫正它。　　　　　10
但是这些波浪和树叶呀，——
坚韧的自然偶尔悲伤时，
任何人间话语都无法与
自然宁静的细声相媲美。
在这上帝建造的祭坛上　　　　　15
我摆上我的虚荣和罪过；

---

① 编译者注：爱默生的《修女的抱负》（"The Nun's Aspiration"）一诗最早发表于爱默生 1876 年出版的《诗选》（Selected Poems）。

希望或激情无法激励我，
仿佛倾听着庄重的挽歌
在赞美北方群山的风暴，
高调模糊的大自然葬礼，—— 20
那阴暗浮华虚饰的云朵，
那披麻戴孝的哀痛夏天。
经常是天一亮就死去了，
许多天使从此匆匆路过，
但点亮了我的低地草坪 25
或许大洋浪花滋养着它，
被遗忘在庄严的墓群中，
但被夏日花朵重重掩埋。
我托梦地球，为生而死：
时间呀，别用秃头对我。 30
我挑战你，让我快走过，
或者，轮得我飞得太快。
别认为我麻木停止不前，
或者只关心地球对地球，
为爱的错综纽带所捆绑， 35

或陷入极端气候的困境。
我厌倦羞耻，匆匆忙忙：
我乘坐远方的自由彗星，
乘坐这颗彗星进入太空，
蔑视拥抱你的万古千年； 40
万古千年逐渐展开一个

个万古国度,浩瀚无比;
没有早晨,也没有夜晚,——
自我支撑,但蔑视命运,
闪亮的孩儿,无法名状,   45
从未听说你消沉的大名;
这位可悲的诗人不曾说
我集成一体是多么沉闷,
而韵律不谐就像个瘸子。

颂　歌[1]

我们热爱这神圣庄严的房屋，
它是我们父辈为上帝建造的；
他们的感激誓言仍存于天国，
他们的尘埃赢得故乡的喜爱。

圣神的思想在这里洒下光芒　　　　　　　　5
从许许多多光辉灿烂的面庞，
充满温情希望的祈祷已经把
一种芳香从这地方散发开来。

一颗颗急切的心已经在这里
苦苦地思索生命意义的奥秘，　　　　　　10
并祈祷永恒的精神能够清除
疑虑并且助力他们继续奋斗。

---

[1] 编译者注：爱默生的这首《颂歌》（"Hymn"）最早于1833年吟诵于钱德勒·罗宾斯（Mr Chandler Robbins）牧师在波士顿第二教堂接受神职的仪式上；后来收录于爱默生1876年出版的《诗选》（*Selected Poems*）。

从那些简陋的公租公寓周边
开来了一列令人忧虑的列车，
而且他们在教堂里找到了的　　　　　15
恩赐重新充满了他们的家庭；

因为那来自上帝的神性信仰、
宁静和神奇的大爱已经向他
们展示，神圣的天堂生活是
源出大地上谦卑贫民的生活。　　　　20

他们家如尘埃，但与神同在，
在这里，孩子们虔诚地祈祷，
并且在这短暂的终生信仰中
去寻找那条窄小的人生道路。

上帝的圣灵降临到他的头上，　　　　25
降临到站在祭坛边的他头上；
通过你的嘴道出纯粹的命令，
你的心是一颗爱所有人的心！

波士顿①

(上帝与我们的父辈同在,也与我们同在)

三座山顶,岩石角落,
背靠农田,面朝东方,
大海涌动,每日两次
把波士顿紧抱在怀里;
昔日人们强壮但贫苦, 5
为了生计而远航四海。

他们肩负着贸易意图
竭尽了自由人之所能,
人们赞扬无畏的道路,
他们才是真正的商人。 10
世界为诚实贸易而造,
种地吃饭是天经地义。

---

① 编译者注:爱默生的《波士顿》("Boston")一诗最早于1876年2月发表在《大西洋月刊》(*The Atlantic Monthly Magazine*)第37期;后来收录在爱默生1876年出版的《诗选》(*Selected Poems*)。

摇晃他们的深海浪涛
早把秘密告诉了他们；
风吹着入睡的少年说，　　　　　　　　　　15
"像我们一样自由勇敢！"
诚实的风浪拒绝帝国，
海洋洞穴里住着奴隶。

古老欧洲在王宫呻吟，
拥有太多的达官贵族；——　　　　　　　20
我们在沸腾的大海边
建造一座贫穷的城市；——
日复一日，波士顿湾
回报他们的诚实劳动。

我们不叫少数人公爵，　　　　　　　　　25
我们坚守正义和公平；——
周日教堂长椅的平等，
周一超市的购物平等。
没有自由，种地航海，
土地生命又意义何在？　　　　　　　　　30

我们支持高尚的工匠，
否认任何无赖和傻瓜；
任何诚实者均可投票，
每位孩子都可以上学。
建立一个诚实人联盟，　　　　　　　　　35

否则联盟就毫无意义。

野玫瑰和多刺伏牛花
开出它们夏天的骄傲
那里现在滚烫的路面
磨破了芸芸众生的脚。   40

美丽的玫瑰种在山后，
环绕美丽的海湾城镇，
那里西边的群山衰退，
大片的草原逐渐消失。

那又怎么啦？沿海岸   45
崛起了许多竞争城市，
宾州、纽约、巴尔的摩？
假如波士顿心里明白！

世界之大让他们开心；
大山说："祝你们好运！   50
撒克逊人，我们欢迎，
你们和城镇，住下吧！"
世界为诚实贸易而造，——
种地吃饭是天经地义。

他们说，"你们无障碍，   55
因为你们都不是懒汉；

条条街道都通往大海，
或者向西都通向大陆"，

啊，幸福的海滨城市，
道路纵横，四通八达； 60
篱笆结实，城墙陡峭，
任何城壕都不如你深！

乔治传来英王的噩耗：
他说，"你们兴旺发达，
就这些礼物就能知道， 65
你们应该付我们茶税；
就一点根本不是负担，
我们荣幸地通知你们"，

波士顿说，"不，国王，
我们酬劳你的地方官， 70
让他们住好睡好吃好，
每年得支付六千英镑。
（你知道我们的难处），
百万英镑得用于自治，
可是贡金却分文不见"。 75

货船靠岸！谁能责备
若印第安人搜出茶叶，
一箱一箱，全部打开，

波士顿

倒进幸灾乐祸的大海?
没有自由,种地航海,   80
土地生命又意义何在?

城里人挑战英王陛下,
但与法国人结成友谊,
光荣地加入爱国联盟,
坐上他们低矮的木凳。   85

啊,慷慨不败的大海!
啊,永远不忘的日子!
啊,幸福的港口目送
拉斐德战船随风漂荡!①
欧洲夜晚北极星的光,   90
从未偏离正确的轨迹。

国王恐惧,帝国渴望
能够找到秘密的部队
去战胜小小的爱国军
以保护全人类的权利。   95

众所周知力量乃权力;
各省真诚地团结起来,

---

① 拉斐德(Marie Joseph Motier La Fayette,1757—1834),法国君主立宪派将军、巴黎国民卫军司令(1789—1791),屠杀反王政群众(1791),君主制被推翻后,逃亡奥地利(1792),拿破仑掌权时回国(1799),以参加美国革命荣立战功闻名。

不论好歹，战斗打响，
自由胜利，欢呼雀跃。

大海逐渐回归了平静　　　　　　　　　　100
恢复往日的世界贸易；
因此让每一位海湾人
把波士顿叠放在心里，
直到大雪喧住这回声，
或蓝色大洋吞没城镇。　　　　　　　　　105

让千万个战士的鲜血
在她每根动脉中流淌；
让所有聪明人的智慧
在她头脑里金光闪烁。
你们能教授闪电语言，　　　　　　　　　110
且声音传遍天涯海角。

而且人人都关心别人，
人人都相互俯身致敬，
不论贫穷善良的兄弟，
还是友好平等的朋友。　　　　　　　　　115

一种穿越岁月的恩赐
包裹着你所有的城塔！
你是我们亲爱的城镇，
上帝与父辈和我们同在！

未收入诗集的诗篇

(Uncollected Poems)

威廉·鲁弗斯和那位犹太人①

"我的国王陛下,——门口站着一位犹太人。"
——"让他进来吧",国王说,"他在那儿等待什么呢?"
——"先生,我知道你是亚伯拉罕的狮子,
不爱基督,不吃猪肉,也不把钱用来做好事。"
"我的国王陛下呀!我是照着摩西的吩咐去做的;   5
避免一切罪恶,我始终没有打开我保险箱的盖子;
在我父辈所遵循的律法里,上帝就不允许我背信弃义;
我的族人不能侍奉未受割礼的拿撒勒人;
可是我儿子以撒却已经去了非犹太教人那边②,
而且我想不出办法让我的长子重新回来。   10
我愿意拿出五十马克以及我那件拖到脚跟的粗布长袍,
去给能够把他从基督教信仰中拉回来的拉比;
可是那些佩戴护符的拉比们却居住在海外很远的地方,
我无法去见他们,他们也不能来找我。
我的国王陛下,能够从玛各的房子里,   15

---

① 编译者注:爱默生的《威廉·鲁弗斯和那位犹太人》("William Rufus and the Jew")一诗最早发表于安德鲁斯·诺顿(Andrews Norton)主编的《1829献礼》(*The Offering for 1829*, Cambridge, 1829)。
② 非犹太人(the Gentiles):非犹太教徒(犹太人中常用以特指基督教徒)。

把我儿子带回到他自己的犹太教堂吗?"
——"为什么我就是那位拉比,——能找一位更合适的法利赛人吗?
给我点出五十马克来,并且把你的儿子送到我这里来。"
关于如何把这孩子重新带回到他族人的信仰中去,
国王是滔滔不绝,满口都是大道理和嘲讽的话,   20
但是犹太人以撒真是铁石心肠,顽固倔强,
以致国王虽然想尽办法,但仍然无济于事;
因此他给这位犹太人退回了二十马克;
他说,"我想我应该为我付出的辛苦留下三十马克"。

名 声①

命运啊！难道一个男人
没有胡子就不聪明了吗？
东到西、一端到另一端②，
难道你从来就没听说过
智慧往往能够出自少年？　　　　　5
风趣在失趣前就当成熟？

他为了追求知识和名声
付出了很高很高的代价，
为了聪明倾注全部力量，
为了名牺牲牙齿和骨头，　　　　　10
为了讨好诗人和批评家，
他卑躬屈膝，虚度平生。

假如真的无法做得更好，

---

① 编译者注：爱默生的《名声》（"Fame"）一诗最早发表于安德鲁斯·诺顿（Andrews Norton）主编的《1829献礼》（*The Offering, for 1829*, Cambridge, 1829）。
② from Beer to Dan: from Dan to Beersheba, 从一端至另一端。

那就吃饱了睡上四十年；
没有人爱，也无人害怕，　　　　　　　　　　15
就笑对人生，把泪当酒；
勇敢地采取致命的一跳，
有求必应岂不心满意足？

但是命运之神不会允许
诸神的种子就这样死去，　　　　　　　　　　20
也不会容许感觉去寻找
天上的智趣并赢得报酬，
也不让我们把任何一点
喜乐藏于世界之光下面。

闪光吧，你悲伤的青春；　　　　　　　　　　25
去吧，为了名声而牺牲；
把爱、快乐、健康摆上
圣坛并让生命点燃火焰；
为了那貌似勇敢的交换，
为了名声死于幸福殉难。　　　　　　　　　　30

无　声[1]

他们把手指放在嘴唇上，
是来自天上的各种力量；
大海环绕着一个个小岛，
月亮把其舌头探入大洋，
他们相爱，却不叫作爱。

---

[1] 编译者注：爱默生的《无声》（"Silence"）一诗最早于 1840 年 10 月发表于杂志《日暑》第 1 期；后来收录于 1884 年出版的河滨《诗集》（*Poems*）。

没有大小之分[①]

对创造万物的灵魂而言
没有大的和小的的区别：
它所到之处，万物生长；
它无时不有，无处不在。

[①] 编译者注：爱默生的《没有大小之分》（"There Is No Great and No Small"）一诗最早出现于 1841 年出版的爱默生《散文集》(*Essays*)。

我拥有整个天空①

我拥有整个天空,
拥有七个星座和太阳年,
拥有恺撒的手和柏拉图的头脑,
拥有基督的心和莎士比亚的天赋。

---

① 编译者注:爱默生的《我拥有整个天空》("I Am Owner of the Sphere")一诗最早出现于 1841 年出版的爱默生《散文集》(*Essays*)。

恩　惠①

主啊，主宰万物的主啊，我多么
感激您在我身边施设的一切保护！
榜样、习俗、敬畏、缓慢的时机，——
这些被鄙视的奴隶是我的女儿墙②。
我不敢探头越过这堵低矮的挡墙
去窥视墙根下那波涛汹涌的海湾，
我跌落其中的那罪恶的万丈深渊，
尚未为我筑起抵挡罪恶的女儿墙。

---

① 编译者注：爱默生的《恩惠》（"Grace"）一诗最早于 1842 年 1 月发表于杂志《日晷》第 2 期；后来收录于 1883 年出版的河滨《诗集》（*Poems*）。
② 女儿墙（parapet）：低矮党墙。

三个维度[1]

"给星球腾出地方来!"——接着它们开始发光,
并且消失在浩瀚的天空之中;
"空间呀!空间!"新的人类呼唤着,
并且对着自由起誓。
空间呀!空间!思想开窍的人下了决心
并且在无限的变化之中发现了它。

---

[1] 编译者注:爱默生的《三个维度》("The Three Dimensions")一诗最早于1843年10月发表于杂志《日晷》第4期。

诗 人[①]

一个孩子，郁郁寡欢，聪明绝顶[②]，
一双眼睛，追逐猎物，充满喜乐，
像两颗流星划破夜空，选择道路，
用独有的光芒，照亮了茫茫黑夜；
目光炯炯，瞬间逃过了地角天涯，　　　　5
带着阿波罗赐予的权柄四处搜寻[③]，
穿过了男人和女人和大海和星辰，
看见了远方的大自然在翩翩起舞，
穿过了星球和种族和界限和时代，
看见了和谐的秩序和优美的韵律。　　　　10

[①] 编译者注：爱默生的《诗人》（"The Poet"）一诗最早出现于1844年出版的爱默生《散文随笔：第二辑》（*Essays: Second Series*）。

[②] 爱默生在1874年11月的一篇日记中写道："诗歌的奥妙从来就没有被人们破解过——总是新的……家家户户都有一个孩子，漫不经心地说出了神的启示，然而这孩子并不知道事情原来如此简单，就像人们的呼吸一样简单，就像地心吸力一样把整个宇宙紧紧地吸在一起，可谁也不知道其中的奥妙。"

[③] 阿波罗（Apollo）：希腊神话中的诗神，其"权柄"就是让诗歌中的这位"郁郁寡欢"而又"聪明绝顶"的孩子继承了古希腊诗神的秉性。英文原文中的形容词"moody"不仅让读者联想到了诗歌中这个孩子的性情，而且唤起了人们对古希腊诗歌呈现音乐模式的想象，因为古希腊诗歌是有音乐伴奏的。

礼　物[1]

爱我的人送来的礼物
咋每每来得正是时候；
当他不再爱我的时候，
羞耻的时间也被停下。

---

[1] 编译者注：爱默生的《礼物》（"Gifts"）一诗最早出现于1844年出版的爱默生《散文随笔：第二辑》(*Essays: Second Series*)。

自 然①

圆形大地风光无限美丽，
九重天体叠着无限奥秘；
困惑的见者看不清大地
这一颗心灵辛劳的秘密，
你把心贴着灵动的自然，　　　　　　5
东西南北变得晶莹剔透。
每个人内心律动的精神
召唤着精神的原本实质；
每个自发原子都要发光，
预示着属于自己的未来。　　　　　　10

---

① 编译者注：爱默生的《自然》（"Nature"）一诗最早出现于1844年出版的爱默生《散文随笔：第二辑》(*Essays: Second Series*)。

唯名论者和现实主义者[①]

在向上翻腾的千重浪涛之中，
月亮牵引的潮波在努力抗争；
在千百万远处移种的嫁接中，
存活下来的仍然是亲本果实；
因此在千百万新生的生命中，　　　　　5
仍然生活着完美无缺的亚当。
夏季时节一个个清晨对它们
唤醒一个个孩子都一样可爱，
而且每个清晨均有适当理由
给他的世界带来新颖的生活。　　　　　10

[①] 编译者注：爱默生的《唯名论者和现实主义者》（"Nominalist and Realist"）一诗最早出现于1844年出版的爱默生《散文随笔：第二辑》（*Essays: Second Series*）。

新英格兰改革者[①]

在郊区外,在城镇里,
在铁路上,在广场上,
普照着一束吉祥之光,
让四处日光不断增强:
当下和平代替了邪恶,   5
美取代了邪恶的种子,
因为希望的天使永远
让他成为向导的天使。

[①] 编译者注:爱默生的《新英格兰改革者》("New England Reformers")一诗最早出现于1844年出版的爱默生《散文随笔:第二辑》(*Essays: Second Series*)。

谨 慎[1]

诗人不喜欢歌颂这个主题，
对老年公正，对青年不公；
你不要嘲笑爱的各种技艺
和各种各样爱的清规戒律。
宇宙大地的完美壮丽来自
紧密相连的每颗原子微粒。

---

[1] 编译者注：爱默生的《谨慎》（"Prudence"）一诗最早出现于1847年出版的爱默生《散文随笔：第一辑》（*Essays: First Series*）。

圆①

自然聚合成一个个球体，
她短命而又高傲的物种，
紧紧地依偎在她的表层，
审视着整个球体的外形；
他们知道那意味着什么，
一种新的起源就此诞生。

---

① 编译者注：爱默生的《圆》（"Circles"）一诗最早现出于1847年出版的爱默生《散文随笔：第一辑》（*Essays: First Series*）。

大　智[①]

去吧，思想的星星加速
向它们闪光的目标前进；——
播种机播撒着他的种子；
而你播种的麦粒是灵魂。

[①] 编译者注：爱默生的《大智》（"Intellect"）一诗最早出现于1847年出版的爱默生《散文随笔：第一辑》(*Essays: First Series*)。

自　然[①]

一条锁链，惟妙惟肖，
连环无数，连接远近；
人眼灵锐，读出征兆，
玫瑰灵动，吐露言语；
蠕虫变人，奋力拼搏，
蠕线形变，脱胎换骨。

[①] 编译者注：爱默生的《自然》（"Nature"）一诗最早出现于1849年出版的爱默生散文集《自然、讲话、演讲》（*Essays, Addresses, and Lectures*）。

凤　凰[①]

我的凤凰早就在苍穹中
给自己做了个安乐鸟巢；
把自己紧闭于肉体笼中，
对生的希望已失去信心。

这鸟儿急速速地围绕着   5
这炽热的灰烬飞呀飞呀，
在苍穹中那芳香的角落
这只长生之鸟又在营巢。

他一旦飞起，就将栖息
于土巴士金色的树枝上；   10
他的家园是结满果实的
苍穹，抚慰着有福之人。

[①] 编译者注：爱默生的《凤凰》（"The Phoenix"）一诗最早发表于1851年波士顿版《自由之钟》（*The Liberty Bell*）。phoenix：在埃及神话中，艺术是长生鸟，不死鸟，指相传长生于阿拉伯沙漠中的一种美丽孤独的鸟，每500年自焚为烬，再自灰烬中重生，循环不已，成为永生；此外，也指中国古代传说中的凤凰，比喻完人，出类拔萃的人；完美之物，殊品；死而复生的人（物）。

假如在我们这世界上方
我的凤凰展开他的双翅,
落在大地上的影子是何   15
等优雅并让人灵魂苏醒!

他不仅居住在这世界上,
且常看见他下方的行星;
他的身体是压实的空气,
他的灵魂是真主的慈爱。   20

信 仰[①]

纵身投入那愤怒的浪潮，
向疑惑和忧虑发出挑战，
而且七大洋汹涌的波涛
永远无法弄湿你的头发。

那不是真主弯下身子将　　　　　　　　　　5
充满慈爱的脸贴着你吗？
你同样把脸紧贴着真主，
啊，多美啊！你旋转着！

虽然你的财产和形体将
破坏，成了空虚的废物，
尽管阳光终将消失，但
你的命根丝毫未被摧毁。

[①] 编译者注：爱默生的《信仰》（"Faith"）一诗最早发表于1851年波士顿版《自由之钟》（*The Liberty Bell*）。

诗 人①

你把知识聚藏在橱柜里，
仿佛轻装上阵毫无负担；
一块块金锭一颗颗钻石，
让别人小心翼翼地搜寻。

魔鬼布下的罗网很结实， 5
但关键时上帝与我同在；
假如我不主动亲近上帝，
魔鬼岂不是能乘虚而入？

鼓起勇气！哈菲兹，虽
然不是你的金楔和银矿， 10
但对你比歌曲更有价值，
而且让你内心更加透亮。

---

① 编译者注：爱默生的《诗人》（"The Poet"）一诗最早发表于 1851 年波士顿版《自由之钟》（*The Liberty Bell*）。

我没有隐藏宝藏①

我没有隐藏我的宝藏,
但是我有丰富的内容;
从真主到国王沙开始,
一直到最终的哈菲兹。

---

① 编译者注:爱默生的《我没有隐藏宝藏》("I Have No Hoarded Threasure")一诗最早发表于1851年波士顿版《自由之钟》(*The Liberty Bell*)。

致他自己①

哈菲兹呀！别说你的需要；
难道这些诗篇不是你的吗？
那么，所有诗人都会同意，
所有的人也都将一样苦恼。

---

① 编译者注：爱默生的《致他自己》（"To Himself"）一诗最早发表于1851年波士顿版《自由之钟》（*The Liberty Bell*）。

来自波斯日神的语言和行为①

当玫瑰花在平原上盛开时,
那只夜莺对着那只猎鹰说,
"为啥这么多鸟唯独你哑巴?
说话时你总是紧闭着嘴巴,
虽残日无几,却不留遗言。   5
然而你稳坐王子们的手上,
大口大口地吃着松鸡胸肉,
而我,全身上下珠光宝气,
全都浪费在一声啼叫之中,
瞧!我从蠕虫中获得滋养,
而我的住处却是荆棘丛林"。
猎鹰回答说:"注意听着:
你看我哑,你自己一样哑。
我在许多事情上经验丰富,
我明白事理,但只字不提;
可是人们不赞扬你的做法,

---

① 编译者注:爱默生的《来自波斯日神的语言和行为》("From the Persian of Nisami Word and Deed")一诗最早发表于1851年波士顿版《自由之钟》(*The Liberty Bell*)。

沸沸扬扬，结果一事无成。　　　　　　15
在我看来，喜欢直奔主题，
国王直接拿给你松鸡胸肉；
而像你这样喋喋不休的人
一定是在荆棘里啃虫子。一边去吧！"

命 运①

天上飘浮着一连串淡淡的预兆，
唯有孤独的诗人方能真正目击；
翅膀上预示着祸福吉凶的鸟群
在空中反复唱着令人醒悟的歌，
不断地召唤他，不断地提醒他；　　　　　5
然而，诗人原本可以不必在乎
如何做好文书或如何当好信使，
天上更宏大的字样暗示着朕兆；
在他的心灵和拂晓的晨曦之中，
留下了一个个夜晚温柔的身影。　　　　　10
因为诗人先知先觉洞察力已经
与如此示意的事物结成了联盟；
或说，这即将降临的先见之明
与开天辟地的圣灵是两位一体。

---

① 编译者注：爱默生的《命运》（"Fate"）一诗最早发表于爱默生1860年波士顿版散文随笔文集《生活准则》（*The Conduct of Life*）。

力 量[1]

他的语言被设计成音乐，
他的手被赋予各种技能；
他的面庞是美丽的模型，
而他的心是希望的宝座。

---

[1] 编译者注：爱默生的《力量》（"Power"）一诗最早发表于爱默生 1860 年波士顿版散文随笔文集《生活准则》(*The Conduct of Life*)。

幻　觉[①]

可恨的波浪，你奔腾吧，
你该诅咒，却和蔼可敬，
万物浮沉和盛衰的波浪；
找不到支撑灵魂的锚地。
睡不入眠，且欲死不成；　　　　　　　5
貌似是要活生生地死着。
你呱呱坠地时候的房子，
你风华正茂时期的朋友，
苍老的老人和青春少女，
白天劳动及其所得褒奖，　　　　　　10
所有这一切将全部消失，
统统都被写进寓言故事，
永远也无法被固定下来。
通过它们能够看见星星，
透过变幻莫测的大理石，　　　　　　15
能认识那些遥远的星辰，

[①] 编译者注：爱默生的《幻觉》（"Illusions"）一诗最早发表于爱默生1860年波士顿版散文随笔文集《生活准则》（*The Conduct of Life*）。

一串串永不消失的星星，
所有这些同样难以捉摸；
它们在苍穹中竞相斗艳，
轻轻摇曳，无声地热闪，　　　　　　　　20
伴随着剔透飞翔的萤虫。

当你踏着那循环流动的
波浪再一次返回的时候，
你注视着那闪烁的微光，
在荒野上，渐渐地消散，　　　　　　　　25
而且，竭尽全部的力量，
试图去改变并使其流动，
然而，气体变成了固体，
而且所有的幻觉和乌有
似乎又重新变回了事物，　　　　　　　　30
而没完没了的错综复杂
是事物规律和世界本真，——
那么你就是第一位知道，
在这野蛮动荡的世界上，
你应骑着普罗透斯的马，①　　　　　　　35
与他一同向着力量奔驰，
与他一同向着忍耐奔驰。

---

① 普罗透斯（Proteus），荷马史诗《奥德赛》中提到的一位变幻莫测的海神。

生命之杯①

生命之杯不会如此浅薄
以致我们喝干它的佳酿,
或一口气喝完所有的酒
并在背风处好好地歇歇。

花朵般婀娜的少女们将　　　　　　　　　　5
像蒙恩的许门一样成婚②,
更美的形体来自采石场
而非米开朗琪罗的画笔。

---

① 编译者注:爱默生的《生命之杯》("The Cup of Life")一诗最早出现于钱宁(William Ellery Channing)著1873年波士顿版《梭罗:诗人——自然主义者》(*Thoreau: The Poet-Naturalist*)一书。
② 许门(Hymen),希腊罗马神话中的婚姻之神。

斯克里米尔哪去了？①

巨人斯克里米尔，去哪了？
来吧，为我移植这片树林！
用铲子铲起那古老的灰烬，
百年的冷杉、边界的老松，
印第安勇士们标刻的松柏，　　　　　5
印第安姑娘们轻拍的枫树，
生长在那黑暗时代的橡树；
在我阳台前，用筛过的土，
小心地移动并把它们竖直，
让河水渗透到它们的根部，　　　　　10
叶子不会枯萎，或使嫩枝
低下他那高高竖起的羽毛。

---

① 编译者注：爱默生的《斯克里米尔哪去了？》（"Where is Skrymir?"）一诗最早出现于钱宁（William Ellery Channing）著1873年波士顿版《梭罗：诗人——自然主义者》（*Thoreau: The Poet-Naturalist*）一书。

伊朗和阿拉伯半岛有乞丐①

伊朗和阿拉伯半岛还有乞丐，
赛义德曾经比谁都更加饥饿；
哈菲兹曾经说他是一只蝴蝶，
哪里有节日，他就飞向哪里，
他曾是个香客，踏着骆驼和　　　　　5
朝圣旅行的足迹来过清真寺，
知道从麦加到伊斯法罕途经
的每一座寺庙和每一个驿站；
他向北走进大雪纷飞的群山，
他坐在宫廷里庄重的长椅上。　　　10
他的音乐是阵阵南风的悲叹，
他的油灯像少女沮丧的目光，
但总是伴随着那美丽的咒语，
每每点燃那死气沉沉的世界。
在湖边溪边和闪光的大厅里，　　　15

---

① 编译者注：爱默生的《伊朗和阿拉伯半岛有乞丐》"There are Beggars in Iran and Araby"一诗最早发表在钱宁（William Ellery Channing）著1873年波士顿版《梭罗：诗人——自然主义者》（*Thoreau: The Poet-Naturalist*）一书。

在低矮的树林和冲天森林里，
他所到之处均为神秘的向导
并且紧紧地跟随在诗人身边。
告诉我这世界是一个护身符，
要读懂它必须依靠人的技艺； 20
赛义德把珍珠般日子融杯中，
侍奉高贵贫贱、帝王和农民；
喜欢在岩石上点头的风铃草，
喜欢屋顶上炊烟袅袅的木屋、
茅屋和帐篷，他也喜欢住在 25
宫殿里那些彬彬有礼的贵族
和雍容富贵闷闷不乐的贵妇，
规矩礼仪限制着他们的举止。

萨迪说，——当我站在[①]

萨迪说——当我站在哈桑
这位骆驼车夫的家门前时，
我鄙视蒂穆尔勇敢的名誉，
在哈桑眼里蒂穆尔是奴隶。
在哈桑的每一个眼神之中，　　　　　5
我看到这些年的伟大胜利。
而我崇拜忍耐的劳动智慧，
我时不时便弯腰屈背地站
在卑贱和渺小的人群中间，
特别是我感到弱智的时候。　　　　　10
我回避着他那虔诚的眼睛，
躲开他那孜孜不倦的眼神。

[①] 编译者注：爱默生的《萨迪说，——当我站在》("Said Saadi,——When I stood before") 一诗最早出现于钱宁（William Ellery Channing）著1873年波士顿版《梭罗：诗人 —— 自然主义者》（*Thoreau: The Poet-Naturalist*）一书。

南 风①

秋风阵阵，仿佛吹来
一种紊乱无序的美丽，
诗人站在林端的源地
长叹着释放他的心绪。
农场点缀着阳光景色，　　　　　　　　5
鹅绒云朵点缀着农场，
牛群在朦胧处哞叫着，
橡树在那里展开臂膀。
秋风乍起，意味浓厚，
他难以接受，它们说；——　　　　　　10
南风啸啸，记忆悠长，
无关紧要，无所畏惧。
我不向鲁莽听者披露
半点南风叙说的故事，
它会给一男一女带去　　　　　　　　15
远处枫树的羞涩脸红。

---

① 编译者注：爱默生的《南风》（"South Wind"）一诗最早出现于钱宁（William Ellery Channing）著1873年波士顿版《梭罗：诗人——自然主义者》（*Thoreau: The Poet-Naturalist*）一书。

施 舍[①]

乞丐乞讨是上帝的吩咐,
施舍者入睡,礼物醒来。
匕首不会砍下施舍之手,
也无法刺痛孤儿的爱心。

[①] 编译者注:爱默生的《施舍》("Alms")一诗最早出现于萨金特女士(Mrs. John T. Sargent)编辑的1880年在波士顿出版的《栗树街激进俱乐部轶闻趣事》(*Sketches and Reminiscences of the Radical Club of Chestnut Street*)一书。

中文题目索引

阿迪朗达克斯……………………………………256
阿斯脱利亚………………………………………109
哀歌…………………………………………………212
艾蒂安·博埃斯…………………………………112
爱……………………………………………………390
爱和思想……………………………………………292
安娜·斯特吉斯·胡珀………………………369
巴克斯………………………………………………168
把一切献给爱……………………………………127
暴风雪…………………………………………………59
北方人………………………………………………379
被流放者……………………………………………399
波士顿………………………………………………439
波士顿颂歌…………………………………………281
伯里克利……………………………………………392
补偿…………………………………………………115
补偿…………………………………………………349
更高…………………………………………………381
财富…………………………………………………428

中文题目索引

采黑莓	58
长笛	413
崇拜	366
初恋	485
初恋、魔爱、圣爱	141
答案	302
大黄蜂	55
大智	463
道歉	159
杜鹃	53
厄诺斯	136
恩惠	454
梵天	72
房子	175
风弦琴少女的话	431
凤凰	465
复仇女神	274
盖伊	44
个别与全体	10
各负其责	370
各负其责	114
更高	381
公园	117
鼓起勇气	121
过去	339
哈菲兹	395
哈马特里亚	48

海岸	324
赫迈厄妮	137
红宝石	298
护林员	378
护身符	134
幻觉	475
绘画与雕塑	187
吉普赛姑娘	310
记忆	389
纪念爱德华·布利斯·爱默生	341
加塞勒:来自波斯人哈菲兹	196
假日	185
假如我的爱人必须离去	402
借用	382
谨慎	461
经验	347
精神法则	364
卡塞拉	393
卡斯蒂利亚的阿方索	33
康科德颂歌	224
考验	300
克制	116
来访	22
来自阿尔昆	380
来自波斯人哈菲兹	188
来自波斯日神的语言和行为	471
老练	46

礼物	457
力量	386
力量	474
两个日子	411
两条河流	332
林中独居	334
林中曲 I	61
林中曲 II	68
马斯克特奎得	205
没有大小之分	452
没有王子或新娘的钻石	408
梅罗普斯	174
美	358
美的颂歌	122
米特拉达梯六世	37
米歇尔·安杰洛·波纳洛蒂的十四行诗	398
名声	449
命运	41
命运	473
命运	275
命运	384
魔爱	122
莫纳德诺克山	84
墨林 I	161
墨林 II	165
默林之歌	299
墓志铭	403

墓志铭	404
南风	482
你的眼睛仍在发光	135
破坏	202
亲爱的,你的影子洒在哪里?	407
情人的祈求	293
丘庇特	433
人物	354
日需的给养	200
日子	312
萨迪	177
萨迪说,——当我站在	481
塞缪尔·霍尔	368
三个维度	455
色诺芬尼	198
莎士比亚	394
山雀	319
神态	360
生命之杯	477
圣爱	127
失与得	172
诗人	375
诗人	374
诗人	468
诗人	456
施舍	483
万物之灵	27

书信	297
竖琴	420
斯芬克斯	3
斯克里米尔哪去了？	478
四月	426
颂歌	207
颂歌，吟诵于康科德市政大厅（1857年7月4日）	278
颂歌	437
颂诗，赠WH.钱宁	104
他们说	405
天才的秉性都好	397
统一	365
挽歌	209
万物之灵	27
威廉·鲁弗斯和那位犹太人	447
唯名论者和现实主义者	459
文化	355
问题	13
我的乐园	315
我没有隐藏宝藏	469
我拥有整个天空	453
乌列	24
巫娜	295
无声	451
五月节	228
牺牲	391
锡德·尼姆托拉之歌	417

先行者	119
宪章派的抱怨	313
小自然	396
新英格兰改革者	460
信仰	467
星象	385
修女的抱负	434
嘘！	371
演说者	372
伊朗和阿拉伯半岛有乞丐	479
艺术	362
艺术家	373
译自哈菲兹	401
译自欧玛尔·海亚姆	409
译自伊布恩·杰民	412
英雄主义	353
拥有一千个朋友的人	410
友谊	356
友谊	406
寓言	102
园丁	377
圆	462
再见	51
长笛	413
政治	351
植物学家	376
致埃伦，在南方	130

致波斯王（恩韦里）	415
致波斯王（恩韦里）	416
致波斯王（哈菲兹）	414
致雷亚	18
致他自己	470
致伊娃	133
致约翰·韦斯	39
终点	337
转折点	387
自然	464
自然	458
自然	383
自然 I	306
自然 II	308
自然之歌	327
自由	276
自愿者	286
昨天、我不知道是谁、今天	388

英文题目索引

A. H. ··· 369
Alms ·· 483
Alphonso of Castile ·· 33
April ·· 426
Art ··· 362
Artist ··· 373
Astræa ··· 109
Bacchus ··· 168
Beauty ··· 358
Berrying ·· 58
Blight ··· 202
Borrowing (From the French) ····································· 382
Boston Hymn ·· 281
Boston ··· 439
Botanist ··· 376
Brahma ·· 272
Casella ··· 393
Character ··· 354

英文题目索引

Circles	462
Climacteric	387
Compensation	115
Compensation	349
Concord Hymn	224
Culture	355
Cupido	433
Days	312
Dearest, Where Thy Shadow Falls	407
Dirge	209
Each and All	10
Epitaph	403
Epitaph	404
Eros	136
Étienne de la Boéce	112
Excelsior	381
Experience	347
Fable	102
Faith	467
Fame	449
Fate	41
Fate	473
Fate	275
Fate	384
Forbearance	116
Forerunners	119

Forester	378
Freedom	276
Friendship	356
Friendship	406
From Alcuin	380
From Hafiz	401
From Ibn Jemin	412
From Omar Chiam	409
From Omar Chiam	412
From the Persian of Hafiz	188
From the Persian of Nisami Word and Deed	471
Gardener	377
Ghaselle: From the Persian of Hafiz	196
Gifts	457
Give All to Love	127
Good-Bye	51
Grace	455
Greek: A Δ AKP Ψ N NEMONTAI AI Ω NA	397
Guy	44
Hafiz	395
Hamatreya	48
He Who Has A Thousand Friends	410
Heri, Cras, Hodie	388
Hermione	137
Heroism	353
Holidays	185

Horoscope	385
Hush	371
Hymn	437
I Am Owner of the Sphere	453
I Have No Hoarded Threasure	469
If My Darling Should Depart	402
Illusions	475
In Memoriam. E. B. E	341
Initial, Dæmonic and Celestial Love	141
Intellect	463
Letters	297
Loss and Gain	172
Love and Thought	292
Love	390
Lover's Petition	293
Maiden Speech of the Æolian Harp	431
Manners	360
May-Day	227
Memory	389
Merlin I	161
Merlin II	165
Merlin's Song	299
Merops	174
Mithridates	37
Monadnoc	84
Musketaquid	205

My Garden	315
Nature I	306
Nature II	308
Nature in Leasts	396
Nature	383
Nature	458
Nature	464
Nemesis	274
New England Reformers	460
Nominalist and Realist	459
Northman	379
Ode Sung at the Town Hall, Concord, July 4, 1857	278
Ode to Beauty	122
Ode, Inscribed to W. H. Channing	104
On Prince or Bride No Diamond Stone	408
On Two Days	411
Orator	372
Painting and Sculpture	187
Pericles	392
Poet	374
Poet	375
Politics	351
Power	386
Power	474
Prudence	461
Rubies	298

S. H	368
Saadi	177
Sacrifice	391
Said Saadi,—When I Stood Before	481
Sea-Shore	324
Shakespeare	394
Silence	451
Solution	302
Song of Nature	327
Song of Seid Nimetollah of Kuhistan	417
Sonnet of Michel Angelo Buonaroti	398
South Wind	482
Spiritual Law	364
Sursum Corda	121
Suum Cuique	114
Suum Cuique	370
Tact	46
Terminus	337
The Adirondacs	256
The Amulet	134
The Apology	159
The Celetial Love	154
The Chartist's Complaint	313
The Cup of Life	477
The Dæmonic Love	147
The Day's Ration	200

The Exile	399
The Flute	413
The Harp	420
The House	175
The Humble-Bee	55
The Initial Love	141
The Nun's Aspiration	434
The Park	117
The Past	339
The Phœnix	465
Pericles	392
The Poet	456
The Poet	468
The Problem	13
The Rhodora	53
The Romany Girl	310
The Snow-Storm	59
The Sphinx	3
The Test	300
The Three Dimentions	455
The Titmouse	319
The Visit	22
The World-Soul	27
There Are Beggars in Iran and Araby	479
There Is No Great and No Small	452
They Say	405

Thine Eyes Still Shined	135
Threnody	212
To Ellen, At the South	130
To Eva	133
To Himself	470
To J. W	39
To Rhea	18
To The Shah (From Enweri)	416
To The Shah (From Enweri)	416
To The Shah (From Hafiz)	414
Two Rivers	332
Una	295
Unity	365
Uriel	24
Voluntaries	286
Waldeinsamkeit	334
Wealth	428
Where is Skrymir?	478
William Rufus and the Jew	447
Woodnotes I	61
Woodnotes II	68
Worship	366
Xenophanes	198

后　记

　　翻译爱默生诗集的想法由来已久，但因我对爱默生超验主义思想的了解比较肤浅，特别是对爱默生诗歌与诗学理论缺乏系统研究，也没有比较完整地翻译过某一位英美诗人诗歌作品的经验，只是为了辅助诗歌教学研究的需要，断断续续地试译过16首爱默生诗歌，集中发表在《爱默生诗文集》(高等教育出版社2018年版)，其中包括《康科德颂歌》《日子》《梵天》等国内美国文学、英美诗歌课经常选读的爱默生著名诗篇，加上《个体与全体》《问题》《致雷亚》《乌列》《杜鹃》《暴风雪》《大黄蜂》等《诺顿美国文学选集》《麦克米兰美国文学选集》等国外美国文学权威教材经常选读的爱默生诗歌名篇，以及《斯芬克斯》《万物之灵》《林中曲Ⅰ、Ⅱ》《默纳德诺克山》等我认为比较重要却因篇幅较长而未能入选教材的爱默生诗篇。爱默生的这些诗篇十分珍贵，但除国内美国文学课经常选读的几首有中文译文外，其他均为我首次试译。今年5月25日将是爱默生诞辰220周年。为了纪念爱默生220年华诞，进一步推进对爱默生诗歌创作与诗学理论的学习和研究，在北京联合大学领导和老师们的支持和鼓励下，在国内外许多英美文学老师们的指导下，我根据爱默生生前出版的三个诗集《诗集》(*Poems*, 1847)、《五月节与其他诗篇》(*May-Day And Other Pieces*, 1867)和《诗选》(*Selected Poems*, 1876)，完成了这本爱默生诗集的编译工作。为此，我首先感谢北京联合大学校领导、校科技处领导、应用文理学院领导及老师们多年来为支持我和我的

后 记

团队开展英美诗歌研究工作所给予的厚爱、指导和帮助！同时，我感谢"英美诗歌名篇选读"课程团队老师们多年来给予我的大力支持和真诚的鼓励！

爱默生的《诗集》（1847年）是爱默生第一部原创性诗集，收录了爱默生19世纪20年代初到40年代中叶约30年时间内创作的60首诗歌，其中包括了前面我们提到的大部分流传较广的爱默生诗歌名篇，以及《米特拉达梯六世》《哈马特里亚》《颂诗，赠 W.H. 钱宁》《阿斯脱利亚》《美的颂歌》《把一切献给爱》《厄诺斯》《初恋、魔爱、圣爱》《墨林 I、II》《巴克斯》《萨迪》《来自波斯人哈菲兹》《破坏》《挽歌》《哀歌》等诗篇。这些诗篇中有少数先前发表在《大西洋月刊》（*The Atlantic Monthly Magazine*）、《西部信使》（*Western Messenger*）、《日晷》（*The Dial*）等报刊上，从诗歌创作角度体现了爱默生先前发表在《自然》（1836）、《美国学者》（1837）等演说词、《超验主义者》（1842）等演讲录、《随笔：第一集》（1841）、《随笔：第二集》（1844）等散文著作中的超验主义哲学思想，为他赢得了一位在诗歌体裁和主题方面打破传统的"诗人—哲学家"（poet-philosopher）的美名。早期的爱默生诗评者就发现他的诗歌主题不是宗教而是精神。爱默生认为，"美的目的不在模仿，而在创造；诗人是代表美的君主，但不能脱离他的时代和国家，也不能创造出完全不受教育、宗教、政治、习俗和艺术所影响的作品"[①]。除了自然、爱情、精神法则和政治主题以外，爱默生的诗歌还特别关注诗人本身的作用、诗歌语言以及诗歌创作本身。在他看来，"铸就一首诗歌的不是韵律，而是催生韵律的主题（a metre-making argument），用一种热情奔放、生机勃勃的思想，好像动植物的精神，具有自己的结构，用一种全新的东西来装点自然"[②]。

爱默生的第二部诗集《五月节与其他诗篇》（1867年）包括44首主要

---

① 王齐建：《爱默生》，《中国大百科全书外国文学》（I），中国大百科全书出版社1982年版，第61页。
② 〔美〕爱默生：《诗歌》，载《爱默生诗文选》，黄宗英译，高等教育出版社2018年版，第382页。

诗篇、30首四行诗和19首翻译诗篇。就诗歌形式和主题而言,这个诗集包括爱默生的长诗《五月节》《阿迪朗达克斯》、美国内战诗篇《自由》《颂歌,吟诵于康科德市政大厅(1857年7月4日)》《波士顿颂歌》《自愿者》和其他一些爱默生著名诗篇,比如《梵天》《日子》《爱和思想》《巫娜》《答案》《自然 I、II》《宪章派的抱怨》《我的乐园》《山雀》《海岸》《自然之歌》《两条河流》《终点》《纪念爱德华·布利斯·爱默生》等;此外,这部诗集还包含了先前在爱默生散文随笔文集中以卷首或文前引语、格言形式发表过的诗篇,比如《经验》《政治》《英雄主义》《人物》《文化》《友谊》《美》《神态》《艺术》《精神法则》《崇拜》等。美国现实主义文学奠基人、《大西洋月刊》主编、当时著名的文学评论家豪威尔斯(William Dean Howells,1837—1920)先生曾于1867年9月在《大西洋月刊》上撰文评论爱默生的《五月节与其他诗篇》为"一连串赞美春天的颂歌,讴歌当下春天一个又一个美妙的季相……在我们心目中唤醒了与春天共鸣的情感"。

爱默生生前出版的第三部诗集《诗选》(1876年)主要选录了前两部诗集的部分作品和8首先前部分印发却尚未收录诗集的诗篇《竖琴》《四月》《财富》《风弦琴少女的话》《朱庇特》《修女的抱负》《颂歌》《波士顿》。这部诗集给读者(特别是爱默生诗歌学习和研究者)带来的困难是许多先前发表过的诗歌进行了较多的修改,但是诗歌题目并没有修改。由于爱默生当时已经73岁高龄,而且记忆力严重衰退,他的老友詹姆斯·埃略特·卡伯特(James Elliot Cabot)和他女儿埃伦·爱默生(Ellen Emerson)已经深度介入爱默生的文选编辑和出版相关事务,因此本诗集编译者比较难判断爱默生第三部诗集中哪些是诗人自己修订的诗篇。所以,本诗集尽量选用爱默生原始作品并尽可能在译作题目下方以脚注形式说明该诗原始的来源。除了以上三部诗集所收录的爱默生诗篇以外,本诗集还翻译收录了部分诗人生前发表过但未收录诗集的诗篇,比如《诗人》《自

后　记

然》《圆》《谨慎》《幻觉》等 30 余首。这本爱默生诗集总共翻译收录爱默生诗歌 192 首。

我有机会编译爱默生诗集十分荣幸！2013 年，我有幸带领北京联合大学英美诗歌教学研究团队获批了北京市教育委员会社会科学计划重点项目"爱默生与美国诗歌传统"（13WYB054）；在团队成员们的共同努力下，我们完成了由高等教育出版社出版的一部同名专著和一部团队成员们合译的《爱默生诗文选》，并于 2018 年顺利结题。市教委项目评审专家组在评审报告中写道："该研究成果探讨诗人与思想家爱默生对美国诗歌传统的影响，特别是惠特曼、弗罗斯特、威廉姆斯和奥尔森等重量级诗人对爱默生的思想和诗论的继承。该选题的立论具有创新意义，因为人们一般认为美国诗的源头可追溯到惠特曼，但是如果能够证明这个传统可以追溯到爱默生，那么这将改变人们对美国诗歌传统的认识。"专家组希望我们"能够将项目的选题更加深入地做下去，扩展到其他重要的诗人，如庞德和艾略特，并在文本细读的基础上，突出这些诗歌与爱默生思想和诗论的联系，以使这个项目的研究更加深入"。为了更好地拓展该项目研究，加强基本功训练，进一步夯实研究基础，我将爱默生生前出版的三部诗集中的诗歌作品连同他在论文、演讲、散文随笔中发表过的诗篇编译付梓，抛砖引玉，填补国内爱默生诗歌中文译本的空白。然而，不论是对爱默生超验主义思想的学习研究，还是对爱默生诗歌即诗学理论的学习研究，我的工作仅仅是一个开始。为此，我感谢北京市教育委员会该项目专家组成员北京大学王式仁教授、北京外国语大学张剑和汪剑钊教授、北京师范大学章燕教授等为拓展爱默生与美国诗歌传统的研究指明了方向并寄予厚望！

本书出版由国家社会科学基金项目"比较视野下的赵萝蕤汉译《荒原》研究"（项目编号：15BWWO13）、北京联合大学高级别重大重点培育项目"美国诗史研究"（项目编号：SK60202001）资助，在此表示感谢。

最后，我应该特别感谢本书编辑中国社会科学出版社郝玉明博士在我编译爱默生诗集过程中给予我的许多鼓励、指导和帮助，提出了许多编辑建议并修正了误译之处！

黄宗英

北京市海淀区西二旗

2023 年 2 月 12 日